Agatha Christie

Tragédia em três atos

Tradução de Henrique Guerra

www.lpm.com.br

L&PM POCKET

Coleção **L&PM** POCKET, vol. 533

Texto de acordo com a nova ortografia.

Primeira edição na Coleção **L&PM** POCKET: 2006
Esta reimpressão: junho de 2025

Título original: *The Analects* © DC Lau, 1979 (First published in the United Kingdom by Penguin Books Ltd, 1979)

Capa: Ivan Pinheiro Machado. *Ilustração*: iStock
Tradução do chinês, introdução e notas: D. C. Lau
Tradução do inglês: Caroline Chang
Revisão: Renato Deitos, Bianca Pasqualini, Jó Saldanha e Fernanda Lisbôa

CIP-Brasil. Catalogação na Publicação
Sindicato Nacional nos Editores ne Livros, RJ.

C759a

Confúcio, 551-479 a.C.
Os Analectos / Confúcio; tradução do inglês de Caroline Chang; tradução do chinês, introdução e notas, [glossário de nomes e apêndices sobre a vida de Confúcio e de seus discípulos] de D. C. Lau ; . – Porto Alegre, RS: L&PM, 2025.
256 p. – (Coleção L&PM POCKET; v. 533)

Tradução de: *The Analects*
Apêndices
ISBN 978-85-254-1563-9

1. Confúcio, 551-479 a.C. 2. Filosofia confucionista. I. Lau, D. C. (Dim Cheuk). II. Título. III. Série.
CDD 181.09512
CDU 1(31)

Rua Comendador Coruja, 314, loja 9 – Floresta – 90.220-180
Porto Alegre – RS – Brasil / Fone: 51.3225.5777

PEDIDOS & DEPTO. COMERCIAL: vendas@lpm.com.br
FALE CONOSCO: info@lpm.com.br
www.lpm.com.br

Impresso na Gráfica e Editora Pallotti em Santa Maria, RS, Brasil
Outono de 2025

Agatha Christie
(1890-1976)

Agatha Christie é a autora mais publicada de todos os tempos, superada apenas por Shakespeare e pela Bíblia. Em uma carreira que durou mais de cinquenta anos, escreveu 66 romances de mistério, 163 contos, dezenove peças, uma série de poemas, dois livros autobiográficos, além de seis romances sob o pseudônimo de Mary Westmacott. Dois dos personagens que criou, o engenhoso detetive belga Hercule Poirot e a irrepreensível e implacável Miss Jane Marple, tornaram-se mundialmente famosos. Os livros da autora venderam mais de dois bilhões de exemplares em inglês, e sua obra foi traduzida para mais de cinquenta línguas. Grande parte da sua produção literária foi adaptada com sucesso para o teatro, o cinema e a tevê. *A ratoeira*, de sua autoria, é a peça que mais tempo ficou em cartaz, desde sua estreia, em Londres, em 1952. A autora colecionou diversos prêmios ainda em vida, e sua obra conquistou uma imensa legião de fãs. Ela é a única escritora de mistério a alcançar também fama internacional como dramaturga e foi a primeira pessoa a ser homenageada com o Grandmaster Award, em 1954, concedido pela prestigiosa associação Mystery Writers of America. Em 1971, recebeu o título de Dama da Ordem do Império Britânico.

Agatha Mary Clarissa Miller nasceu em 15 de setembro de 1890 em Torquay, Inglaterra. Seu pai, Frederick, era um americano extrovertido que trabalhava como corretor da Bolsa, e sua mãe, Clara, era uma inglesa tímida. Agatha, a caçula de três irmãos, estudou basicamente em casa, com tutores. Também teve aulas de canto e piano, mas devido ao temperamento introvertido não seguiu carreira artística. O pai de Agatha morreu quando ela tinha onze anos, o que a aproximou da mãe, com quem fez várias viagens. A paixão por conhecer o mundo acompanharia a escritora até o final da vida.

Em 1912, Agatha conheceu Archibald Christie, seu primeiro esposo, um aviador. Eles se casaram na véspera do Natal de 1914 e tiveram uma única filha, Rosalind, em 1919. A carreira literária de Agatha – uma fã dos livros de suspense do escritor inglês Graham Greene – começou depois que sua irmã a desafiou a escrever um romance. Passaram-se alguns anos até que o primeiro livro da escritora fosse publicado. *O misterioso caso de Styles* (1920), escrito próximo ao fim da Primeira Guerra Mundial, teve uma boa acolhida da crítica. Nesse romance aconteceu a primeira aparição de Hercule Poirot, o detetive que estava destinado a se tornar o personagem mais popular da ficção policial desde Sherlock Holmes. Protagonista de 33 romances e mais de cinquenta contos da autora, o detetive belga foi o único personagem a ter o obituário publicado pelo *The New York Times*.

Em 1926, dois acontecimentos marcaram a vida de Agatha Christie: a sua mãe morreu, e Archie a deixou por outra mulher. É dessa época também um dos fatos mais nebulosos da biografia da autora: logo depois da separação, ela ficou desaparecida durante onze dias. Entre as hipóteses figuram um surto de amnésia, um choque nervoso e até uma grande jogada publicitária. Também em 1926, a autora escreveu sua obra-prima, *O assassinato de Roger Ackroyd*. Este foi seu primeiro livro a ser adaptado para o teatro – sob o nome *Álibi* – e a fazer um estrondoso sucesso nos teatros ingleses. Em 1927, Miss Marple estreou como personagem no conto "O Clube das Terças-Feiras".

Em uma de suas viagens ao Oriente Médio, Agatha conheceu o arqueólogo Max Mallowan, com quem se casou em 1930. A escritora passou a acompanhar o marido em expedições arqueológicas e nessas viagens colheu material para seus livros, muitas vezes ambientados em cenários exóticos. Após uma carreira de sucesso, Agatha Christie morreu em 12 de janeiro de 1976.

Dedicado a meus amigos
Geoffrey e Violet Shipston

Sumário

DIREÇÃO
Sir Charles Cartwright

ASSISTENTES DE DIREÇÃO
Sr. Satterthwaite
Srta. Hermione Lytton Gore

FIGURINO
Ambrosine Ltda.

ILUMINAÇÃO
Hercule Poirot

PRIMEIRO ATO

Suspeita

Capítulo I
Crow's Nest

O sr. Satterthwaite sentou-se no terraço de Crow's Nest e observou o anfitrião, Sir Charles Cartwright, subindo pela trilha da praia.

Crow's Nest era a quintessência do bangalô moderno. Nada de madeiramento exposto, nada de frontões nem dos adornos supérfluos tão apreciados por empreiteiros de terceira categoria. Singela, sólida e toda branca, a construção enganava quanto ao tamanho – era bem maior do que aparentava. Tinha esse nome devido à posição sobranceira*; lá do alto, vigiava a enseada do porto de Loomouth. De fato, de um dos cantos do terraço protegido pelo parapeito, a queda era abismal ao mar cortado de rochedos lá embaixo. Pela estrada, Crow's Nest ficava a um quilômetro e meio do vilarejo. A estrada seguia continente adentro e subia em zigue-zagues até o penhasco que se projetava sobre o oceano. Sete minutos de caminhada separavam o mar do bangalô pela íngreme trilha dos pescadores que Sir Charles Cartwright galgava naquele instante.

Meia-idade, tez bronzeada, compleição esbelta, Sir Charles vestia suéter branco e velhas calças de flanela cinza. Andar meio gingado, punhos semicerrados. Nove em dez pessoas afirmariam: "Oficial da Marinha aposentado. Tipo inconfundível". A décima – e mais perspicaz – vacilaria, intrigada com algo incerto que não soava legítimo. E então talvez surgisse meio sem querer uma imagem:

---

* Crow's Nest: *ninho do corvo*; em náutica, *cesto da gávea* de onde se bradava "Terra à vista!". (N.T.)

o convés de um navio... Não um navio real... Um navio emoldurado pelo tecido grosso e requintado de cortinas suspensas... Um homem, Charles Cartwright, em pé no convés... Luz que não era luz do sol se dispersando sobre ele, os punhos entreabertos, a postura solta e a voz – a voz solta e aprazível de um marujo e cavalheiro inglês, com entonação bastante acentuada.

– Sinto muito, senhor – dizia Charles Cartwright –, mas não tenho como responder a essa pergunta.

E pesadas cortinas caíam num silvo, luzes se acendiam numa súbita explosão, som de orquestra se precipitava no compasso sincopado da moda, enquanto moças com laços exagerados no cabelo ofereciam: "Chocolates? Limonada?". Fim do primeiro ato de *O chamado do mar*, com Charles Cartwright na pele do comandante Vanstone.

De seu privilegiado posto de observação, mirando abaixo, o sr. Satterthwaite sorriu. Mirrado e cheio de rugas, o sr. Satterthwaite – mecenas das belas artes e do teatro, esnobe convicto mas agradável – era presença certa nas festas e solenidades mais badaladas (as palavras "e o sr. Satterthwaite" apareciam invariavelmente no fim da lista de convidados). Ao mesmo tempo, um sujeito de notável inteligência, sagaz observador de pessoas e fatos.

Naquele instante, meneou a cabeça e murmurou:

– Quem diria. Puxa vida, quem diria.

Passos soaram no terraço, e ele virou a cabeça. O homem grande de cabelos grisalhos que puxou a cadeira à frente e sentou-se trazia profissão e endereço de trabalho claramente estampados no amável e arguto rosto de meia-idade. "Médico" e "Harley Street". Sir Bartholomew Strange alcançara o sucesso profissional. Conceituado especialista em distúrbios nervosos, há pouco tempo fora alçado à nobre classe dos cavaleiros (recebendo assim o título de "sir") na lista de honrarias publicada todos os anos por ocasião do aniversário do monarca.

Sentou-se ao lado do sr. Satterthwaite e disse:

– Quem diria o quê? Hein? Vamos lá, pode ir contando.

Com um sorriso, o sr. Satterthwaite baixou o olhar ao vulto que subia rápido pela trilha.

– Quem diria que Sir Charles aguentaria tanto tempo neste... hum... exílio.

– É verdade, quem diria! – riu-se o outro, jogando a cabeça para trás. – Conheço Charles desde menino. Estivemos em Oxford no mesmo período. Ele continua o mesmo: é melhor ator na vida privada do que no palco! Charles está sempre representando. Não consegue evitar: já se tornou um hábito. Charles não sai da sala: ele "sai de cena". E costuma fazê-lo depois de uma boa tirada. Em todo caso, variar de papel é com ele mesmo... E tem coisa melhor? Dois anos atrás, ele se aposenta do palco... Avisa aos amigos que deseja levar uma vida simples e rústica, desconectada do mundo, e cede ao antigo fraco pelo mar. Desce até aqui e constrói esta casa. É a ideia que ele tem de um simples e rústico chalé. Três banheiros e todas as parafernálias modernas! Eu, como você, Satterthwaite, apostava que isso não duraria. Afinal de contas, Charles é humano: precisa de uma plateia. Dois ou três capitães aposentados, um bando de mulheres mais velhas e um pastor... Um público desses não chega a entusiasmar ator algum. Eu achava que a temporada da peça do "cara simples, apaixonado pelo mar" não duraria mais do que seis meses. E então, para ser franco, eu achava que ele se cansaria de encenar o papel. Achava que a bola da vez seria o enfastiado homem da alta sociedade em Monte Carlo ou quem sabe um grande proprietário de terras nas Highlands da Escócia. Charles é um cara versátil.

O médico parou. Tinha falado por um bom tempo. Concentrou o olhar repleto de afeição e divertimento no homem que subia a trilha sem suspeitar de que falavam nele. Em dois minutos, ele estaria com os amigos.

– Mas – continuou Sir Bartholomew – parece que estávamos enganados. A atração pela vida simples é duradoura.

– Um homem que dramatiza a si próprio às vezes é mal compreendido – salientou o sr. Satterthwaite. – A gente não leva a sério sua sinceridade.

O doutor assentiu com a cabeça.

– Sim – respondeu pensativo. – É verdade.

Com uma saudação animada, Charles Cartwright subiu os degraus e chegou ao terraço.

– *Mirabelle* se superou desta vez – comentou. – Devia ter vindo junto, Satterthwaite.

O sr. Satterthwaite balançou a cabeça. Ele já sofrera muitas vezes nas travessias do canal da Mancha para cultivar quaisquer ilusões sobre a força de seu estômago a bordo. Naquela manhã, observara *Mirabelle* da janela de seu quarto. A brisa insistente impulsionava o veleiro com rapidez, e o sr. Satterthwaite deu graças aos céus por estar em terra firme.

Sir Charles foi até a janela da sala e solicitou bebida.

– Devia ter vindo, Tollie – disse ele ao amigo. – Não é você quem passa a metade da vida sentado em Harley Street recomendando aos seus pacientes o saudável balanço do mar?

– A maior recompensa de ser médico – sentenciou Sir Bartholomew – é não ser obrigado a seguir as próprias recomendações.

Sir Charles riu. Sem se dar conta, continuava a representar o papel de marinheiro rude, mas cordial. Bonito ao extremo, corpo harmonioso, rosto delgado e irônico; o cabelo riscado de prata nas têmporas lhe dava um ar ainda mais distinto. Parecia o que realmente era: em primeiro lugar, um cavalheiro; em segundo, um ator.

– Foi sozinho? – indagou o médico.

– Não. – Sir Charles virou-se para apanhar o drinque trazido por uma elegante copeira que segurava uma bandeja. – Tive uma "mãozinha". Da mocinha Egg, para ser mais exato.

Um tênue vestígio de embaraço na voz dele fez o sr. Satterthwaite levantar o olhar bruscamente.

– A srta. Lytton Gore? Ela entende um pouco de velejar, não entende?

Sir Charles deu uma risadinha meio sentida.

– Com ela me sinto o próprio marinheiro de água doce. Mas estou evoluindo. Graças a ela.

Pensamentos rápidos ocuparam a mente do sr. Satterthwaite.

"Hum... Não sei, não... Egg Lytton Gore... Talvez por isso ele não tenha enjoado daqui... A idade do lobo... Idade perigosa... Sempre surge uma jovem nesta época da vida..."

Sir Charles prosseguiu:

– O mar! É a melhor coisa que existe... Sol, vento e mar... E uma singela cabana no retorno ao lar.

E olhou com prazer a residência branca atrás dele, equipada com três banheiros, água quente e fria em todos os quartos, o último sistema no que se refere a aquecimento central, as engenhocas elétricas mais avançadas e uma equipe completa de funcionários, incluindo governanta, camareira, mestre-cuca e copeira. A interpretação que Sir Charles dava à expressão "vida simples" era, talvez, um pouco exagerada.

Uma mulher feiosa e alta saiu da casa e, como um veleiro a favor do vento, dirigiu-se ameaçadora na direção deles.

– Bom dia, srta. Milray.

– Bom dia, Sir Charles. Bom dia – fez uma ligeira mesura em direção aos outros dois. – Este é o cardápio do jantar. Sugere alguma mudança?

Sir Charles pegou o papel e murmurou:

– Senão, vejamos. Melão Cantaloupe, borscht, filé de cavala grelhado, galo silvestre assado, suflê surpresa, canapé Diane... Hum... Assim está excelente, srta. Milray. Todos vão chegar no trem das quatro e meia.

– Já dei as ordens a Holgate. A propósito, Sir Charles, se me permite a ousadia, seria melhor se hoje à noite eu jantasse com os senhores.

Sem esconder a perplexidade, Sir Charles respondeu em tom delicado:

– Com certeza, seria um prazer, srta. Milray... mas, hã...

A srta. Milray explicou com calma:

– Caso contrário, Sir Charles, seriam treze à mesa. E existe tanta gente supersticiosa por aí.

Pela entonação poder-se-ia inferir que, a depender dela, teria se sentado para jantar todas as noites de sua vida com treze à mesa sem a mais leve apreensão. Srta. Milray continuou:

– Creio que está tudo providenciado. Disse a Holgate para buscar de carro Lady Mary e os Babbington. É isso mesmo?

– Exato. Eu ia justamente pedir isso.

Com um sorriso de superioridade no semblante vincado, a srta. Milray retirou-se.

– Que mulher mais extraordinária – vaticinou Sir Charles com reverência. – Meu medo é que um dia ela queira escovar meus dentes.

– A eficácia em pessoa – comentou Strange.

– Comigo há seis anos – explicou Sir Charles. – Primeiro em Londres, no cargo de secretária. E aqui, uma espécie de governanta glorificada. Faz a casa funcionar como um relógio. Pena que pediu demissão.

– Demissão? Por quê?

– Ela alega – Sir Charles esfregou o nariz como quem tem dúvidas –, ela *alega* que a mãe ficou inválida. De minha parte não acredito. Não: aí tem coisa.

– Vai ver – ponderou Sir Bartholomew – que o pessoal anda falando.

– Anda falando? – indagou o ator, de olhos arregalados. – Como assim, anda falando?

– Meu caro Charles. Sabe muito bem o que isso significa.

– Quer dizer que andam falando sobre mim e ela? Com aquela cara? E na idade dela?

– Deve ter menos de cinquenta anos.

– Imagino que sim – respondeu Sir Charles, refletindo sobre o assunto. – Mas, falando sério, Tollie: chegou a *prestar atenção* no rosto dela? Tem olhos, nariz e boca, mas não é o que a gente chamaria de *rosto*... Pelo menos não um rosto feminino. Nem a fofoqueira mais escandalosa das redondezas seria capaz de vincular atração sexual a um rosto daqueles.

– Você subestima a imaginação das solteironas britânicas.

Sir Charles sacudiu a cabeça.

– Não acredito nisso. A srta. Milray tem uma espécie de aura hediondamente respeitável que até mesmo uma solteirona britânica tem que reconhecer. Ela é a própria personificação da virtude e da respeitabilidade... E uma mulher danada de útil. Sempre escolho secretárias feias como o diabo.

– Sábio é você.

Sir Charles permaneceu um tempo absorto em pensamentos. Para chamar sua atenção, Sir Bartholomew perguntou:

– Quem vem hoje à tarde?

– Angie, para começar.

– Angela Sutcliffe? Nada mal.

O sr. Satterthwaite debruçou-se à frente com ar interessado, curioso para saber a composição da lista de convidados. Angela Sutcliffe, a famosa atriz, já perdera o viço da juventude, mas exercia intenso fascínio sobre o público com sua inteligência e seu encanto. Às vezes falavam nela como a sucessora de Ellen Terry.

– Depois temos o casal Dacres.

Outra vez o sr. Satterthwaite assentiu com a cabeça. A sra. Dacres era a pessoa por trás de Ambrosine Ltda., aquele bem-sucedido estabelecimento de figurinos e alta costura. Quem costumava ir ao teatro lia nos programas: "Os vestidos da srta. Blank no primeiro ato são fabricados por Ambrosine Ltda. na Bruton Street". O marido dela, o capitão Dacres, é o tipo do cavalo azarão, para usar o jargão de turfe ao qual ele está acostumado. Passava um bom tempo nos hipódromos – anos atrás, ele próprio fora jóquei no *Grand National*. Havia se metido em encrenca. Ninguém soube bem ao certo, mas correu toda sorte de boatos. Não houve inquérito – nada oficial. Mas, à menção do nome Freddie Dacres, o pessoal sempre erguia um pouquinho as sobrancelhas.

– E também Anthony Astor, roteirista de peças teatrais.

– Claro – disse o sr. Satterthwaite. – Ela escreveu *Trânsito em mão única*. Fui ver duas vezes. Fez um enorme sucesso.

Ele degustou o fato de saber (e demonstrar saber) que Anthony Astor pertencia na verdade ao sexo feminino.

– Exato – disse Sir Charles. – Esqueci o nome verdadeiro dela... Wills, se não me engano. Só me encontrei com ela uma vez. Convidei-a só para agradar Angela. Fechou o grupo... dos convidados de fora, quero dizer.

– E quem vem dos moradores locais? – quis saber o doutor.

– Ah, sim, os moradores locais! Bem, temos os Babbington. Ele é pastor, boa gente, não é clerical demais, e a mulher dele é ótima companhia. Jardinagem é com ela mesma. Eles virão... E também Lady Mary e Egg. Isso é tudo. Ah, sim, tem um moço chamado Manders, jornalista ou algo parecido. Rapaz bem apessoado. Essa é a lista completa de convidados.

O sr. Satterthwaite, indivíduo de natureza metódica, contava as cabeças.

– Srta. Sutcliffe, uma, os Dacres, três, Anthony Astor, quatro, Lady Mary e a filha dela, seis, o pastor e a mulher dele, oito, o rapaz nove, conosco doze. Das duas, uma: você ou a srta. Milray contaram errado, Sir Charles.

– Não pode ter sido a srta. Milray – asseverou Sir Charles convicto. – Aquela mulher não erra nunca. Deixe-me ver. Nossa! Tem toda a razão. Eu *me esqueci* de um convidado. Simplesmente sumiu da memória.

Disfarçou com uma risadinha.

– Isso o deixaria bastante aborrecido. O sujeito é o diabinho mais convencido que já conheci.

Um brilho divertido cintilou no olhar do sr. Satterthwaite. Sempre cultivara a opinião de que os homens mais vaidosos da face da Terra eram os atores, Sir Charles inclusive. Teve que achar graça desse exemplo de quem tem teto de vidro e atira a primeira pedra.

– Quem é o narcisista? – perguntou ele.

– Sujeitinho esquisito – disse Sir Charles. – Esquisito, mas famoso. Já devem ter ouvido falar nele. Hercule Poirot. Belga.

– O detetive! – exclamou o sr. Satterthwaite. – Já tive a ocasião de conhecê-lo. Personalidade extraordinária.

– Figuraça – resumiu Sir Charles.

– Nunca fomos apresentados – comentou Sir Bartholomew –, mas já ouvi falar muito nele. Aposentou-se há algum tempo, não foi? Provavelmente a maior parte do que ouvi falar é pura lenda. Bem, Charles, tomara que não aconteça um crime nesse fim de semana.

– Por que fala isso? Só porque eu convidei um detetive? Não está colocando o carro na frente dos bois, Tollie?

– Bem, só estou defendendo a minha tese.

– Qual é a sua tese, doutor? – indagou o sr. Satterthwaite.

– Que certas pessoas atraem os fatos... E não os fatos atraem as pessoas. Por que certas pessoas têm vidas empolgantes e outras monótonas? Por causa do ambiente? Nada disso. Um indivíduo viaja aos confins do mundo e nada lhe acontece. Uma chacina acontece uma semana antes de sua chegada e um terremoto um dia depois que ele vai embora. O barco em que ele na última hora deixa de embarcar naufraga. Enquanto outro cidadão pode morar em Balham e viajar ao centro de Londres todos os dias e coisas vão lhe acontecer. Vai se envolver com quadrilhas de chantagistas, topar com jovens deslumbrantes e escapar de bandidos motorizados. Certas pessoas têm uma tendência a naufrágios. Até mesmo quando passeiam de barco num lago ornamental algo acontece com a embarcação. Da mesma forma, gente como o seu convidado Hercule Poirot nem precisa procurar o crime... O crime vai até ele.

– Nesse caso – replicou o sr. Satterthwaite –, é melhor mesmo que a srta. Milray jante conosco. Assim pelo menos não vamos ser treze à mesa.

– Tudo bem, Tollie – disse Sir Charles educadamente –, você pode ter o seu assassinato se está tão ansioso por isso. Com uma ressalva: que o cadáver não seja o meu!

E, rindo, os três amigos entraram na casa.

Capítulo 2

Incidente antes do jantar

O principal interesse da vida do sr. Satterthwaite era o ser humano.

Concentrava o seu interesse mais nas mulheres do que nos homens. Para um homem viril, o sr. Satterthwaite até que sabia bastante sobre as mulheres. Um traço perceptivo em sua personalidade lhe permitia vislumbrar o cérebro feminino. Em toda a sua vida, elas o haviam escolhido como confidente, mas nunca o levavam a sério. Às vezes, isso lhe causava certa amargura. Tinha a sensação de estar sempre nas primeiras filas da plateia assistindo ao espetáculo, nunca no palco encenando o drama. Mas, na verdade, o papel de observador lhe caía como uma luva.

À tardinha, sentado na ampla sala que dava para o terraço, engenhosamente decorada por uma empresa moderna para imitar a luxuosa cabine de um iate, o que mais despertava seu interesse era descobrir a cor exata da tintura de cabelo de Cynthia Dacres. Tonalidade inovadora (direto de Paris, ele suspeitava), com o efeito curioso e agradável de um bronze esverdeado. Impossível sondar a aparência verdadeira da sra. Dacres. Moldava a alta silhueta de modo perfeitamente disciplinado às exigências do momento. Pescoço e braços tinham a cor bronzeada de sol, típica de quem vai bastante ao interior e à praia, mas era impossível dizer se era natural ou artificial. O penteado unia vanguarda e deslumbre dignos do melhor cabeleireiro londrino. As sobrancelhas bem feitas, os cílios com rímel, o rosto belamente maquilado e a boca cujo batom delineava uma curva inexistente nos lábios retos: tudo parecia realçar o vestido longo, de um azul carregado e raro, de talhe aparentemente simples (impressão, no entanto, ridiculamente longe da verdade), feito de um tecido raro – opaco, mas com brilhos ocultos.

– A elegância em pessoa – murmurou consigo o sr. Satterthwaite, avaliando-a com aprovação. – Fico pensando como ela é realmente.

Mas desta vez ele se referia ao jeito de ser, não à aparência.

Ela falava espichando vogais e ditongos, à maneira tão em voga.

– Meu bem, foi impossível. Quero dizer, as coisas são ou possíveis ou impossíveis. Essa foi impossível. Simplesmente penetrante!

Aquela era a palavra da moda: tudo era "penetrante".

Sir Charles agitava a coqueteleira com vigor e conversava com Angela Sutcliffe – alta, grisalha, lábios travessos e olhos bonitos.

O capitão Dacres papeava com Bartholomew Strange.

– Todo mundo sabe o que há de errado com o velho Ladisbourne. Até as paredes do estábulo sabem.

Ele falava numa voz aguda, ligeira e não muito cordial – figura corada e vulpina, de bigode curto e olhos volúveis.

Ao lado do sr. Satterthwaite, estava sentada a srta. Wills, cuja peça, *Trânsito em mão única*, fora aclamada como uma das mais arrojadas e espirituosas a entrar em cartaz em Londres nos últimos anos. Alta, magra, queixo afundado, cabelos loiros e penteado horrível. Usava pincenê e vestido em raiom verde todo molenga. Voz fininha e sem graça.

– Visitei o sul da França – contou ela. – Para ser sincera, não achei grande coisa. Povo nada amigável. Mas, claro, foi proveitoso para meu trabalho... É bom estar onde as coisas acontecem, sabe.

O sr. Satterthwaite pensou: "Tadinha. O sucesso a afastou do lar espiritual... Uma pensão em Bournemouth. Lá que ela gostaria de estar". Refletiu, maravilhado, acerca da diferença entre textos e autores... Onde, na srta. Wills, se percebia a mais tênue centelha daquele ar educado de "alta sociedade" que Anthony Astor transmitia a suas peças? Logo percebeu, nos olhos azul-celeste por trás do pincenê, uma inteligência singular. O olhar avaliativo com que ela o encarava naquele instante o deixou meio desconcertado. Foi como se a srta. Wills estivesse tentando decorá-lo na ponta da língua.

Sir Charles começava a servir os coquetéis.

– Deixa que eu pego um para você – ofereceu-se o sr. Satterthwaite, pulando da cadeira.

A srta. Wills riu.

– Quanta gentileza – murmurou ela.

A porta se abriu, e Temple anunciou Lady Mary Litton Gore, o sr. e a sra. Babbington e a srta. Lytton Gore.

O sr. Satterthwaite entregou o coquetel à srta. Wills e foi se aproximando discretamente de Lady Mary Litton Gore. Como já se mencionou, ele tinha um fraco por títulos de nobreza.

Esnobismo à parte, ele também apreciava damas de modos requintados, coisa que Lady Mary inegavelmente era.

Depois de enviuvar, mudou-se com a filha de três anos para um chalezinho em Loomouth onde passou a morar com uma fiel empregada. Esguia e alta, aparentava mais que seus 55 anos. Semblante doce, meio tímido. Adorava a filha, mas ela sempre a deixava um pouco ansiosa.

Hermione Lytton Gore, por alguma razão obscura conhecida popularmente como Egg, não se parecia muito com a mãe. Fazia um tipo mais dinâmico. Não chegava a ser bonita, avaliou o sr. Satterthwaite, mas sem dúvida era atraente. E o motivo dessa atração, ponderou, residia em sua transbordante vivacidade. Parecia duas vezes mais animada do que qualquer outra pessoa naquela sala. Cabelos pretos, olhos cinza, estatura mediana. Algo no jeito que o cabelo lhe caía em caracóis nos ombros nus, algo no relancear sincero dos olhos cinzentos, algo na curva das bochechas, algo na risada contagiante transmitia ao observador aquela impressão de juventude e vitalidade desenfreadas.

Conversava em pé com Oliver Manders, que recém chegara.

– Não entendo por que velejar lhe entedia tanto. Antigamente você gostava.

– Egg... meu bem. As pessoas evoluem.

Ele falava de modo arrastado, erguendo as sobrancelhas.

Jovem bonito de seus 25 anos. Havia, talvez, algo um tanto maneiroso em sua boa aparência. E outra coisa a mais... outra coisa... seria estrangeiro? Havia algo não britânico nele.

Outra pessoa observava Oliver Manders. Um homem pequenino de cabeça oval e bigode de aspecto estrangeiro. O sr. Satterthwaite vasculhou na memória o encontro que tivera com monsieur Hercule Poirot. O homenzinho havia sido afabilíssimo. Naquela ocasião, o sr. Satterthwaite suspeitara que Poirot havia exagerado de modo intencional os maneirismos estrangeiros. Os olhinhos sorridentes do detetive pareciam dizer: "Querem que eu seja o bufão? Que eu encene a comédia para vocês? *Bien*... como queiram!".

Mas agora os olhos de Hercule Poirot não sorriam. Trazia o semblante sério e um pouco triste.

O reverendo Stephen Babbington, pároco de Loomouth, aproximou-se de Lady Mary e do sr. Satterthwaite. Sessenta e poucos anos, olhos esmaecidos e bondosos, dono de um jeito reservado que encantava as pessoas. Comentou com o sr. Satterthwaite:

– Que sorte a nossa contar com a presença de Sir Charles em nosso meio. Ele tem sido muito amável... e generoso! O tipo de vizinho agradável que todos gostariam de ter. Lady Mary concorda comigo, tenho certeza.

Lady Mary abriu um sorriso.

– Gosto muito dele. O sucesso não conseguiu estragá-lo. Em muitos aspectos ele continua sendo – o sorriso dela se intensificou – uma criança.

A copeira se aproximou com uma bandeja de coquetéis enquanto o sr. Satterthwaite ponderava o quão interminavelmente maternais eram as mulheres. Pertencente à geração vitoriana, ele aprovava essa característica.

– Pode tomar um coquetel, mãe – disse Egg, chispando na direção deles com uma taça na mão. – Só um.

– Obrigada, querida – disse Lady Mary docilmente.

– Acho – brincou o sr. Babbington – que minha esposa me deixa tomar um.

E deu uma amena risadinha clerical.

O sr. Satterthwaite olhou de relance para a sra. Babbington, que conversava em tom sério com Sir Charles. O assunto? Esterco.

"Belos olhos", pensou ele.

A sra. Babbington, grandona e desarrumada, transpirava energia e tinha todo o jeito de ser imune à mentalidade mesquinha. Como descrevera Charles Cartwright: uma ótima companhia.

– Diga-me – inclinou-se à frente Lady Mary. – Quem é a jovem com quem você conversava quando chegamos... a de vestido verde?

– A autora de peças teatrais... Anthony Astor.

– O quê? Aquela... aquela mocinha de fachada anêmica? Ah! – E logo se recompôs. – Que horror de minha parte. Mas fiquei surpresa. Ela não parece... Ou melhor, ela tem o jeito exato de uma babá incompetente.

Descrição tão precisa do aspecto da srta. Wills fez o sr. Satterthwaite cair na risada. O sr. Babbington corria os olhos míopes e afáveis pela sala. Tomou um gole de coquetel e se engasgou um pouco. "Não tinha o costume de beber coquetéis", pensou divertidamente o sr. Satterthwaite. Era provável que para ele os coquetéis representassem a modernidade, mas não gostava de bebê-los. O sr. Babbington tomou outro bom gole com o rosto meio contorcido e disse:

– É aquela dama ali? Ai, meu Deus...

Levou a mão à garganta.

A voz de Egg Lytton Gore ressoou:

– Oliver... seu pérfido Shylock...*

"Lógico!", pensou o sr. Satterthwaite. "Ele não é estrangeiro, é judeu!"

Os dois faziam um belo par. Tão jovens e bonitos... E um pegando no pé do outro, também – sempre um bom sinal...

Sua atenção foi desviada por um barulho ao seu lado. O sr. Babbington tinha se levantado cambaleante, o rosto contraído por um espasmo.

Todos na sala escutaram a voz límpida de Egg, contudo foi Lady Mary quem se levantou e apontou um dedo ansioso.

– Olhem! – disse a voz de Egg. – O sr. Babbington está se sentindo mal.

Às pressas, Sir Bartholomew Strange se aproximou, apoiou o doente e praticamente o carregou até o sofá

---

* Personagem da peça *O mercador de Veneza*, de William Shakespeare. (N.T.)

num canto da sala. Os demais convivas cercaram o sofá, ansiosos por ajudar, mas impotentes...

Dois minutos depois, Strange aprumou o corpo e balançou a cabeça. Falou de modo objetivo, ciente de que não adiantava nada fazer rodeios:

– Sinto muito – disse ele. – Ele está morto...

Capítulo 3
Sir Charles fica intrigado

– Quer entrar um minuto, Satterthwaite? – perguntou Sir Charles, projetando a cabeça porta afora.

Uma hora e meia havia se passado. À confusão sucedera-se a paz. Lady Mary havia amparado a lacrimosa sra. Babbington e a conduzido para fora da sala e depois ao vicariato. A srta. Milray mostrara eficácia ao telefone. O médico local chegara e se encarregara de tudo. Uma janta simplificada fora servida e, logo após, por consenso geral, o grupo de convidados se recolhera a seus quartos. O sr. Satterthwaite batia em retirada quando Sir Charles o chamou pela porta da cabine do iate, onde a morte acontecera.

O sr. Satterthwaite entrou ali reprimindo um leve tremor ao fazê-lo. Era velho o suficiente para não gostar da imagem da morte... Pois em breve, talvez, ele próprio... Mas de que adiantava pensar nisso?

– Estou inteiro para mais uns vinte anos – murmurou convicto o sr. Satterthwaite com seus botões.

O único outro ocupante da cabine do iate era Bartholomew Strange. Balançou a cabeça em tom aprovador ao ver o sr. Satterthwaite.

– Bom amigo – disse ele. – Satterthwaite pode nos ajudar. Tem experiência de vida.

Um tanto surpreso, o sr. Satterthwaite sentou-se na cadeira de braços perto do doutor. Sir Charles caminhava para lá e para cá. Esquecera-se dos punhos semicerrados e parecia nitidamente menos naval.

– Charles não está gostando – comentou Sir Bartholomew. – Da morte do pobre velho Babbington, quero dizer.

O sr. Satterthwaite considerou o comentário infeliz. Quem, em sã consciência, esperaria que alguém fosse "gostar" do ocorrido? Ele se deu conta de que não devia levar as palavras de Strange ao pé da letra.

– Foi muito perturbador – ponderou o sr. Satterthwaite, escolhendo as palavras como quem tateia cautelosamente num ambiente escuro. – Muito perturbador mesmo – acrescentou com um calafrio reminiscente.

– Hum... sim, foi bastante desagradável – concordou o médico, a entonação profissional insinuando-se de repente na voz.

Cartwright estacou no meio da sala.

– Já viu alguém morrer daquele jeito antes, Tollie?

– Não – respondeu Bartholomew pensativo. – Nunca vi coisa parecida.

Pouco depois, acrescentou:

– Mas não vi tantas mortes quanto você supõe. Um neurologista não mata muitos pacientes. Ele os mantém vivos e obtém deles a sua renda. MacDougal já presenciou um número bem maior de óbitos do que eu, não tenho dúvida disso.

O dr. MacDougal era o médico mais importante em Loomouth, a quem a srta. Milray havia chamado.

– MacDougal não viu esse homem morrer. Ele já estava morto quando ele chegou. Baseou-se apenas no que pudemos relatar a ele, no que você pôde relatar. Alegou que foi uma espécie de ataque apoplético, que Babbington era idoso e que não andava bem de saúde. Isso não me satisfaz.

– Provavelmente não satisfaz a ele também – grunhiu o outro. – Mas um médico tem que dizer algo. Ataque apoplético é uma expressão boa... Não significa nada específico, mas satisfaz a curiosidade dos leigos. E, afinal de contas, Babbington *era* idoso e ultimamente *andava* mal de saúde. A mulher dele nos contou. Talvez sofresse de uma doença que não suspeitava.

– Aquilo foi um ataque ou um acesso típico, ou sei lá como vocês chamam?

– Típico do quê?

– De alguma doença conhecida?

– Se você tivesse estudado medicina – retorquiu Sir Bartholomew – saberia que dificilmente existe algo como um caso típico.

– O que afinal está sugerindo, Sir Charles? – indagou o sr. Satterthwaite.

Cartwright não respondeu. Fez um gesto vago com a mão. Strange deu uma risada tímida.

– Nem o próprio Charles sabe – observou. – É apenas o intelecto dele se voltando de modo natural às possibilidades dramáticas.

Sir Charles fez um gesto de censura, o rosto absorto e pensativo... Com ar distraído, balançou a cabeça de leve.

Uma esquiva semelhança atiçou o sr. Satterthwaite... Ficou pensando onde já vira gesto parecido... E então se lembrou: Aristide Duval, o chefe do Serviço Secreto, desvendando a emaranhada trama dos "Cabos subterrâneos". No minuto seguinte, teve certeza. Sir Charles inconscientemente claudicava ao caminhar. Aristide Duval ficara conhecido como "O homem que claudicava".

Sir Bartholomew continuou a aplicar um bom senso cruel às suspeitas nebulosas de Sir Charles.

– Afinal, de que você suspeita, Charles? Suicídio? Assassinato? Quem ia querer matar um velho e inofensivo homem do clero? É fantástico. Suicídio? Bem, essa é uma possibilidade. A gente até pode imaginar um motivo para Babbington querer acabar com a própria vida...

– Que motivo?

Sir Bartholomew balançou a cabeça suavemente.

– Como adivinhar os segredos do cérebro humano? É só um palpite... Digamos que Babbington tenha descoberto que sofria de uma doença incurável... Câncer, por exemplo. Algo desse tipo poderia fornecer o motivo. Talvez desejasse poupar a esposa de assistir ao seu longo e penoso sofrimento. É só um palpite, é claro. Não há nenhum motivo concreto que nos leve a pensar que Babbington realmente quis acabar com a própria vida.

– Não era bem em suicídio que eu pensava – começou Sir Charles.

Bartholomew Strange de novo riu baixinho.

– Exato. Você não dá a mínima para o que é ou não provável. Quer emoção. Quer um veneno ultramoderno que não deixa vestígios nos coquetéis.

Sir Charles fez uma careta expressiva.

– Não tenho certeza se quero isso mesmo. Tollie, você não lembra? Quem misturou aqueles coquetéis fui *eu.*

– Ataque repentino de mania homicida, hein? Imagino que os sintomas estejam atrasados em nosso caso, mas antes da aurora todos estaremos mortos.

– Você está brincando, mas... – Sir Charles se calou, irritado.

– No fundo, não estou brincando – disse o médico.

A voz dele mudou. Soou séria e sensível.

– Não estou brincando com a morte do pobre velho Babbington. Estou é caçoando de suas ideias, Charles, porque... bem... porque eu não quero que você, de modo impensado, cause mal a alguém.

– Mal? – perguntou Sir Charles.

– Entende aonde eu quero chegar, sr. Satterthwaite?

– Tenho um palpite – respondeu ele.

– Não percebe, Charles – continuou Sir Bartholomew –, o quanto suspeitas ociosas podem ser maléficas? Essas coisas se espalham. A mais remota sugestão de crime, totalmente infundada, pode causar sérios problemas e sofrimentos à sra. Babbington. Já vi coisas assim acontecerem. Morte súbita, línguas de palmo e meio em ação, falatório correndo por toda a cidade, boatos cada vez mais escabrosos... E *isso ninguém pode parar*. Droga, Charles, não percebe o quanto isso seria cruel e desnecessário? Você só está dando rédeas à sua imaginação fértil e galopando numa raia totalmente especulativa.

O rosto do ator deixou entrever um olhar de indecisão.

– Não tinha pensado nisso – admitiu.

– Você é gente finíssima, Charles, mas deixa sua imaginação roubar a cena. Seja sincero: acredita mesmo que alguma pessoa, *alguma pessoa no mundo* ia querer matar aquele velho inofensivo?

– Acho que não – concordou Sir Charles. – Como você diz, é ridículo. Sinto muito, Tollie. Mas fique certo: não foi mero "jogo de cena" de minha parte. Tive mesmo a "intuição" de que algo estava errado.

O sr. Satterthwaite tossiu fraquinho.

– Posso dar uma sugestão? O sr. Babbington começou a passar mal pouco depois de entrar na sala e logo após tomar o coquetel. Casualmente notei o rosto dele meio contorcido enquanto bebia. Imaginei que tivesse feito uma careta por não estar acostumado com o sabor da bebida. Mas vamos supor que a ideia vaga de Sir Bartholomew esteja correta: o sr. Babbington por algum motivo desejou cometer suicídio. Isso me soa possível. Já a ideia de assassinato me parece completamente ridícula.

"Acho possível, embora improvável, que o sr. Babbington tenha colocado algo naquela taça sem que ninguém visse.

"Agora percebo que nada ainda foi tocado nesta sala. As taças de coquetel continuam exatamente onde estavam. Esta é a do sr. Babbington. Sei disso porque eu estava sentado aqui falando com ele. Sugiro que Sir Bartholomew mande analisar o conteúdo da taça... Isso pode ser feito sem alarde e sem provocar nenhuma 'fofoca'."

Sir Bartholomew levantou-se e pegou a taça.

– Certo – aceitou o médico. – Vou contentá-lo por enquanto, Charles. Mas aposto com você dez libras contra uma que não há nada nela a não ser o mais autêntico coquetel de gim e vermute.

– Fechado – disse Sir Charles.

E acrescentou com um sorriso tristonho:

– Sabe, Tollie, você é parcialmente responsável pelas rédeas frouxas da minha imaginação.

– Eu?

– Sim, com seu papo sobre crimes esta manhã. Você disse que esse detetive, Hercule Poirot, era uma espécie de petrel, que onde ele vai os crimes o perseguem. Daí ele chega e pouco depois acontece uma morte suspeitosamente súbita. Claro que logo pensei em assassinato.

– Será que... – começou o sr. Satterthwaite e parou.

– Sim – disse Charles Cartwright. – Também pensei nisso. O que acha, Tollie? Será que podemos perguntar a ele o que pensa disso tudo? Quero dizer, não seria contra a etiqueta?

– Boa pergunta – murmurou o sr. Satterthwaite.

– Conheço a etiqueta médica, mas o diabo que me carregue se eu souber algo sobre a etiqueta dos detetives.

– Não pega bem pedir a uma cantora profissional que cante num encontro social – ponderou o sr. Satterthwaite. – Será que podemos pedir a um investigador particular que investigue? Questão curiosíssima.

– Perguntar não ofende – falou Sir Charles.

Escutou-se um leve bater na porta, uma fresta se abriu, e o rosto de Hercule Poirot surgiu por ela, com uma expressão de quem se desculpa.

– Entre, homem – gritou Sir Charles alvoroçado. – Estávamos justamente falando no senhor.

– Não quero meter o nariz onde não sou chamado.

– De modo algum. Tome um drinque.

– Não, obrigado. Raramente bebo uísque. Mas aceito um cálice de xarope de frutas...

Xarope de frutas, entretanto, não fazia parte do rol de líquidos ingeríveis de Sir Charles. Após acomodar o convidado numa cadeira, o ator foi direto ao ponto.

– Vou falar sem rodeios – avisou. – Monsieur Poirot, estávamos justamente falando no senhor e... e... no que aconteceu hoje à noite. Diga-me, pensa que tem algo errado nisso tudo?

As sobrancelhas de Poirot se ergueram. Ele disse:

– Errado? Como assim, errado?

Bartholomew Strange esclareceu:

– Meu amigo enfiou na cabeça que o velho Babbington foi assassinado.

– E os senhores pensam que não. É isso?

– Queremos ouvir a sua opinião.

Poirot ponderou pensativo:

– Claro, ele adoeceu de repente... Muito de repente.

– É verdade.

O sr. Satterthwaite explicou a teoria de suicídio e sua própria sugestão de mandar analisar o conteúdo da taça de coquetel.

Poirot assentiu com a cabeça.

– Isso, afinal, não vai fazer mal a ninguém. Como avaliador da natureza humana, me parece extremamente improvável que alguém quisesse eliminar um inofensivo e simpático senhor de idade. E, a meu ver, a ideia de suicídio é ainda mais improvável. Mas a taça de coquetel vai nos contar a verdade.

– Em sua opinião, qual será o resultado da análise?

Poirot deu de ombros.

– Minha opinião? Só posso adivinhar. Está me pedindo para adivinhar o resultado da análise?

– Sim...?

– Então meu palpite é que só vão encontrar o resíduo de um soberbo martíni. – Fez uma reverência na direção de Sir Charles. – Envenenar um homem com um coquetel pinçado entre as muitas taças de uma bandeja... Ora, essa técnica seria muito, muito difícil. E se aquele velho e simpático clérigo quisesse cometer suicídio, não creio que o fizesse numa festa. Isso mostraria absoluta falta de consideração com os outros, e o sr. Babbington me pareceu uma pessoa de extrema consideração. – Fez uma pausa. – Esse, já que me perguntou, é o meu parecer.

Seguiu-se um instante de silêncio. Então Sir Charles encheu o peito e deixou escapar um suspiro profundo. Abriu uma das janelas e olhou para fora.

– O vento mudou de direção – constatou.

Saía de cena o detetive do Serviço Secreto; entrava o velejador.

Mas para o bom observador sr. Satterthwaite pareceu que Sir Charles ainda ansiava pelo papel que, no fim das contas, não conseguiu.

Capítulo 4
Moderna Elaine

– Sim, mas o que é que o senhor acha, sr. Satterthwaite? *De verdade*?

O sr. Satterthwaite mirou a um lado, depois ao outro. Não havia escapatória. Egg Lytton Gore o havia encurralado no cais de pesca. Implacáveis, essas jovens modernas – e tremendamente vivas.

– Você está influenciada pelas ideias de Sir Charles – argumentou ele.

– Que nada. Está na cara. Desde o começo. Foi tão repentino.

– O homem já era velho, e a saúde dele não era das melhores...

Egg cortou a ladainha.

– Conta outra. Ele sofria de neurite e um pouco de artrite reumatoide. Nem por isso a pessoa sai por aí tendo ataques. Ele nunca teve nenhum ataque. Era uma espécie de portão que mesmo rangendo suave alcança os noventa anos com facilidade. O que achou do inquérito?

– Tudo me pareceu bastante... hum... normal.

– O que achou do testemunho do dr. MacDougal? Incrivelmente técnico e tudo o mais... Descrição detalhada dos órgãos... Mas não ficou com a impressão de que por trás de todo aquele bombardeio verborrágico ele tentava se esquivar? Em síntese, ele só disse que não havia evidências de que a morte não tenha sido causada por razões naturais, mas não disse com todas as letras que a morte *resultava* de causas naturais.

– Não está discutindo o sexo dos anjos, minha querida?

– *Ele* é que discutiu... Ele estava perplexo, mas não tinha base para afirmar nada, então teve que se refugiar na precaução médica. O que Sir Bartholomew Strange acha de tudo isso?

O sr. Satterthwaite repetiu alguns dos comentários do médico.

– Então ele não levou a sério as suspeitas? – indagou Egg pensativa. – Lógico, ele é cauteloso... Como todo figurão da Harley Street tem que ser.

– Não havia nada na taça de coquetel além de gim e vermute – fez questão de relembrar o sr. Satterthwaite.

– Isso parece acomodar tudo. Em todo caso, algo que aconteceu depois do inquérito me deixou intrigada...

– Algo que Sir Bartholomew disse a você?

O sr. Satterthwaite começou a sentir uma agradável curiosidade.

– Não a mim... a Oliver. Oliver Manders... Ele estava no jantar naquela noite, mas talvez o senhor não se lembre dele.

– Sim, me lembro dele perfeitamente. É um grande amigo seu?

– Era. Hoje em dia brigamos como cão e gato. Ele foi trabalhar no escritório do tio no centro financeiro de Londres e está se tornando... bem, meio pomposo demais, se é que me entende. E só fala em pedir demissão e virar jornalista, ele escreve muito bem. Mas acho que é só da boca para fora. Ele quer ficar rico. Acho que todo mundo é meio nojento quando o assunto é dinheiro, não acha, sr. Satterthwaite?

Aquilo fez a juventude dela – na forma de tosca e arrogante infantilidade – lampejar.

– Minha querida – observou ele –, tem muita gente nojenta e não só nesse assunto.

– Pouca gente presta neste mundo – concordou Egg, alegre. – Por isso estou tão sentida com o que houve com o velho sr. Babbington. Ele era um amor, me preparou para a crisma e tudo o mais. Claro, sei que nisso tem muita conversa para boi dormir, mas ele sempre foi um doce comigo. Sabe, sr. Satterthwaite, acredito mesmo no cristianismo... Não do jeito que mamãe acredita, com catecismo, missas matutinas e tudo o mais... Mas de um jeito inteligente, histórico. A Igreja está toda coagulada com a tradição paulina... Na verdade, a Igreja é uma confusão... Mas o cristianismo em si é legal. Por isso que nunca vou ser comunista como Oliver. Na prática nossas crenças têm resultado parecido, coisas em comum e propriedade de todos, mas a diferença... Ah, deixa pra lá. Mas os Babbington realmente *viviam* o cristianismo; não se intrometiam, nem mexericavam, nem condenavam; nunca eram indelicados. Um casal querido... Sem falar em Robin...

– Robin?

– O filho deles... Ele estava na Índia e foi morto... Eu... eu... tinha uma queda por Robin...

Egg piscou. Desviou o olhar e fitou o oceano...

Logo a atenção dela voltou ao sr. Satterthwaite e ao presente.

– Então, sabe, tenho motivos para me importar com isso. Vamos supor que não tenha sido morte natural...

– Minha jovem!

– Bem, é muito esquisito! Tem que admitir que é muito esquisito.

– Mas não foi você mesma que admitiu que os Babbington não tinham um inimigo sequer no mundo todo?

– É justamente isso que torna o caso tão estranho. Não consigo pensar em nenhum motivo...

– Fantástico! Não havia nada no coquetel.

– Talvez alguém tenha aplicado uma injeção nele.

– Com o veneno das flechas de índios sul-americanos – sugeriu o sr. Satterthwaite, num sutil escárnio.

Egg deu um sorrisinho irônico.

– Exato. O velho e bom veneno que não deixa vestígios. Ora, o senhor está sendo presunçoso nessa história. Um dia, talvez, vai descobrir que nós temos razão.

– Nós?

– Sir Charles e eu. – Ela corou de leve.

O sr. Satterthwaite recordou versos que lera na juventude, quando todas as estantes tinham um exemplar de *Citações para todas as ocasiões*:

Ela ergueu o olhar àquele rosto
C'o dobro da idade e cicatriz
De espada, ferido e bronzeado,
E o amou co' amor de perdição.

Sentiu-se um pouco envergonhado por pensar em citações – e justo de Tennyson, autor pouquíssimo citado hoje em dia. Além do mais, embora Sir Charles fosse bronzeado, ele não tinha o rosto desfigurado por cicatriz, e Egg Lytton Gore, embora indubitavelmente capaz de uma paixão saudável, não parecia nada propensa a se perder de amor e se deixar levar à deriva numa jangada pelos rios. Entre Egg e Elaine, a donzela-lírio de Astolat cantada por Tennyson no poema "Lancelot e Elaine", não havia a menor semelhança.

"Exceto", pensou o sr. Satterthwaite, "a juventude..."

Moças sempre se atraem por homens de meia-idade com passados interessantes. Egg não parecia ser exceção à regra.

– Por que ele nunca se casou? – ela indagou de supetão.

– Bem... – o sr. Satterthwaite fez uma pausa. Sua resposta pessoal, trocando em miúdos, teria sido: "Cautela", mas ele percebeu que uma palavra assim seria inaceitável para Egg Lytton Gore.

Sir Charles Cartwright tivera inúmeros casos com mulheres, atrizes ou não, mas sempre dera um jeito de evitar o matrimônio. Obviamente, Egg ansiava por uma explicação mais romântica.

– Aquela moça que morreu de tísica... A atriz, acho que o nome começava com a letra M... Ele não era apaixonado por ela?

O sr. Satterthwaite se lembrou da moça em questão. Boatos haviam ligado o nome de Charles Cartwright ao dela, mas apenas muito superficialmente, e o sr. Satterthwaite jamais acreditou que Sir Charles tivesse ficado solteiro com o objetivo de permanecer fiel à memória dela. Tentou expressar isso com o máximo de diplomacia.

– Ele deve ter tido vários casos – disse Egg.

– Hum... é provável – respondeu o sr. Satterthwaite, sentindo-se vitoriano.

– Gosto de homens que têm casos – sentenciou Egg. – Mostra que não são efeminados nem coisa parecida.

O vitorianismo do sr. Satterthwaite sofreu novo baque. Ficou sem saber o que responder. Egg não percebeu seu constrangimento. Continuou a falar com olhar meditativo.

– Sabe, Sir Charles é mesmo mais inteligente do que a gente imagina. Faz pose e dramatiza a si próprio, mas no fundo ele tem cérebro. Sabe velejar bem melhor do que as pessoas imaginam ao ouvi-lo falar. A gente pensa, ao escutá-lo, que é tudo pose, mas não é. E nesta história é a mesma coisa. A gente pensa que é tudo para causar efeito... Que ele quer encenar o papel do grande detetive. Só digo uma coisa: acho que ele encenaria muito bem.

– É possível – concordou o sr. Satterthwaite.

Pela inflexão da voz, ele revelou seus sentimentos com clareza suficiente. Egg não perdeu a deixa e os expressou em palavras.

– Mas o senhor pensa que a peça "Morte de um clérigo" não empolga ninguém. E que o título certo seria "Lamentável incidente na festa noturna". Mera catástrofe social. O que monsieur Poirot acha disso? *Ele* deve saber.

– Monsieur Poirot nos aconselhou a esperar a análise do coquetel, mas na opinião dele não houve nada de errado.

– Ora – disse Egg –, ele está ficando velho. Carta fora do baralho. – O sr. Satterthwaite encolheu-se, constrangido. Egg continuou sem se dar conta da brutalidade: – Venha comigo tomar um chá lá em casa. Mamãe gosta de você. Ela me contou.

Delicadamente lisonjeado, o sr. Satterthwaite aceitou o convite.

Ao chegarem, Egg teve a ideia de telefonar para Sir Charles e explicar por que seu convidado não retornou.

O sr. Satterthwaite sentou-se na acanhada sala com desbotados estofamentos de chita e envernizadas peças de mobília antiga. Sala vitoriana, do tipo que o sr. Satterthwaite chamava de sala feminina, e ele a aprovou.

A conversa com Lady Mary foi prazerosa; nada brilhante, mas fluente e agradável. Os dois tocaram no assunto de Sir Charles. O sr. Satterthwaite o conhecia bem? Não eram amigos chegados, respondeu. Anos atrás, ele patrocinara uma das peças de Sir Charles. Tornaram-se amigos desde então.

– Ele exala um charme intenso – elogiou Lady Mary, sorrindo. – Não sou só eu que percebo, Egg também. Deve ter notado que Egg anda padecendo terrivelmente de "adoração ao herói"?

O sr. Satterthwaite ficou se perguntando se, na condição de mãe, Lady Mary não estava um tanto inquieta devido a essa adoração ao herói. Mas, se fosse assim, ela não deixava transparecer.

– É tão pequeno o contato de Egg com o mundo – comentou num suspiro. – É muito raro sairmos daqui. Um de meus primos fez uma surpresa e a levou para uns passeios na capital. Mas depois ela quase não colocou o pé fora daqui, à exceção de uma visita ou outra. No meu entendimento, jovens têm que ter acesso a uma gama de pessoas e lugares... Em especial pessoas. Caso contrário... Bem, a proximidade às vezes pode ser uma coisa perigosa.

O sr. Satterthwaite concordou, pensando em Sir Charles e nos passeios no veleiro. Mas não era isso que passava pela cabeça de Lady Mary, como ela revelou logo depois.

– A vinda de Sir Charles foi excelente para Egg. Ampliou os horizontes dela. Sabe, por aqui há uma escassez de juventude... Em especial de homens. Meu maior medo é que Egg seja obrigada a se casar com alguém só porque ela anda grudada com uma pessoa, sem opção de conhecer outras.

O sr. Satterthwaite teve uma rápida intuição.

– Refere-se ao jovem Oliver Manders?

Lady Mary corou em surpresa ingênua.

– Puxa, sr. Satterthwaite, como é que o senhor adivinhou?! Eu *pensava* nele, sim. Uma época ele e Egg eram unha e carne. Sei que sou meio antiquada, mas algumas das ideias dele não me agradam.

– A juventude tem lá suas rebeldias – ponderou o sr. Satterthwaite.

Lady Mary meneou a cabeça.

– Ando tão apreensiva... É bem conveniente, claro. Sei tudo sobre ele. O tio dele é abonado. Por sinal, não faz muito contratou Oliver para que trabalhasse com ele na sua empresa. Até aí, tudo bem, mas... Ai, como sou boba...

Balançou a cabeça, incapaz de se expressar mais.

O sr. Satterthwaite se deixou envolver por uma curiosa intimidade. Comentou sem papas na língua:

– Por outro lado, Lady Mary, a senhora não ia gostar que sua menina casasse com um homem que tivesse o dobro da idade dela.

A resposta dela o surpreendeu.

– Talvez seja mais seguro assim. A mulher que toma esse caminho ao menos sabe onde pisa. Nessa idade um homem já deixou para trás aventuras e pecados. Não o aguardam logo ali na frente...

Antes que o sr. Satterthwaite pudesse argumentar, Egg reingressou no recinto.

– Nos abandonou por um bom tempo, querida – disse a mãe dela.

– Eu estava conversando com Sir Charles no telefone, mamãe. Ele está lá sozinho jogado às traças. – Voltou a se dirigir ao sr. Satterthwaite, em tom de censura: – O senhor não me disse que todos os outros convidados tinham debandado.

– Partiram ontem... Todos menos Sir Bartholomew Strange. Ele ia ficar até amanhã, mas hoje pela manhã chegou um telegrama convocando-o para voltar às pressas. Um dos pacientes dele está em situação crítica.

– Que pena – mencionou Egg. – Eu pretendia estudar os convidados. Quem sabe eu não poderia descobrir uma pista?

– Pista para quê, meu amor?

– O sr. Satterthwaite sabe. Mas também não importa. Oliver continua por aqui. Vamos enredá-lo na trama. Quando ele se esforça tem boas ideias.

Quando o sr. Satterthwaite retornou a Crow's Nest, deparou-se com o anfitrião sentado no terraço contemplando o oceano.

– Olá, Satterthwaite. Tomando chá com as Lytton Gore?

– Sim. Não se importa?

– Claro que não. Egg ligou... Mocinha curiosa, essa Egg...

– Atraente – constatou o sr. Satterthwaite.

– Hum... sim, imagino que sim.

Levantou-se e deu alguns passos sem rumo.

– Como eu gostaria – irrompeu ele com amargor – de nunca ter colocado os pés neste lugar amaldiçoado.

Capítulo 5

Fugindo de uma senhorita

O sr. Satterthwaite pensou: "Ele sentiu o baque".

Apiedou-se de repente do anfitrião. Aos 52 anos, Charles Cartwright, o alegre e jovial destruidor de corações, se apaixonara. E, como ele próprio percebera, o seu caso estava predestinado à frustração. A juventude sempre acaba voltando à juventude.

"Moças não trazem o coração na ponta da língua", meditou o sr. Satterthwaite. "Egg vive alardeando o que sente por Sir Charles. Ela não faria isso se realmente significasse algo. O preferido é o jovem Manders."

Em geral, o sr. Satterthwaite era bastante arguto em suas suposições.

Mas talvez não estivesse levando em conta um fator sobre o qual ele mesmo não tinha conhecimento: o elevado valor que a juventude dá à experiência. Para o sr. Satterthwaite, já idoso, o fato de que Egg pudesse preferir um homem de meia-idade a um jovem era sinceramente inacreditável. Para ele, a juventude era o mais mágico de todos os dons.

Sua convicção se firmou quando Egg telefonou depois do jantar pedindo permissão para vir junto com Oliver para "trocar ideias".

Rapaz sem dúvida bonito: olhos escuros, pálpebras pesadas e movimentos harmoniosos. Ao que parecia, deixara-se ser trazido por Egg – um tributo à energia de Egg; mas sua atitude na maior parte do tempo era preguiçosamente cética.

– Não consegue convencê-la a mudar de assunto? – ele indagou a Sir Charles. – Como ela tem energia!

Culpa dessa vida bucólica e saudável que ela leva. Sabe, Egg, você chega a ser cansativa de tão entusiástica. E tem uma queda por coisas infantis: crime... comoção... essa bobagem toda.

– É um cético, Manders?

– Ora, sir, francamente. Aquele velhote de vozinha chorosa. É fantástico pensar em outra coisa que não causas naturais.

– Não lhe tiro a razão – disse Sir Charles.

O sr. Satterthwaite mirou-o de relance. Que papel Charles Cartwright encarnava hoje? Não o lobo do mar – e nem o detetive internacional. Sim, um papel novo e desconhecido.

O sr. Satterthwaite ficou chocado ao se dar conta de qual era o papel. Sir Charles interpretava o ator coadjuvante. E o protagonista era Oliver Manders.

Reclinou a cabeça na sombra e ficou ali assistindo àqueles dois, Egg e Oliver, se alfinetando – Egg fogosa, Oliver lânguido.

Sir Charles parecia mais velho do que de costume – velho e cansado.

Mais de uma vez Egg recorreu a ele – de modo ávido e confiante –, mas a resposta foi ausente.

Às onze da noite, foram embora. Sir Charles saiu com eles pelo terraço e ofereceu uma lanterna para ajudá-los a descer a trilha cheia de pedras.

Mas não havia necessidade de lanterna. Um belo luar iluminava a noite. Os dois partiram juntos, e suas vozes foram sumindo enquanto se afastavam.

Com ou sem luar, o sr. Satterthwaite não se arriscou a pegar um resfriado. Voltou à cabine do iate. Sir Charles permaneceu no terraço um pouco mais.

Quando entrou, passou a tranca na porta envidraçada atrás dele e, rumando a passos largos até a mesinha lateral, serviu-se de uísque com soda.

– Satterthwaite – disse ele –, amanhã estou indo embora. Para nunca mais voltar.

– O quê? – gritou o sr. Satterthwaite, atônito.

Por um breve instante, uma espécie de deleite melancólico pelo efeito produzido perpassou o rosto de Charles Cartwright.

– É a Única Coisa a Fazer – retrucou, obviamente falando em letras maiúsculas. – Vou vender esta casa. Ninguém jamais vai saber o que ela significou para mim. – A voz dele baixou, titubeante... e eficaz.

Depois de uma noite como coadjuvante, o egocentrismo de Sir Charles se vingava. Esta era a magistral Cena de Renúncia, que tantas vezes ele tinha interpretado em uma miscelânea de peças teatrais. Desistindo da Esposa de Outro Homem, Abrindo Mão da Moça que Amava.

Havia uma corajosa irreverência em sua voz.

– Estancar a sangria... É o único modo... Juventude à juventude... Feitos um para o outro, aqueles dois... Vou dar o fora...

– Para onde? – quis saber o sr. Satterthwaite.

O ator fez um gesto de escárnio.

– Qualquer lugar. O que importa? – acrescentou com uma leve mudança na voz: – Monte Carlo, talvez. – E então, corrigindo o que ao seu gosto delicado pareceu conter um leve anticlímax: – No coração do deserto ou no coração da multidão... Que diferença faz? O cerne do homem é a solitude... é ser sozinho. É o que sempre fui: uma alma solitária...

Não restava dúvida: era a última fala antes de sair do palco.

Acenou com a cabeça para o sr. Satterthwaite e retirou-se da sala.

O sr. Satterthwaite levantou e se preparou para seguir o exemplo do anfitrião e se recolher a seu aposento.

"Mas não será para o coração do deserto", pensou ele com um sorriso nos lábios.

Na manhã seguinte, Sir Charles implorou ao sr. Satterthwaite que o perdoasse se ele partisse a Londres naquele dia.

– Não precisa encurtar a visita, meu caro. Você planejava ficar até amanhã, e eu sei que depois vai passar uns dias na casa dos Harberton, em Tavistock. O carro vai levá-lo até lá. Mas algo me diz que agora que tomei minha decisão não devo ficar olhando para trás. Não, não devo olhar para trás.

Sir Charles endireitou os ombros com resolução máscula, apertou calorosamente a mão do sr. Satterthwaite e o deixou aos cuidados da eficiente srta. Milray.

A srta. Milray parecia pronta a lidar com a situação como teria lidado com qualquer outra. Não demonstrou surpresa nem emoção com a decisão de Sir Charles, tomada da noite para o dia. Tampouco o sr. Satterthwaite foi capaz de fazê-la manifestar-se sobre o assunto. Nem mortes súbitas nem mudanças súbitas nos planos conseguiam tirar a srta. Milray do sério. Tinha o dom de aceitar os fatos e tratava de administrá-los de modo competente. Telefonou às imobiliárias, mandou telegramas ao exterior e datilografou compenetrada à máquina de escrever. Para escapulir do deprimente espetáculo de tanta eficácia, o sr. Satterthwaite desceu pela trilha até o cais. Caminhava à toa quando alguém veio por trás e agarrou-o pelo braço. Deu meia-volta e se deparou com o rosto pálido de uma garota.

– Quer me explicar tudo isso? – indagou Egg com veemência.

– Tudo o quê? – disse o sr. Satterthwaite, fingindo-se de desentendido.

– Todo mundo está falando que Sir Charles está indo embora... que ele vai vender Crow's Nest.

– É a pura verdade.
– Ele vai embora?
– Já foi.
– Ah! – Egg soltou o braço dele. De repente parecia uma criancinha cruelmente magoada.
O sr. Satterthwaite ficou sem saber o que dizer.
– Para onde ele foi?
– Exterior. Sul da França.
– Ah!
Ele continuava sem saber o que dizer. Pois obviamente ali havia mais do que adoração ao herói...
Com pena dela, ele vasculhava no cérebro palavras de consolo quando ela falou outra vez – e o deixou perplexo.
– Qual daquelas malditas foi? – perguntou Egg com raiva.
O sr. Satterthwaite fitou-a, boquiaberto. Egg pegou-o pelo braço outra vez e sacudiu-o com violência.
– Tem que me dizer – gritou ela. – Qual delas? A grisalha ou a outra?
– Minha filha, eu não sei do que você está falando.
– Sabe, sim. Tem que saber. Claro que tem mulher por trás disso. Ele gostava de mim... Sei que gostava. Uma daquelas mulheres que ele convidou notou e decidiu afastá-lo de mim. Odeio mulheres. Seres sórdidos. Notou as roupas dela... Aquela de cabelo esverdeado? Fiquei me mordendo de inveja. Mulher com aquele tipo de roupa exerce um fascínio... Isso ninguém pode negar. É bem velha e um raio de feia, mas isso é detalhe. Vestida daquele jeito, coloca todas as outras mulheres no chinelo. É ela? Ou é aquela outra de cabelo grisalho? Ela é divertida... A gente percebe isso. Tem muito *sex appeal*. E ele a chamou de Angie. Não pode ser a que parecia uma couve murcha. É a toda elegante ou a tal de Angie?

– Minha querida, sua imaginação é mesmo fértil. Ele... ãhn... Charles Cartwright não está nem um pouco interessado em nenhuma daquelas mulheres.

– Não acredito no senhor. Elas estão interessadas nele, de qualquer modo...

– Não, não, não, você está cometendo um engano. Isso é tudo imaginação sua.

– Pistoleiras! – disse Egg. – Sem tirar nem pôr!

– Não deve usar esta palavra, querida.

– Posso pensar em palavras bem piores.

– É possível, é bem possível, mas rogo-lhe que não o faça. Eu lhe asseguro que seu ponto de vista é equivocado.

– Então por que ele foi embora... assim, da noite para o dia?

O sr. Satterthwaite pigarreou.

– Imagino que tenha pensado... hum... que era o melhor a fazer.

Egg cravou nele seus olhos penetrantes.

– Quer dizer... por *minha* causa?

– Bem... algo parecido, talvez.

– E então ele deu no pé. Acho que mostrei minhas cartas de modo a não deixar dúvidas... E homem odeia mulher pegando no pé, não é mesmo? Mamãe está certa, no fim das contas... Não tem ideia o quanto ela é doce ao falar sobre homens. Sempre na terceira pessoa... Tão vitoriana e tão polida. "Homem odeia mulher pegando no pé; a moça deve sempre esperar que o homem pegue no pé dela." Não acha essa expressão fofa... "pegar no pé"? Mas em vez de pegar no meu pé, Charles fez o contrário: deu no pé. Teve medo. E o pior de tudo: não tenho como ir atrás dele. Se eu fosse, imagino que ele pegaria um barco direto para as selvas africanas ou coisa parecida.

– Hermione – disse o sr. Satterthwaite –, fala sério sobre Sir Charles?

A moça relanceou-lhe um olhar impaciente.

– Claro que sim.

– Mas e quanto a Oliver Manders?

Egg descartou Oliver Manders com impaciência, num brusco aceno de cabeça. Seguia uma linha de raciocínio toda própria.

– Acha que posso escrever a ele? Nada alarmante. Só um papinho feminino e superficial... Sabe, deixá-lo à vontade, até ele superar o medo?

Ela franziu a testa.

– Que boba que eu sou. Mamãe tira de letra qualquer situação. Essas vitorianas é que sabem atiçar os homens. Todo um recato róseo. Eu agi completamente errado. Cheguei a pensar que ele precisava de um empurrãozinho. Parecia que ele... Bem, parecia que ele queria um pouco de ajuda. A propósito – ela se virou abruptamente ao sr. Satterthwaite –, será que ele viu a cena do meu beijo com Oliver ontem à noite?

– Não que eu saiba. Quando...?

– No luar. Enquanto descíamos pela trilha. Pensei que ele ainda estivesse olhando do terraço. Pensei que talvez se ele me visse com Oliver... Pensei que isso talvez o chamasse aos brios. Porque ele gostava de mim, eu posso jurar que gostava.

– Isso não foi maldade com Oliver?

Egg balançou a cabeça categórica.

– Nem um pouquinho. Oliver acha que é uma honra para qualquer moça ser beijada por ele. Claro, ele ficou ainda mais convencido, mas ninguém pode pensar em tudo. Eu queria provocar Charles. Ele tem andado esquisito ultimamente... mais reservado.

– Minha menina – disse o sr. Satterthwaite –, acho que você não percebeu o motivo exato pelo qual Sir Charles partiu assim tão de repente. Ele pensou que você gostava de Oliver. Foi embora para evitar mais sofrimento.

Egg girou rápida nos calcanhares. Segurou o sr. Satterthwaite pelos ombros e o encarou.

– Isso é verdade? Verdade mesmo? O boboca! O tolinho! Ai...

De repente largou os ombros do sr. Satterthwaite e num salto passou a caminhar ao lado dele.

– Então ele vai voltar – ela garantiu. – Vai voltar. Se ele não voltar...

– Sim, e se ele não voltar?

Egg caiu na risada.

– Dou um jeito para que ele volte. Vai ver se não.

Parecia que, guardadas as diferenças linguísticas, Egg e a donzela dos lírios de Astolat tinham muito em comum, mas o sr. Satterthwaite teve a impressão de que os métodos de Egg seriam mais práticos do que os de Elaine: morrer devido às sequelas de um coração partido não fazia parte desses métodos.

Segundo ato

Certeza

Capítulo I

Sir Charles recebe uma carta

O sr. Satterthwaite viera passar o dia em Monte Carlo. O circuito de festas e estadias em casa de amigos tinha se encerrado, e em setembro a Riviera era um de seus refúgios favoritos.

Sentado no jardim, desfrutava o sol e lia um exemplar do *Daily Mail* da antevéspera.

De repente um nome lhe chamou a atenção: *Strange. Morte de Sir Bartholomew Strange.* O parágrafo dizia:

> *Com pesar comunicamos o falecimento de Sir Bartholomew Strange, o eminente neurologista. Sir Bartholomew recebia um grupo de convidados em sua casa em Yorkshire. Aparentemente bem-disposto e com a saúde perfeita, ele morreu de repente ao final do jantar. Conversava com os amigos e bebia um cálice de vinho do Porto quando teve uma síncope súbita. Faleceu antes que ajuda médica pudesse ser solicitada. A morte de Sir Bartholomew abre uma lacuna irreparável. Ele era...*

E seguia-se uma descrição da carreira e do trabalho de Sir Bartholomew.

Perturbado, o sr. Satterthwaite deixou o jornal escorregar das mãos. Viu a imagem do médico como o enxergara na última vez que tinham se encontrado: corpulento, corado, vendendo saúde. E agora – morto. Certas palavras se desprenderam do contexto e flutuaram de modo inquietante na cabeça do sr. Satterthwaite.

"Bebendo um cálice de vinho do Porto." "Síncope súbita... Faleceu antes que ajuda médica pudesse ser solicitada..."

Vinho do Porto, não coquetel, mas nos outros detalhes curiosamente semelhantes à morte na Cornualha. A imagem do rosto retorcido do velho e gentil clérigo voltou à mente do sr. Satterthwaite...

E ficou pensando se no fim das contas...

Levantou o olhar e avistou Sir Charles Cartwright vindo em sua direção pelo gramado.

– Satterthwaite, que satisfação! A pessoa certa na hora certa. Chegou a ler sobre o coitado do Tollie?

– Acabei de ler.

Sir Charles desabou numa cadeira perto do amigo. Vestia um impecável traje de iatismo. Calças de flanela cinza e suéteres puídos tornaram-se coisa do passado. Agora ele encarnava o sofisticado iatista do sul da França.

– Escute, Satterthwaite, Tollie era forte como um touro. Nunca teve doença alguma. É culpa da minha imaginação fértil ou esse caso lhe faz lembrar de... de...?

– Daquele incidente em Loomouth? Sim, me faz lembrar. Mas é claro que podemos estar enganados. A semelhança pode ser apenas superficial. Afinal de contas, mortes súbitas ocorrem a toda hora e por vários motivos.

Sir Charles assentiu com a cabeça, impaciente. Logo acrescentou:

– Acabei de receber uma carta... de Egg Lytton Gore.

O sr. Satterthwaite disfarçou um sorriso.

– É a primeira vez que ela lhe escreve?

Sir Charles respondeu com inocência:

– Não. Recebi uma carta logo que cheguei aqui. Só dando notícias e tudo o mais. Eu não respondi... Por Deus, Satterthwaite, eu não tive coragem de responder... A moça nem imaginava, é claro, mas eu não queria fazer papel de bobo.

O sr. Satterthwaite encobriu com a mão os lábios onde o sorriso permanecia.

– E essa outra? – indagou.

– Essa é diferente. É um pedido de ajuda...

– Ajuda? – As sobrancelhas do sr. Satterthwaite se ergueram.

– Ela estava lá... sabe... na casa... quando aconteceu.

– Quer dizer que ela estava visitando Sir Bartholomew Strange no dia em que ele morreu?

– Sim.

– O que ela tem a dizer sobre o caso?

Sir Charles tinha puxado uma carta do bolso. Hesitou por um instante e então entregou-a ao sr. Satterthwaite.

– Leia você mesmo.

O sr. Satterthwaite desdobrou a folha ávido de curiosidade.

Caro Sir Charles,

Não sei quando esta carta vai chegar a suas mãos. Espero que seja logo. Estou tão preocupada, não sei o que fazer. Imagino que já tenha lido nos jornais sobre a morte de Sir Bartholomew. Bem, ele morreu exatamente da mesma maneira que o sr. Babbington. Não pode ser coincidência... não pode... não pode... Estou morta de preocupação...

Não quer vir para casa e fazer alguma coisa? Parece meio simplório colocar as coisas desse modo, mas o senhor ficou desconfiado naquela ocasião e ninguém lhe deu ouvidos. Agora seu próprio amigo foi assassinado. Se o senhor não voltar, talvez ninguém jamais descubra a verdade, e estou certa de que é capaz de descobri-la! Sinto isso no tutano de meus ossos...

E tem outra coisa. Estou muito preocupada com alguém... Ele não tem absolutamente nada a ver com isso, mas as coisas podem parecer meio estranhas. Ah, não dá para explicar numa carta. Mas por que o senhor não volta? O senhor é capaz de descobrir a verdade. Sei que é.

Sua ansiosa,

Egg.

– E então? – quis saber Sir Charles com impaciência. – Meio incoerente, é claro; ela escreveu de última hora. Mas o que você acha?

O sr. Satterthwaite dobrou a carta devagar para se permitir um tempo antes de responder.

Concordou que a carta era incoerente, mas não pensava que havia sido escrita de última hora. Era, na visão dele, uma produção bem calculada. Concebida para atingir a vaidade de Sir Charles, o cavaleiro medieval que havia nele e seus instintos esportivos.

Pelo que o sr. Satterthwaite conhecia de Sir Charles, a carta era um chamariz.

– Quem você acha que ela quis dizer por "alguém" e "ele"? – indagou Satterthwaite.

– Manders, eu imagino.

– Será que ele estava lá, então?

– Pelo jeito... Mas não sei por quê. Tollie o conheceu naquele dia em minha casa. Por que ele o convidaria para passar uns dias na casa dele, eu não tenho ideia.

– Ele costumava dar grandes festas em casa?

– Três, quatro vezes por ano. Uma tradicional na época do St. Leger.*

– Ele passa muito tempo em Yorkshire?

– Lá ficava sua conhecida clínica... Ou casa de repouso, como queira. Comprou Melfort Abbey, uma antiga propriedade, mandou reformar e construiu a clínica nos fundos.

---

* Importante prêmio de turfe que acontece em setembro em Doncaster, South Yorkshire. (N.T.)

– Entendo.

O sr. Satterthwaite fez um breve silêncio. Então disse:

– Fico me perguntando... Quem mais será que estava na festa?

Sir Charles sugeriu que essa informação pudesse ser encontrada em outro jornal, e os dois saíram para empreender uma busca.

– Bingo! – disse Sir Charles.

Leu em voz alta:

Sir Bartholomew Strange como sempre vai receber um grupo de convidados para o St. Leger. Entre os convidados estão Lorde e Lady Eden, Lady Mary Lytton Gore, Sir Jocelyn e Lady Campbell, capitão e sra. Dacres e a srta. Angela Sutcliffe, a renomada atriz.

Ele e o sr. Satterthwaite se entreolharam.

– Os Dacres e Angela Sutcliffe – observou Sir Charles. – Nada sobre Oliver Manders.

– Vamos dar uma olhada no *Continental Daily Mail* de hoje – sugeriu o sr. Satterthwaite. – Pode ser que traga algo.

Sir Charles correu o olhar no jornal. De repente, enrijeceu as feições.

– Meu Deus, Satterthwaite, ouça isto:

Sir Bartholomew Strange.
No inquérito de hoje sobre o falecimento de Sir Bartholomew Strange, foi proferido o veredicto de morte devido a envenenamento por nicotina. Não há provas que mostrem como nem por quem o veneno foi ministrado.

Ele franziu o cenho.

– Envenenamento por nicotina. Parece algo ameno... Não o tipo de coisa capaz de fazer um homem ter um ataque. Não entendo isso tudo.

– O que vai fazer?

– Fazer? Vou reservar uma cabine para o Trem Azul de hoje à noite.

– Bem – replicou o sr. Satterthwaite –, talvez eu faça o mesmo.

– Você? – Sir Charles girou na direção dele, surpreso.

– Esse tipo de coisa é bem o negócio que me atrai – explicou o sr. Satterthwaite com modéstia. – Eu já... hã... tenho certa experiência. Além disso, conheço muito bem o chefe da polícia daquele condado: o coronel Johnson. Isso pode ter sua utilidade.

– Ótimo! – exclamou Sir Charles. – Vamos ao escritório da Wagon Lits.

O sr. Satterthwaite pensou:

"A garota conseguiu. Vai trazê-lo de volta. Ela disse que conseguiria. Fico me perguntando exatamente o quanto o conteúdo da carta dela é autêntico."

Sem sombra de dúvida, Egg Lytton Gore sabia aproveitar uma oportunidade.

Enquanto Sir Charles se encaminhava ao escritório da Wagon Lits, o sr. Satterthwaite pôs-se a passear lentamente pelo jardim. A cabeça dele continuava agradavelmente envolvida com o problema de Egg Lytton Gore. Admirava os recursos dela, o seu ímpeto, e reprimiu aquela tênue faceta vitoriana de sua natureza que encarava com censura o fato de uma representante do belo sexo tomar a iniciativa nos assuntos do coração.

O sr. Satterthwaite era observador. No meio de suas ponderações sobre o sexo feminino em geral – e Egg Lytton Gore em particular –, não pôde evitar um pensamento:

"Ora, onde diabos eu já vi uma cabeça com esse formato especial?"

Sentado num banco, o dono da cabeça parecia fitar o vazio. Um homenzinho de bigode desproporcional a seu tamanho.

Perto dali, uma garotinha inglesa de aspecto emburrado saltitava primeiro num pé, depois no outro, e de vez em quando chutava com ar pensativo a bordadura do canteiro de lobélias-azuis.

– Não faça isso, querida – repreendeu a mãe dela, absorta na leitura de uma revista sobre moda.

– Não tenho nada pra fazer – retorquiu a menina.

O homenzinho virou a cabeça na direção dela, e o sr. Satterthwaite o reconheceu.

– Monsieur Poirot – disse ele. – Que surpresa mais agradável!

Monsieur Poirot levantou e fez uma reverência.

– *Enchanté*, monsieur.

Trocaram um aperto de mãos, e o sr. Satterthwaite sentou-se.

– Parece que todos os caminhos levam a Monte Carlo. Há menos de meia hora topei por acaso com Sir Charles Cartwright, e agora com o senhor.

– Sir Charles? Ele também está aqui?

– Virou iatista convicto. Sabia que ele abandonou a casa em Loomouth?

– Não, eu não sabia. Estou surpreso.

– Não posso dizer o mesmo. Não creio que Cartwright seja realmente o tipo de personalidade que gostaria de viver sempre desconectado do mundo.

– Ah, quanto a isso eu concordo. Estou surpreso é por outra razão. Pareceu-me que Sir Charles tinha um motivo especial para ficar em Loomouth... Um motivo e tanto, não é? Não estou certo? A pequena que se autodenomina com tanta graça de Egg?

Falou isso com um suave cintilar nos olhos.

– Ah, o senhor notou?

– Sem dúvida notei. Meu coração é muito suscetível aos corações apaixonados... O do senhor também é, acho. E *la jeunesse* é sempre emocionante.

Soltou um suspiro.

– Na realidade – comentou o sr. Satterthwaite –, o senhor acertou em cheio o motivo pelo qual Sir Charles deixou Loomouth. Ele fugia.

– De mademoiselle Egg? Mas está na cara que ele a adora. Por que, então, fugir?

– Ora – ponderou o sr. Satterthwaite –, o senhor não entende nossos complexos anglo-saxões.

Monsieur Poirot seguia sua própria linha de raciocínio.

– Claro – meditou ele –, não deixa de ser uma boa jogada. O cavalheiro bate em retirada... E, logo depois, a dama vem atrás. Sem dúvida, Sir Charles, com a experiência que tem, sabe disso.

O sr. Satterthwaite achou aquilo muito divertido.

– Acho que não foi bem assim – disse ele. – Mas me conte, o que anda fazendo por aqui? Férias?

– Hoje em dia estou de férias permanentes. Alcancei o sucesso profissional. Estou rico. E aposentado. Então viajo para conhecer o mundo.

– Magnífico – elogiou o sr. Satterthwaite.

– *N'est-ce pas*?

– Mamãe – murmurou a menina inglesa –, não tem nada pra gente *fazer*?

– Meu bem – censurou a mãe –, não é encantador viajar ao estrangeiro e curtir um belo sol?

– É, mas não tem nada pra fazer.

– Vá correr por aí... Divirta-se. Vá até a praia olhar o mar.

– *Maman* – disse uma francesinha, surgindo de repente. – *Joue avec moi.*

A mãe dela interrompeu a leitura e ergueu o olhar.

– *Amuse toi avec ta balle, Marcelle.*

Obediente, a francesinha picou a bola na grama com o rosto melancólico.

– *Je m'amuse* – observou Hercule Poirot com uma curiosa expressão no semblante.

Então, como para responder a algo que lera no rosto do sr. Satterthwaite, ele disse:

– É verdade. Sua percepção é rápida. É bem como o senhor pensa...

Ficou em silêncio por breves instantes e então disse:

– Sabe, na minha infância eu era pobre. Éramos em muitos irmãos. Tivemos que trabalhar cedo. Entrei na polícia. Trabalhei duro. Devagarzinho, subi de posto e construí uma reputação. Uma sólida reputação. Comecei a ganhar renome internacional. Enfim, estava prestes a me aposentar quando estourou a Grande Guerra. Fui ferido. Triste e exausto, me refugiei na Inglaterra. Uma hospitaleira dama me acolheu. Ela morreu... de morte não natural. Sim: ela foi assassinada. *Eh bien*, dei tratos à bola. Empreguei minhas pequenas células cinzentas. Descobri o assassino. De quebra, descobri que eu não estava acabado. Ao contrário: minha capacidade intelectual estava no auge. Então comecei minha segunda carreira: detetive particular na Inglaterra. Deslindei inúmeros casos fascinantes e intrigantes. Ah, monsieur, eu vivi, e como vivi! A psicologia da natureza humana é maravilhosa. Enriqueci. Um dia, eu dizia para mim mesmo, vou ter todo o dinheiro que precisar. Vou realizar todos os meus sonhos.

Repousou a mão no joelho do sr. Satterthwaite.

– Meu amigo: *cuidado com o dia em que seus sonhos se tornarem realidade.* Veja o exemplo daquela menina ali. Sem dúvida, ela sonhava com uma viagem ao exterior... com a empolgação... com o quanto tudo seria diferente. Entende?

– Entendo – respondeu o sr. Satterthwaite. – *O senhor* não está se divertindo.

Poirot assentiu com a cabeça.

– Exato.

Em certos momentos, o sr. Satterthwaite se parecia com Puck.* Este momento foi um deles. Seu rostinho enrugado se contraiu num espasmo endiabrado. Ele hesitou. Deveria? Não deveria?

Devagar, abriu o jornal que trazia consigo.

– Já viu isto, monsieur Poirot?

Com o indicador ele apontou o parágrafo em questão.

O pequeno belga pegou o jornal. O sr. Satterthwaite ficou observando enquanto ele lia. Não notou nenhuma alteração em seu rosto, mas o inglês teve a impressão de que o corpo do outro se enrijeceu, como faz um terrier ao farejar um buraco de rato.

Hercule Poirot leu e releu o parágrafo, então dobrou o jornal e o devolveu ao sr. Satterthwaite.

– Que coisa interessante – comentou.

– Sim. Parece, não é mesmo, que Sir Charles Cartwright estava certo e nós estávamos enganados.

– Sim – concordou Poirot. – Parece que estávamos enganados... Tenho que admitir, meu amigo: eu não acreditava que um idoso tão inofensivo e afável pudesse ser assassinado... Bem, talvez eu estivesse errado... Mas ninguém garante que esta outra morte não é mera coincidência. Coincidências acontecem... Coincidências das mais espantosas. Eu, Hercule Poirot, já me deparei com coincidências capazes de estarrecer qualquer um...

Fez uma pausa e prosseguiu:

---

* Duende travesso da mitologia inglesa. (N.T.)

– Talvez o instinto de Sir Charles Cartwright estivesse certo. Ele é um artista... sensível... impressionável... Sente as coisas em vez de racionalizá-las... Com frequência, lançar mão desse método traz efeitos desastrosos à vida de alguém... Mas às vezes se justifica. Fico me perguntando por onde será que Sir Charles anda agora.

O sr. Satterthwaite abriu um sorriso.

– Isso eu posso lhe dizer. Está no escritório da companhia Wagon Lits. Ele e eu vamos retornar a Londres hoje à noite.

– Ahá! – Poirot carregou sua exclamação com extremo significado. Seus olhos brilhantes, indagadores e marotos faziam uma pergunta. – Que entusiasmo tem o nosso Sir Charles. Está decidido, então, a encenar o papel do policial amador? Ou há outra razão?

O sr. Satterthwaite não respondeu, mas pelo silêncio Poirot deduziu uma resposta.

– Entendi – murmurou ele. – Os olhos límpidos da mademoiselle estão envolvidos nisso. Não é só o crime que chama?

– Ela escreveu para ele – explicou o sr. Satterthwaite – implorando que voltasse.

Poirot assentiu com a cabeça.

– Mas me pergunto – disse ele. – Não entendo direito...

O sr. Satterthwaite o interrompeu.

– Não entende as jovens inglesas modernas? Bem, isso não é surpreendente. Eu próprio muitas vezes não as entendo. Uma jovem como a srta. Lytton Gore...

Agora foi a vez de Poirot interromper.

– Com o seu perdão. O senhor me compreendeu mal. Eu entendo perfeitamente a srta. Lytton Gore. Já tive o prazer de conhecer moças como ela... Várias moças parecidas. O que o senhor chama de tipo moderno, eu chamo de perpétuo.

O comentário deixou o sr. Satterthwaite ligeiramente aborrecido. Sentia que ele – e só ele – entendia Egg. E aquele estrangeiro ridículo não sabia nada sobre as mulheres inglesas.

Poirot continuava a falar num tom sonhador... e taciturno.

– O conhecimento da natureza humana... pode ser uma coisa perigosíssima.

– E útil – corrigiu o sr. Satterthwaite.

– Quem sabe. Depende do ponto de vista.

– Bem – hesitou o sr. Satterthwaite, levantando-se. Não escondia a decepção. Lançara a isca e não fisgara o peixe. Sentia que o seu próprio conhecimento da natureza humana havia fracassado. – Eu lhe desejo boas férias.

– Obrigado.

– Na próxima vez que for a Londres, não deixe de me visitar – apresentou um cartão. – Este é o meu endereço.

– É muita gentileza sua, sr. Satterthwaite. Ficarei encantado.

– Adeus, então.

– Adeus e *bon voyage*.

O sr. Satterthwaite se afastou. Poirot o seguiu com o olhar por alguns instantes para logo depois fitar o azul do Mediterrâneo à sua frente.

E assim permaneceu durante pelo menos dez minutos.

A inglesinha reapareceu.

– Já fui ver o mar, mamãe. E agora, o que é que eu faço?

– Pergunta admirável – murmurou Poirot consigo.

Levantou-se e caminhou devagar – rumo ao escritório da Wagon Lits.

Capítulo 2

O mordomo desaparecido

No gabinete do chefe de polícia, Sir Charles e o sr. Satterthwaite foram convidados a se sentar. Bochechas coradas, vozeirão de caserna e modos cordiais, o coronel Johnson havia recebido o sr. Satterthwaite com todas as demonstrações de alegria, claramente encantado pela oportunidade de conhecer o famoso Charles Cartwright.

– Minha mulher é viciada em teatro. Ela é uma de suas... Como é mesmo que os americanos falam? Fãs. Isto mesmo: fãs. Eu também gosto de uma boa peça... Ou melhor, boa e decente. Hoje em dia eles levam ao palco cada coisa... Uma pouca vergonha!

Sir Charles, seguro de sua integridade moral a esse respeito – ele nunca participara de peças "ousadas" –, deu uma resposta adequada com todo o seu jeito cativante. Quando disseram o motivo da visita, o coronel Johnson contou-lhes prontamente tudo o que sabia.

– Amigo de vocês, é mesmo? Uma pena... Uma pena. Sim, ele era muito benquisto por aqui. A clínica dele é bem conceituada, e a opinião era unânime: Sir Bartholomew era um sujeito de primeira categoria, além de estar no topo, profissionalmente falando. Amável, generoso e popular. O último homem no mundo que esperaríamos ser assassinado... E esse caso tem toda a cara de ser assassinato. Não há nada que sugira suicídio, e parece fora de questão qualquer possibilidade de se tratar de acidente.

– Satterthwaite e eu recém chegamos do exterior – explicou Sir Charles. – Só tivemos acesso a fragmentos aqui e ali nos jornais.

– E, como seria de esperar, os senhores desejam saber de todos os detalhes. Bem, vou lhes contar em que pé estão as coisas. A meu ver, não há dúvida de que o mordomo é a pessoa que temos que procurar. Ele era recém-contratado... Sir Bartholomew estava com ele há apenas quinze dias, e logo depois do crime ele some, desaparece como num passe de mágica. Isso parece meio suspeito, não? Que tal?

– Para onde ele foi? A polícia não tem pistas?

O rosto naturalmente vermelho do coronel Johnson ficou ainda mais vermelho.

– Negligência nossa, devem estar pensando. Diabos, eu admito, até parece. Lógico que nossa gente estava de olho nele e em todos os demais na casa. Ele respondeu a nossas perguntas de modo bastante satisfatório e nos passou o nome da agência de empregos de Londres que lhe conseguiu o trabalho. Ao que consta, Sir Horace Bird foi seu último empregador. Depoimento educado, sem sinal de nervosismo. Depois, num piscar de olhos, ele some... Mesmo com a casa vigiada. Chamei a atenção dos meus subordinados, mas eles juram que sequer piscaram os olhos.

– Extraordinário – disse o sr. Satterthwaite.

– Acima de tudo – observou Sir Charles, pensativo –, parece estupidez. Até onde ele sabia ninguém suspeitava dele. Ao fugir, chamou atenção para si.

– Exato. E sem esperança de escapar. A descrição dele já foi divulgada. É só uma questão de dias para que seja capturado.

– Esquisito – comentou Sir Charles. – Não entendo.

– Ah, o motivo está bem claro. Perdeu o controle. Ficou com medo.

– Quem tem controle para cometer assassinato não saberia se controlar depois?

– Depende. Não é de hoje que conheço esses criminosos. São uns covardes. Sentiu que a gente suspeitava dele e saiu de fininho.

– A polícia checou as informações que ele forneceu sobre si?

– Lógico que sim, Sir Charles. Isso é trabalho básico de rotina. A agência de empregos londrina confirma a declaração. Ele tinha apresentado uma elogiosa carta de recomendação de Sir Horace Bird. O próprio Sir Horace está na África Oriental.

– Então a carta de recomendação pode ter sido falsificada?

– Exato – assentiu o coronel Johnson, abrindo um sorriso para Sir Charles, com o ar do professor que felicita o aluno inteligente. – Enviamos um telegrama para Sir Horace, é claro, mas pode levar um tempo antes de obtermos a resposta. Está em pleno safári.

– Quando o mordomo sumiu?

– Na manhã seguinte à morte. Havia um médico presente no jantar, Sir Jocelyn Campbell, uma espécie de toxicologista, pelo que entendi. Ele e Davis, o médico local, concordaram sobre o caso, e de imediato nossa gente foi chamada. Interrogamos todos naquela noite. Ellis, esse é o nome do mordomo, recolheu-se ao quarto dele como de costume e, na manhã seguinte, ninguém sabia de seu paradeiro. A cama nem estava desfeita.

– Escapuliu no meio da madrugada?

– É o que parece. Uma das hóspedes, a srta. Sutcliffe, a atriz... Vocês a conhecem, talvez?

– Muito bem, na verdade.

– A srta. Sutcliffe nos deu um palpite. Sugeriu que o homem saiu da casa por uma passagem secreta. – Assoou o nariz meio sem jeito. – Parece coisa de Edgar Wallace, mas ao que consta existe um túnel secreto. Sir Bartholomew se orgulhava dele e o mostrou para a srta.

Sutcliffe. O túnel vai dar nas imediações de uma tapera, a uns 800 metros de distância.

– Essa seria uma explicação possível, com certeza – concordou Sir Charles. – Mas será que o mordomo sabia da existência dessa passagem?

– Aí está o xis da questão, é claro. Minha esposa diz que os empregados sempre sabem de tudo. Acho que ela sabe do que está falando.

– Lemos que o veneno usado foi nicotina – mencionou o sr. Satterthwaite.

– Isso mesmo. Esse veneno não é comum, acredito... Raro, até. Se a pessoa é fumante inveterada, como no caso do doutor, isso tende a complicar as coisas. Quero dizer, ele bem podia morrer envenenado por nicotina de modo natural. Mas, claro, foi tudo muito repentino para se enquadrar nessa hipótese.

– Como ela foi ministrada?

– Não sabemos – admitiu o coronel Johnson. – Esse é o ponto mais frágil do caso. Conforme as provas médicas, a ingestão ocorreu pouco antes da morte.

– Eles estavam bebendo vinho do Porto, não é?

– Sim. À primeira vista, tem-se a impressão de que o veneno estava no vinho do Porto. Ledo engano. Analisamos a taça dele, continha apenas vinho do Porto e nada além disso. Não sobrou vinho nas outras taças, é claro, mas todas estavam numa bandeja na copa, ainda não lavadas, e nenhuma continha algo que não devia. Quanto ao que ele comeu, foi o mesmo que todos os demais. Sopa, linguado na grelha, faisão, lascas de batata assada, suflê de chocolate e torradas com ovas de arenque. A cozinheira trabalhava para ele há quinze anos. É, parece que não há como ele ter ingerido a nicotina, mas o fato é que ela estava no estômago dele. É um problema sério.

Sir Charles voltou o olhar ao sr. Satterthwaite.

– A mesma coisa – disse com a voz exaltada. – Igual à outra vez.

Ele se virou ao chefe de polícia com ar de desculpas.

– Deixe-me explicar. Houve um falecimento em minha casa na Cornualha...

O coronel Johnson demonstrou interesse.

– Já ouvi falar no caso. Quem contou foi a moça, a srta. Lytton Gore.

– Sim, ela estava lá. Ela contou ao senhor?

– Contou, sim. Estava obcecada com essa história. Mas, sabe, Sir Charles, não creio que haja fundamento nessa tese. Não esclarece a fuga do mordomo. Por acaso o seu mordomo também desapareceu?

– Não tenho mordomo, só copeira.

– Não poderia ser um homem disfarçado?

Ao lembrar da silhueta elegante e nitidamente feminina de Temple, Sir Charles abriu um sorriso.

O coronel Johnson também sorriu, como quem se desculpa.

– Só uma ideia – disse ele. – Mas não posso dizer que ponho muita fé na tese da srta. Lytton Gore. Se não estou enganado, a morte em questão foi a de um pastor idoso. Quem é que ia querer eliminar um velho pastor?

– É justo esse detalhe que nos deixa mais perplexos – disse Sir Charles.

– Acho que vão descobrir que não passa de uma coincidência. Podem acreditar: o mordomo é o culpado. É bem provável que ele seja um criminoso de ficha corrida invejável. Foi um grande azar não conseguirmos pegar suas impressões digitais. Um datiloscopista tentou coletá-las no quarto do mordomo e na copa, mas não teve sucesso.

– Se foi o mordomo, qual motivo o senhor sugere?

– Isso, é claro, é uma de nossas dificuldades – admitiu o coronel Johnson. – Uma hipótese: o sujeito se empregou lá com a intenção de roubar, e Sir Bartholomew o pegou em flagrante.

Sir Charles e o sr. Satterthwaite permaneceram num silêncio polido. O próprio coronel Johnson pareceu notar que a ideia não era plausível.

– Até onde sabemos, só podemos teorizar. Assim que John Ellis estiver preso e soubermos sua identidade, se já tem ou não ficha na polícia... Bem, daí o motivo vai se tornar claro como água.

– Imagino que a polícia já tenha investigado os papéis de Sir Bartholomew?

– Bem observado, Sir Charles. Demos toda a atenção a essa abordagem. Vou apresentá-lo ao superintendente Crossfield, o encarregado do caso. Policial de suprema confiança. Fiz questão de salientar, e ele concordou rápido comigo, que a profissão de Sir Bartholomew talvez tivesse conexão com o crime. Um médico fica sabendo de muitos segredos profissionais. Os documentos de Sir Bartholomew estavam todos arquivados e etiquetados com esmero. A secretária dele, a srta. Lyndon, mostrou um por um a Crossfield.

– E não havia nada neles?

– Nada de sugestivo, Sir Charles.

– Deram por falta de algo na casa... Prataria, joias, coisas assim?

– Absolutamente nada.

– Quem estava hospedado na casa?

– Tenho uma lista. Hum... onde ela está? Acho que Crossfield está com ela. Por falar nisso, ele deve estar chegando a qualquer minuto para fazer o relatório. – Naquele instante soou uma campainha. – Deve ser ele.

Encorpado e maciço, o superintendente Crossfield tinha fala lenta, mas olhos azuis argutos.

Cumprimentou o oficial superior e foi apresentado aos dois visitantes.

Talvez se o sr. Satterthwaite estivesse sozinho achasse mais difícil deixar Crossfield à vontade. Crossfield torcia o nariz para cavalheiros londrinos – amadores que vinham da capital "dar palpites". Com Sir Charles, porém, o assunto era diferente. O superintendente Crossfield cultivava uma reverência infantil pelo glamour do palco. Assistira a duas peças com Sir Charles no elenco, e a empolgação e o enlevo de ver ao vivo e a cores esse ídolo do teatro o tornaram amigável e falante como nunca.

– Assisti a uma peça sua em Londres, senhor, assisti mesmo. Fui à capital com a patroa. *O dilema de Lord Aintree*... esse era o título da peça. Ficamos lá nas últimas fileiras, pois o teatro estava lotado. Duas horas na fila para garantir lugar. Mas a patroa nem reclamou. Ela só dizia: "Tenho que ver Sir Charles Cartwright em *O dilema de Lord Aintree*". Foi no teatro Pall Mall.

– Bem – disse Sir Charles –, já me aposentei dos palcos, como sabe. Mas ainda conhecem meu nome no Pall Mall. – Sacou do bolso um cartão e escreveu umas palavras nele. – Entregue isto ao pessoal da bilheteria na próxima vez que o senhor e a sra. Crossfield forem passear na capital. Eles vão conseguir dois dos melhores lugares da plateia.

– É muita bondade sua, Sir Charles, muita bondade mesmo. A patroa vai ficar toda agitada quando eu contar a ela.

Depois disso, o superintendente Crossfield ficou maleável como cera nas mãos do ex-ator.

– Caso bizarro. Nunca antes em toda a minha carreira eu tinha visto um caso de envenenamento por nicotina. Nem o dr. Davis.

– Eu acreditava que se tratava de um tipo de doença causada por excesso de tabagismo.

– Para dizer a verdade, eu também, senhor. Mas o médico diz que o alcaloide puro é um líquido inodoro e que poucas gotas dele são suficientes para matar um homem de modo quase instantâneo.

Sir Charles assobiou.

– Substância potente.

– Verdade, senhor. Mas tem uso amplo, por assim dizer. Existem preparados para pulverizar roseiras. E, claro, pode ser extraído das folhas do fumo.

– Roseiras – comentou Sir Charles. – Ora, onde é que eu já ouvi...?

Franziu a testa e em seguida balançou a cabeça.

– Alguma novidade a relatar, Crossfield? – indagou o coronel Johnson.

– Nada de definitivo. Temos relatos de que Ellis foi visto em Durham, Ipswich, Balham, Land's End e uma dúzia de outros lugares. Temos que peneirar as informações para ver quais são úteis. – Ele se virou aos outros dois. – Quando se divulga a descrição de um homem procurado, ele é visto por alguém em toda a Inglaterra afora.

– Qual é a descrição do homem? – quis saber Sir Charles.

Johnson puxou um papel.

– John Ellis: estatura mediana, digamos, 1 metro e 68, ligeiramente corcunda, grisalho, suíças pequenas, olhos escuros, voz rouca, dente de cima faltando, visível quando sorri, sem marcas nem características especiais.

– Hum... – murmurou Sir Charles. – Muito vago, à exceção das suíças e do dente; as primeiras já devem ter sido cortadas e não se pode confiar que ele vá sair sorrindo por aí.

– O problema é – explicou Crossfield – que as pessoas não sabem utilizar os olhos. Tive uma dificuldade danada para arrancar as descrições mais incertas das empregadas lá em Abbey. É sempre a mesma coisa. Peço a descrição do mesmíssimo homem e o que ouço?

Magro, alto, baixo, robusto, estatura mediana, atarracado, esguio... De cada cinquenta pessoas, uma presta atenção, e olhe lá.

– Superintendente, lhe convence a tese de que Ellis é o culpado?

– Por que outro motivo ele fugiu, sir? Desse fato ninguém pode escapar.

– Esse é o maior empecilho – falou Sir Charles pensativo.

Crossfield virou-se ao coronel Johnson e relatou as medidas que haviam sido tomadas. O coronel assentiu com a cabeça e, em seguida, pediu ao superintendente a lista de empregados e convidados presentes em Melfort Abbey na noite do crime. A lista que foi entregue aos dois novos investigadores era composta pelos seguintes nomes:

MARTHA LECKIE – cozinheira
BEATRICE CHURCH – camareira-chefe
DORIS COKER – primeira camareira
VICTORIA BALL – segunda camareira
ALICE WEST – copeira
VIOLET BASSINGTON – auxiliar de cozinha
(Toda a equipe acima trabalhava para o falecido há algum tempo e demonstrou bom caráter. A sra. Leckie trabalhava para ele há quinze anos.)
GLADYS LYNDON – secretária de Sir Bartholomew, 33 anos de idade, no cargo há três anos, incapaz de informar o motivo provável.

Convidados:

LORDE E LADY EDEN – Cadogan Square, 187.
SIR JOCELYN e LADY CAMPBELL, Harley Street, 1256.
SRTA. ANGELA SUTCLIFFE, Cantrell Mansions, 28, S.W.3

CAPITÃO e SRA. DACRES, St. John's House, 3, W.1. (sra. Dacres é a estilista dona da empresa Ambrosine Ltda., Bruton Street.)
LADY MARY e SRTA. HERMIONE LYTTON GORE, Rose Cottage, Loomouth.
SRTA. MURIEL WILLS, Upper Cathcart Road, 5, Tooting.
SR. OLIVER MANDERS, Speier & Ross, Old Broad Street, E. C. 2.

– Hum... – murmurou Sir Charles. – A representante de Tooting foi omitida pelos jornais. E o jovem Manders também estava lá.

– Ao que tudo indica isso foi mera casualidade, – explicou o superintendente Crossfield. – O rapaz bateu num muro perto de Melfort Abbey, e Sir Bartholomew, que pelo que pude depreender o conhecia superficialmente, convidou-o para passar a noite.

– Que falta de cuidado – comentou Sir Charles com animação.

– Foi mesmo, senhor – disse o superintendente. – Na verdade, imagino que o moço não conseguia fazer o quatro, como o pessoal diz. É difícil de entender por que ele ia bater naquele muro se estivesse sóbrio.

– Só um pouquinho alegre – disse Sir Charles.

– Alegria etílica, a meu ver, senhor.

– Bem, muito obrigado, superintendente. Vê inconveniente em fazermos uma visita a Melfort Abbey, coronel Johnson?

– Claro que não, meu caro. Mas tenho lá minhas dúvidas se o senhor vai descobrir muito mais do que contamos.

– Tem alguém lá ainda?

– Só a equipe de empregados – informou Crossfield. – Os convidados partiram logo depois do inquérito, e a srta. Lyndon voltou para Harley Street.

– Podemos, talvez, falar com o doutor... hã... Davis, também? – sugeriu o sr. Satterthwaite.

– Boa ideia.

Conseguiram o endereço do médico e, depois de agradecerem calorosamente ao coronel Johnson pela cordialidade, foram embora.

Capítulo 3
Qual deles?

Andando pela calçada, Sir Charles interpelou:

– Alguma ideia, Satterthwaite?

– E você? – respondeu o sr. Satterthwaite. Preferia se pronunciar no último momento possível.

Estilo oposto ao de Sir Charles, que comentou com ênfase:

– Eles estão errados, Satterthwaite. Totalmente errados. Encasquetaram com o tal do mordomo. O mordomo sumiu... Logo, o mordomo é o assassino. As coisas não se encaixam. Não se encaixam mesmo. Não podemos desconsiderar a outra morte... Aquela que aconteceu na minha casa.

– Ainda é da opinião de que as duas estão conectadas?

O sr. Satterthwaite fez a pergunta, mas na sua cabeça já a respondera no afirmativo.

– Meu caro, elas *têm que* estar conectadas. Tudo aponta para isso... Temos que encontrar o fator de interseção... Alguém presente nas duas ocasiões...

– Sim – concordou o sr. Satterthwaite. – E essa tarefa não vai ser tão simples como aparenta à primeira vista. Temos muitos fatores de interseção... Já notou, Cartwright, que praticamente todas as pessoas presentes no jantar de sua casa estavam presentes aqui?

Sir Charles concordou.

– Claro que notei... E percebe o que se deduz desse fato?

– Não sei se entendo onde você quer chegar, Cartwright.

– Por Deus, homem, imagina que é coincidência? Que nada. Isso foi *intencional.* Por que todas as pessoas presentes na primeira morte foram convidadas à segunda? Por mero acaso? Nem pensar. Foi um plano... um estratagema... de Tollie.

– Ah! – exclamou o sr. Satterthwaite. – Sim, é possível.

– Só pode ser isso. Não conhecia Tollie tão bem como eu, Satterthwaite. A paciência era uma de suas virtudes. Guardava as ideias para si e sabia esperar o momento certo para as coisas. Nesse tempo todo que o conheci, ele jamais manifestou julgamento ou opinião de modo impensado.

"Analise por este ponto de vista: Babbington é assassinado, sim, *assassinado*, não vou medir palavras nem fazer rodeios, numa noite em minha casa. Tollie me ridiculariza gentilmente por minhas dúvidas no caso, mas durante o tempo todo alimenta suas próprias suspeitas. Não comenta sobre elas, não é o seu estilo. Mas sem alarde, na cabeça dele, vai montando uma teoria. Não sei que bases concretas ele tinha. Não pode, creio eu, ter sido uma teoria contra uma pessoa específica. Ele acreditava que uma daquelas pessoas era responsável pelo crime e concebeu um plano, alguma espécie de experiência para descobrir quem era essa pessoa."

– E quanto aos outros convidados, os Eden e os Campbell?

Sir Charles deu de ombros – um gesto estrangeiro, afetado. Encarnava Aristide Duval, aquele esplêndido cérebro do Serviço Secreto. Começou a puxar o pé esquerdo ao caminhar.

– Como é que vamos saber? Não sou mago. Não posso fazer adivinhações. Mas *existia* um plano... Deu errado, pois o assassino era mais esperto do que Tollie pensava... Ele atacou primeiro...

– Ele?

– Ou ela. Veneno é uma arma mais feminina do que masculina... Bem mais.

O sr. Satterthwaite ficou calado. Sir Charles continuou:

– E então, não concorda? Ou está do lado da opinião consensual? *O mordomo é o nosso homem. Ele é o culpado.*

– Qual é a sua explicação sobre o mordomo?

– Não pensei nele ainda. No meu ponto de vista, ele não importa. Posso sugerir uma explicação.

– Por exemplo?

– Bem, digamos que a polícia esteja certa até certo ponto. Ellis é um criminoso profissional, cúmplice, digamos, de uma quadrilha de ladrões. Ellis consegue o cargo com credenciais falsas. Então Tollie é assassinado. Qual é a situação de Ellis? Um homem é morto, e na casa há um conhecido da polícia cujas impressões digitais estão na Scotland Yard. Nada mais natural que tivesse se alarmado e fugido.

– Pela passagem secreta?

– Passagem secreta que nada. Ele deu o fora enquanto um daqueles guardas palermas que vigiavam a casa tirava uma soneca.

– Com certeza parece mais provável.

– Bem, Satterthwaite, qual é o seu ponto de vista?

– O meu? – indagou o sr. Satterthwaite. – Ah, é o mesmo que o seu. Desde o começo. O mordomo me parece uma pista falsa e desastrada. Acho que Sir Bartholomew e o coitado do velho Babbington foram mortos pela mesma pessoa.

– Um dos convidados?

– Um dos convidados.

Seguiu-se um silêncio breve, e logo o sr. Satterthwaite perguntou despreocupado:

– Qual deles acha que é?

– Ora, Satterthwaite, como é que eu posso saber?

– Claro que não pode – observou o sr. Satterthwaite com timidez. – Só pensei que talvez tivesse uma ideia, sabe... Nada científico nem fundamentado. Só um simples palpite.

– Bem, eu não... – Pensou por um minuto e então explodiu: – Sabe, Satterthwaite, quando a gente começa a *pensar*, parece impossível que algum deles tenha feito.

– Imagino que sua teoria esteja certa – cismou o sr. Satterthwaite. – Quanto à definição do círculo de suspeitos, quero dizer. Temos que levar em conta que existem certas exclusões definitivas. Você, eu e a sra. Babbington, por exemplo. O jovem Manders também está descartado.

– Manders?

– Sim. Chegou à cena do crime por acidente. Não havia sido convidado, nem era esperado. Isso o elimina do círculo de suspeitos.

– A dramaturga também... Anthony Astor.

– Não, não. Ela estava lá. Srta. Muriel Wills, de Tooting.

– É mesmo... eu tinha me esquecido que o nome dela era Wills.

Franziu o cenho. O sr. Satterthwaite tinha talento para ler o pensamento das pessoas. Estimou com razoável exatidão o que se passava na cabeça do ator. Quando o outro verbalizou, o sr. Satterthwaite mentalmente se deu um tapinha no ombro.

– Tem razão, Satterthwaite. Não creio que ele tenha convidado apenas pessoas de quem ele definitivamente suspeitava... Afinal de contas, Lady Mary e Egg estavam lá... Ele queria encenar uma reprise do primeiro caso, talvez. Suspeitava de alguém, mas queria que outras testemunhas confirmassem essa suspeita. Algo nessa linha...

– Nessa linha – concordou o sr. Satterthwaite. – A esta altura só nos resta fazer suposições gerais. Ótimo. As Lytton Gore estão fora disso. Você, eu, a sra. Babbington e Oliver Manders estamos fora disso. Quem sobra? Angela Sutcliffe?

– Angie? Meu bom amigo. Ela é amiga de Tollie há décadas.

– Então restam apenas os Dacres... De fato, Cartwright, você suspeita dos Dacres. Não custava ter aberto o jogo quando eu perguntei.

Sir Charles olhou para o amigo. O sr. Satterthwaite tinha um ar ligeiramente triunfante.

– Não que eu suspeite deles... – explicou Cartwright devagar. – Só parecem mais possíveis do que os outros. Não os conheço muito bem, para começo de conversa. Mas ninguém neste mundo vai me convencer de que Freddie Dacres, que não faz nada além de frequentar os hipódromos, e Cynthia, que gasta o tempo desenhando e fabricando vestidos nababescos, teriam vontade de eliminar um adorável, insignificante e idoso pastor...

Meneou a cabeça e logo seu rosto se iluminou.

– Tem a tal srta. Wills. Esqueci-me dela outra vez. O que será que ela tem que a gente a toda hora esquece dela? É a criatura mais abominavelmente despercebida que já vi.

O sr. Satterthwaite sorriu.

– Desconfio que ela personifique o arcaico verso de Robert Burns: "*A chiel's amang ye taking' notes*".* Desconfio que a srta. Wills passe o tempo todo tomando notas. Por trás daqueles óculos, brilham olhos vivos. Vai descobrir que todo e qualquer detalhe interessante nesse caso foi observado pela srta. Wills.

– Acha mesmo? – indagou Sir Charles em tom de dúvida.

* "Um sujeito entre vocês fazendo anotações". (N.T.)

– O próximo passo – ponderou o sr. Satterthwaite – é almoçar. Depois vamos até Melfort Abbey ver o que conseguimos descobrir no local.

– Está bastante envolvido nisso, Satterthwaite – constatou Sir Charles, com um sorriso nos olhos.

– A investigação criminal não é novidade para mim – explicou o sr. Satterthwaite. – Certa vez, quando meu carro quebrou e tive que passar a noite numa remota estalagem...

Não conseguiu prosseguir.

– Eu me lembro – pronunciou Sir Charles em sua voz de ator alta, clara e bem impostada – de quando eu excursionava em 1921...

Sir Charles venceu.

Capítulo 4
O depoimento dos empregados

Não poderia haver cena mais tranquila do que os terrenos e as dependências de Melfort Abbey avistados pelos dois homens ao sol de setembro. Partes da construção, uma antiga abadia, eram remanescentes do século XV. A casa principal tinha sido restaurada e recebera uma nova ala. Da entrada não se enxergava o prédio da clínica, que tinha seu próprio terreno.

Sir Charles e o sr. Satterthwaite foram recebidos pela sra. Leckie, a avantajada cozinheira. Vestia um decoroso vestido preto e se mostrou triste, mas conversadeira. Já conhecia Sir Charles e na maior parte do tempo se dirigiu a ele.

– Senhor, eu tenho certeza de que vai entender o que isso significa para mim. A morte do patrão e tudo mais. Polícia por tudo que é lado, bisbilhotando aqui e ali... Acredita que eles tiveram a petulância de olhar até nas latas de lixo? E dê-lhe pergunta! Era pergunta que não acabava mais! Ah, nunca imaginei que viveria pra ver uma coisa dessas... O doutor, um cavalheiro tão pacato como ele era, e nomeado Sir Bartholomew, puxa, quanto orgulho sentimos naquele dia, como Beatrice e eu bem lembramos, ela que trabalha aqui quase há tanto tempo quanto eu, só dois anos menos. E o tipo de pergunta que aquele policial fazia! Policial, sim, pois eu é que não vou chamá-lo de cavalheiro. Depois de me acostumar a lidar com os modos dos verdadeiros cavalheiros, aprendi a distinguir o joio do trigo. E o tal sujeito, sei lá se ele era ou não superintendente – a sra. Leckie fez uma pausa, tomou fôlego e se desenredou do emaranhado de palavras no qual tinha se enrolado. – Perguntas, a isso que me refiro, sobre todas as meninas da casa, todas boas moças, todas, sem exceção. Não que eu vá garantir que a Doris levante de manhã na hora certa. Tenho que bater nessa tecla pelo menos uma vez por semana! Já a Vickie tem tendência a ser impertinente, mas, vá lá, dessa mocidade não se pode esperar treinamento. Se depender das mães delas, então, já viu. Mas são gente boa, e nenhum superintendente da polícia vai me convencer a dizer o contrário. "Sim", eu disse a ele, "o senhor perde o seu tempo se acha que eu vou falar mal das minhas meninas. São boas moças, são sim, e ficar sugerindo que elas têm algo a ver com assassinato, puxa vida, que coisa mais repulsiva."

A sra. Leckie fez uma pausa.

– Já o sr. Ellis, bem... daí o caso é diferente. Não sei nada sobre o sr. Ellis, nem ponho a mão no fogo por ele. Foi trazido de Londres e era um estranho aqui. Veio substituir o sr. Baker, que estava de férias.

– Baker? – indagou o sr. Satterthwaite.

– O sr. Baker trabalha como mordomo de Sir Bartholomew há sete anos. Ele ficava em Londres a maior parte do tempo. Lá na Harley Street. Lembra dele, senhor? – Ela apelou para Sir Charles, que assentiu com a cabeça. – Sir Bartholomew sempre o trazia até aqui quando dava uma festa. Mas Sir Bartholomew disse que Baker andava mal de saúde, por isso deu a ele dois meses de férias com tudo pago num hotel à beira-mar, lá perto de Brighton. O doutor era mesmo generoso. Por isso ele contratou provisoriamente o sr. Ellis. E por isso, como já expliquei ao superintendente, eu não ponho a mão no fogo pelo sr. Ellis. Se bem que ele andou dizendo que trabalhou em famílias tradicionais. E com certeza o jeitinho dele até que era bem distinto.

– Não descobriu nada... estranho sobre ele? – indagou Sir Charles, esperançoso.

– Bem, é esquisito o senhor falar justamente isso, porque eu descobri e não descobri, se é o que senhor me entende.

Sir Charles a mirou com um olhar encorajador, e a sra. Leckie prosseguiu:

– Não sei dizer exatamente o quê, mas tinha *alguma* coisa...

"Depois do acontecido é fácil ser profeta", pensou o sr. Satterthwaite. Por mais que desprezasse a polícia, a sra. Leckie não era imune à sua influência. Sendo Ellis o principal suspeito, era natural que a sra. Leckie tivesse notado algo.

– Pra começo de conversa, ele era quietão. Educado e cavalheiro. Como eu já disse, ele estava acostumado a trabalhar em casas grã-finas. Mas era discreto e passava a maior parte do tempo livre no quarto dele. Não sei direito como descrever... Ele era, ou melhor, tinha *algo* nele...

– A senhora chegou a suspeitar que... ele não era um mordomo de verdade? – sugeriu o sr. Satterthwaite.

– Ah, ele tinha experiência sim, senhor. As coisas que ele sabia... e sobre pessoas conhecidas na sociedade, também.

– Por exemplo? – induziu Sir Charles amável.

A sra. Leckie tornou-se vaga e evitou se comprometer. Ela é que não ia ficar repassando fofocas do hall dos empregados. Uma coisa dessas seria um atentado ao seu senso de retidão.

Para deixá-la à vontade, o sr. Satterthwaite disse:

– Talvez possa nos descrever a aparência dele.

O rosto da sra. Leckie se iluminou.

– Claro que sim, senhor. Um tipo respeitável. Suíças e cabelo grisalho, meio corcunda, já ganhando barriga... Ele me disse que andava preocupado com isso. Mãos bem trêmulas, mas não pelo motivo que o senhor está pensando. O sujeito mais abstêmio que já vi, ao contrário de muita gente que conheço. Tinha as vistas sensíveis. Ardiam quando a luz batia nelas. Em especial luzes fortes. Lacrimejava muito. No meio dos empregados ele usava óculos, mas trabalhando não.

– Nenhuma característica especial? – perguntou Sir Charles. – Cicatriz? Dedos quebrados? Marcas de nascença?

– Não, senhor, nada desse tipo.

– É... As histórias de detetive superam a vida real – suspirou Sir Charles. – Na ficção, sempre há uma característica inconfundível.

– Faltava um dente de cima – lembrou o sr. Satterthwaite.

– Acho que sim, senhor, mas eu nunca notei.

– Como estava o humor dele na noite da tragédia? – indagou o sr. Satterthwaite, de um modo ligeiramente livresco.

– Bem, realmente, não sei dizer. Eu estava ocupada, sabe, lá na minha cozinha. Eu não tinha tempo para ficar notando as coisas.

– Não tinha, não, é verdade.

– A notícia de que o patrão tinha morrido pegou a gente de surpresa. Chorei sem parar, e Beatrice também. As mais novas, é claro, ficaram um pouco agitadas, mas muito nervosas. O sr. Ellis, como seria natural, não ficou tão perturbado como a gente, pois trabalhava aqui há pouco tempo, mas se comportou com bastante consideração e insistiu que Beatrice e eu bebêssemos um cálice de vinho do Porto para nos recuperarmos do choque. E pensar que durante todo o tempo o bandido era ele...

A sra. Leckie não conseguiu mais falar, e os olhos dela faiscaram de indignação.

– Ele sumiu naquela noite, pelo que sei.

– Sim, senhor. Ele se recolheu na mesma hora que nós, mas de manhã não estava no quarto. Por isso a polícia suspeitou dele, é claro.

– É, grande estupidez da parte dele. Tem ideia de como ele saiu de casa?

– Nem a mínima ideia. Parece que a polícia ficou de tocaia a noite toda e disse que não viu ninguém saindo. Mas policiais são humanos como todo mundo, apesar de se acharem os tais, que podem ir entrando na casa de um cavalheiro para bisbilhotar.

– Ouvi comentários sobre uma passagem secreta – mencionou Sir Charles.

A sra. Leckie fungou.

– Isso é o que a polícia diz.

– Existe a tal passagem?

– Já ouvi falar nela – concordou a sra. Leckie, precavida.

– Sabe onde ela começa?

– Não, não sei. Passagens secretas são muito interessantes e tal, mas é o tipo de assunto que a gente não estimula na ala dos empregados. As moças se enchem de ideias imaginativas. Podem pensar em escapulir desse jeito. Minhas moças saem pela porta dos fundos e entram pela porta dos fundos! Assim, sabemos exatamente em que pé está.

– Excelente, sra. Leckie. Sabedoria não lhe falta.

A sra. Leckie se encolheu ao sol da aprovação de Sir Charles.

– Será – continuou ele – que podemos fazer só umas perguntinhas às demais empregadas?

– Claro, senhor. Mas elas não vão lhe dizer mais do que eu.

– Ah, sei disso. Estou menos interessado em Ellis do que no próprio Sir Bartholomew... Como ele se comportou naquela noite e assim por diante. Sabe, ele era meu amigo.

– Sei, senhor. Entendo perfeitamente. Tem a Beatrice e a Alice. Ela atendeu a mesa, é claro.

– Sim, eu gostaria de falar com Alice.

A sra. Leckie, entretanto, acreditava piamente na hierarquia por antiguidade. Beatrice Church, a camareira-chefe, foi a primeira a aparecer.

Alta, magricela, lábios apertados e aparência agressivamente respeitável.

Depois de umas perguntas sem importância, Sir Charles conduziu a conversa ao comportamento dos convidados na noite fatal. Todos ficaram terrivelmente perturbados? O que disseram ou fizeram?

Uma leve animação tomou conta de Beatrice. Ela, como é comum, também sentia um deleite sanguinolento por tragédias.

– A srta. Sutcliffe ficou muito abalada. Dama amabilíssima. Já se hospedou aqui outras vezes. Ofereci-me para trazer um cálice de conhaque ou uma boa xícara de chá, mas ela nem quis ouvir falar. Contudo, aceitou uma aspirina. Disse que sabia que não ia conseguir dormir. Mas dormia como criancinha na manhã seguinte quando levei para ela o primeiro chá.

– E a sra. Dacres?

– Não creio que nada nesse mundo possa perturbar aquela mulher.

Pela entonação de Beatrice, ela não gostava de Cynthia Dacres.

– Só parecia ansiosa para ir embora, ela. Disse que seria ruim para os negócios. Ela é uma famosa estilista em Londres, o sr. Ellis nos contou.

Uma famosa estilista, para Beatrice, significava "globalização", e ela menosprezava a globalização.

– E o marido dela?

Beatrice fungou.

– Acalmou os próprios nervos à base de conhaque. Ou os agitou ainda mais, depende do ponto de vista.

– E quanto a Lady Mary Lytton Gore?

– Uma simpatia de senhora – falou Beatrice, enternecendo o tom. – Minha tia-avó trabalhou com o pai dela no Castelo. Bonita quando jovem, sempre ouvi dizer. Pode ser pobre, mas a gente percebe que tem pedigree... Sempre atenciosa, sem causar problema e falando de modo gentil. A filha dela é uma boa moça também. Não eram amigas chegadas de Sir Bartholomew, é claro, mas ficaram muito aflitas.

– A srta. Wills?

Um pouco da aspereza de Beatrice retornou.

– Não saberia dizer, senhor, o que é que a srta. Wills achou de tudo aquilo.

– Mas o que você achou dela? – indagou Sir Charles. – Vamos Beatrice, seja humana.

Um sorriso inesperado insinuou-se meio à força nas impassíveis bochechas de Beatrice. Havia algo suplicantemente colegial na atitude de Sir Charles. Ela não era imune ao charme que cativara com tanta intensidade, noite após noite, as plateias noturnas.

– Sinceramente, senhor, não sei o que espera que eu diga.

– Só o que você pensou e sentiu sobre a srta. Wills.

– Nada, senhor, nada mesmo. Ela não era, é claro...

Beatrice titubeou.

– Vá em frente, Beatrice.

– Bem, ela não era exatamente da mesma classe dos outros. Não era culpa dela, eu sei – prosseguiu Beatrice em tom afável. – Mas ela fez coisas que uma dama de verdade não teria feito. Ela se intrometeu, se é que o senhor me entende, ficou bisbilhotando por aí.

Sir Charles esforçou-se para obter mais detalhes sobre essa afirmação, mas Beatrice ficou em cima do muro. A srta. Wills bisbilhotara, mas, solicitada a dar um exemplo específico da bisbilhotice, Beatrice pareceu incapaz de fornecê-lo. Apenas repetiu que a srta. Wills se meteu onde não era chamada.

Por fim, os dois desistiram, e o sr. Satterthwaite disse:

– O jovem sr. Manders chegou de modo inesperado, não foi?

– Sim, senhor, ele sofreu um acidente... Bateu no muro perto do portão do chalé. Alegou que teve sorte por ter acontecido justo aqui. A casa estava cheia, é claro, mas a srta. Lyndon improvisou uma cama para ele no pequeno gabinete.

– Todo mundo ficou surpreso ao vê-lo?

– Ah, sim, claro que sim.

Convidada a opinar sobre Ellis, Beatrice manteve-se neutra. Quase nem tinha conversado com ele. Pegou mal fugir do jeito que ele fugiu, mas não conseguia imaginar um motivo pra ele querer machucar o patrão. Ninguém conseguia.

– Como é que o doutor se comportou? Parecia ansioso para a festa? Tinha algum plano na cabeça?

– Parecia especialmente alegre. Sorria consigo mesmo, é verdade, como quem está bem-humorado. Inclusive escutei ele brincando com o sr. Ellis, coisa que nunca fez com o sr. Baker. Em geral, ele era meio direto com os empregados. Sempre amável, mas de poucas palavras.

– O que ele disse? – quis saber o sr. Satterthwaite, avidamente.

– Ai, agora não lembro ao certo, senhor. O sr. Ellis trouxe um recado telefônico, e Sir Bartholomew perguntou se ele tinha certeza de ter pego os nomes corretos, e o sr. Ellis disse que tinha certeza absoluta... Falando com o maior respeito, é claro. Então o doutor deu uma risada e falou: "Você é um bom sujeito, Ellis, um mordomo de primeira. Não acha, Beatrice?". E eu fiquei tão surpresa, senhor, com o jeito como o patrão falou comigo, bem diferente do que o de costume, que fiquei sem saber o que dizer.

– E Ellis?

– Ele fez um olhar de censura, como se não fosse o tipo de coisa com a qual estava acostumado. Formal como só ele.

– Qual era a mensagem telefônica? – indagou Sir Charles.

– A mensagem, senhor? Ah, era da clínica. Sobre uma paciente recém-chegada de viagem.

– Lembra o nome?

– Um nome esquisito, senhor – vacilou Beatrice. – Sra. De Rushbridger... algo parecido.

– Ah, sim – disse Sir Charles de modo apaziguador. – Nomezinho complicado de guardar certo pelo telefone. Bem, muito obrigado, Beatrice. Agora talvez possamos conversar com Alice.

Quando Beatrice saiu da sala, Sir Charles e o sr. Satterthwaite compararam ideias numa troca de olhares.

– A srta. Wills bisbilhotou, o capitão Dacres se embebedou, a sra. Dacres não mostrou emoção alguma. Alguma coisa de útil? Quase nada.

– Quase nada mesmo – concordou o sr. Satterthwaite.

– Vamos apostar todas as nossas fichas em Alice.

Recato balzaquiano em olhos negros, Alice não escondia o prazer em falar.

Ela mesma não acreditava que o sr. Ellis tivesse algo a ver com o caso. Muito cavalheiro para isso. A polícia insinuou que ele não passava de um vigarista ordinário. Alice tinha certeza de que ele não era nada disso.

– Tem certeza absoluta de que ele era um mordomo honesto e comum? – perguntou Sir Charles.

– Comum não. Não era igual a nenhum outro mordomo com quem eu já trabalhei antes. Tinha um estilo diferente de trabalhar.

– Mas você não acha que ele envenenou seu patrão.

– Ah, senhor, não vejo como ele pode ter feito. Eu estava atendendo a mesa com ele, e ele não poderia ter colocado nada na comida do patrão sem que eu tenha visto.

– E a bebida?

– Ele passou com a bandeja e as taças de vinho. Primeiro o xerez, com a sopa, e depois o vinho branco do Reno e o vinho tinto de Bordeaux. Mas o que é que ele poderia fazer, senhor? Se tivesse qualquer coisa no vinho ele teria envenenado todo mundo. Ou todos que o tomassem. Só tem um detalhe: o patrão não tomou algo que ninguém mais tomou. A mesma coisa com o vinho do Porto. Todos os cavalheiros e algumas senhoras tomaram vinho do Porto.

– As taças de vinho foram retiradas numa bandeja?

– Sim, senhor, eu segurei a bandeja e o sr. Ellis colocou as taças ali. Depois, levei a bandeja até a copa, e lá estavam elas, quando a polícia chegou para examiná-las. A bandeja e as taças de Porto ainda estavam na mesa. E a polícia não encontrou nada.

– Tem certeza de que o doutor não comeu nem bebeu algo que ninguém mais experimentou?

– Não que eu tenha visto, senhor. Para ser sincera, tenho certeza de que não.

– Nada que um dos hóspedes tenha dado a ele...

– Ah, isso não, senhor.

– Sabe algo sobre uma passagem secreta, Alice?

– Um dos jardineiros tocou nesse assunto. Termina no meio da floresta onde tem umas ruínas antigas. Mas eu nunca vi acesso nenhum a essa passagem aqui na casa.

– Ellis nunca mencionou nada sobre isso?

– Ah, nem pensar, ele não sabia nada disso, tenho certeza.

– Quem realmente você acha que matou seu patrão, Alice?

– Não sei, senhor. Não consigo acreditar que alguém tenha feito isso... Tenho a impressão de que deve ter sido uma espécie de acidente.

– Hum... Obrigado, Alice.

– Não fosse pela morte de Babbington – observou Sir Charles logo que a moça se retirou da sala –, nós poderíamos elegê-la como suspeita. Mocinha bonita, de prontidão junto à mesa. Não, a coisa não fecha. Babbington foi assassinado; e, afinal, Tollie nunca espichava o olho para moças, por mais bonitas que fossem. Não era o estilo dele.

– Mas ele tinha 55 anos – observou o sr. Satterthwaite pensativo.

– Por que diz isso?

– É a idade em que um homem perde completamente a cabeça pelas jovens... Mesmo que nunca tenha perdido antes.

– Puxa, Satterthwaite, *eu*... hã... estou quase chegando aos 55.

– Eu sei – disse Satterthwaite.

E ante o olhar suave e divertido do amigo, os olhos de Sir Charles baixaram.

Evidentemente, ele corou...

Capítulo 5
No quarto do mordomo

– Que tal examinar o quarto de Ellis? – perguntou o sr. Satterthwaite, depois de degustar ao máximo o espetáculo do rubor de Sir Charles.

Sem demora, o ator aproveitou a oportunidade para mudar de assunto.

– Ótimo. Eu ia sugerir exatamente isso.

– Claro que a polícia já deve ter feito um pente fino.

– Ora, a polícia...

Com um gesto de desdém, Aristide Duval abanou a polícia para longe. Ansioso por esquecer seu embaraço momentâneo, lançou-se com vigor renovado em seu papel.

– A polícia não passa de um bando de trouxas – vaticinou impetuosamente. – O que procuravam no quarto de Ellis? Algo que provasse a culpa dele. Vamos procurar provas de sua inocência... Coisa bem diferente.

– Está absolutamente convencido da inocência de Ellis?

– Se estivermos certos sobre Babbington, ele *deve* ser inocente.

– Sim, e além do mais...

O sr. Satterthwaite não terminou a frase. Estava prestes a dizer que, se Ellis fosse um criminoso profissional desmascarado por Sir Bartholomew e que por esse motivo ele o havia assassinado, o caso inteiro ficaria insuportavelmente insípido. Bem a tempo, lembrou-se da antiga amizade entre Sir Bartholomew e Sir Charles Cartwright. Satterthwaite sentiu-se devidamente chocado pela falta de sensibilidade que por pouco não revelou.

À primeira vista, o quarto de Ellis não parecia oferecer muitas promessas de descobertas. Todas as roupas organizadas com asseio no armário, em gavetas ou em cabides. Por sinal, roupas de bom talhe, com etiquetas de diferentes alfaiatarias. Claramente refugos, presentes de ex-patrões. A roupa de uso diário se enquadrava no mesmo padrão. Botas engraxadas com esmero, guardadas com formas de sapatos em seu interior.

O sr. Satterthwaite pegou uma bota e murmurou:

– Tamanho 43.

Como não havia pegadas no caso, isso não parecia ser lá de muita ajuda.

Parecia óbvio, levando em conta a ausência do uniforme de mordomo, que Ellis o vestia no momento da fuga. O sr. Satterthwaite chamou a atenção de Sir Charles para esse fato extraordinário.

– Qualquer homem em seu juízo perfeito teria trocado de roupa e colocado um terno comum.

– Sim, isso é estranho... Meio ridículo, mas até parece que ele *nem* chegou a fugir... Tolice, claro.

Continuaram a vasculhar o quarto. Nenhuma carta, nenhum documento, à exceção de um recorte de jornal sobre como curar calos do pé e um parágrafo sobre o iminente casamento da filha de um duque.

Numa mesinha havia um bloco de papel mata-borrão e um frasco de tinta para caneta-tinteiro, daqueles que custam um centavo... Mas nem sinal de caneta. Sir Charles ergueu o mata-borrão na frente do espelho, sem resultado. Havia uma página bastante utilizada, uma mixórdia sem sentido, e os dois avaliaram que a tinta não era recente.

– Das duas, uma: ou ele não escreveu nenhuma carta desde que veio para cá, ou não removeu o excesso de tinta no papel mata-borrão – deduziu o sr. Satterthwaite.

– Esse mata-borrão não é recente. Ah, sim... – Com certa satisfação apontou um L. Baker quase indecifrável no meio dos borrões.

– Eu diria que Ellis não utilizou esse mata-borrão.

– Que coisa mais estranha, não é? – disse Sir Charles devagar.

– Como assim?

– Ora, um homem em geral escreve cartas...

– Não se ele for um criminoso.

– É, acho que você tem razão... Devia haver algo suspeito na conduta dele para fazê-lo escapulir como escapuliu. Mas isso não quer dizer que ele matou Tollie.

Os dois escrutinaram o assoalho, erguendo o tapete e examinando embaixo da cama. Não encontraram nada além de uma mancha de tinta ao lado da lareira. Decepcionante o despojamento do quarto.

Saíram um pouco desconcertados dali. O entusiasmo deles como detetives havia momentaneamente arrefecido.

Possivelmente passou pela cabeça deles que nos livros tudo parecia melhor coordenado.

Trocaram breves palavras com outros componentes da equipe de colaboradoras, novatas de semblante assustado que reverenciavam a experiência da sra. Leckie e de Beatrice Church, mas não veio à tona qualquer informação adicional.

Por fim se despediram.

– Bem, Satterthwaite – disse Sir Charles enquanto atravessavam o gramado –, nada o deixou intrigado... nada mesmo?

O motorista tinha sido instruído para apanhá-los no chalé da entrada da propriedade. O sr. Satterthwaite meditou. Não era seu estilo responder com pressa – em especial porque tinha a sensação de que seria a melhor que algo o tivesse intrigado. Confessar que a expedição toda havia sido perda de tempo não era uma ideia bem-vinda. Repassou na cabeça, um após outro, os depoimentos das empregadas: informações extraordinariamente escassas.

Como Sir Charles acabara de resumir, a srta. Wills bisbilhotara, a srta. Sutcliffe se perturbara, a sra. Dacres nem pestanejara e o capitão Dacres se embriagara. Nada de útil nisso, a menos que a fraqueza de Freddie Dacres revelasse a intenção de afogar no álcool uma consciência pesada. Mas Freedie Dacres, o sr. Satterthwaite bem sabia, embriagava-se com relativa frequência.

– E então? – repetiu Sir Charles, impaciente.

– Nada – confessou o sr. Satterthwaite com relutância. – Com uma exceção... É lícito supor, a julgar pelo recorte de jornal que achamos, que Ellis tinha calos nos pés.

Sir Charles abriu um sorriso amargo.

– Dedução bastante lógica. Mas será que... hã... nos leva a algum lugar?

O sr. Satterthwaite confessou que não.

– A única outra coisa... – começou e se calou.

– Sim? Vamos lá, amigo. Qualquer coisa pode ajudar.

– Achei um pouco esquisito o jeito como Sir Bartholomew brincou com o mordomo... Sabe, como a camareira nos contou. Não sei por quê, mas não parece uma coisa típica dele.

– Não *é* uma coisa típica – enfatizou Sir Charles. – Conheci Tollie muito bem, bem melhor do que você. Posso testemunhar que ele não fazia o tipo brincalhão. Nunca teria falado daquele jeito a menos que... Bem, a menos que por alguma razão ele não estivesse no seu normal naquela hora. Tem razão, Satterthwaite, este é um detalhe curioso. Mas aonde ele nos leva?

– Bem – começou o sr. Satterthwaite; no entanto, era evidente que a pergunta de Sir Charles era meramente retórica. Estava ansioso não para escutar a opinião do sr. Satterthwaite, mas para ventilar a sua.

– Lembra quando esse incidente aconteceu, Satterthwaite? *Pouco depois de Ellis trazer uma mensagem telefônica.* Acho que é uma dedução válida assumir que essa mensagem telefônica tenha sido a causa da hilaridade súbita e incomum de Tollie. Deve se lembrar que eu perguntei à camareira sobre o conteúdo da mensagem.

O sr. Satterthwaite assentiu com a cabeça.

– Era para dizer que uma mulher chamada sra. De Rushbridger tinha acabado de chegar na clínica – respondeu para mostrar que ele, também, prestara atenção naquele detalhe. – Não chega a ser particularmente empolgante.

– Não empolga mesmo. Mas, se nosso raciocínio estiver correto, *essa mensagem deve conter algum significado importante.*

– Sim, sim – murmurou dúbio o sr. Satterthwaite.

– Sem sombra de dúvida – frisou Sir Charles. – Temos que descobrir qual é esse significado. Algo me diz que tem a ver com algum tipo de código. Algo aparentemente inofensivo, mas na verdade com significado bem diferente. Se Tollie estivesse investigando a morte de Babbington, talvez isso tivesse relação com as investigações. Digamos, por exemplo, que ele tenha contratado um detetive particular para descobrir certo fato. Pode ter combinado que, se essa suspeita em especial fosse confirmada, o detetive ligaria e utilizaria essa expressão específica, que passaria despercebida à pessoa que desse o recado. Isso explicaria tanto sua alegria quanto o fato de Tollie ter perguntado se Ellis tinha certeza do nome... Afinal, ele próprio sabia que, na verdade, a pessoa não existia. Como a leve incerteza que a gente revela quando confirma uma informação que considera improvável.

– Acha que não existe essa tal de sra. De Rushbridger?

– Acho que temos que tirar isso a limpo.

– De que modo?

– Podemos ir até a clínica e perguntar à enfermeira-chefe.

– Ela pode estranhar.

Sir Charles deu uma risada.

– Deixa comigo – disse ele.

Os dois se desviaram do caminho de saída e rumaram à clínica. O sr. Satterthwaite comentou:

– E quanto a você, Cartwright? Algo lhe deixou intrigado em tudo isso? Digo, de tudo que conseguimos descobrir em nossa visita.

Sir Charles respondeu com lentidão.

– Sim, fiquei intrigado com uma coisa, sim... Mas que diabo, agora não consigo lembrar o quê.

O sr. Satterthwaite o encarou surpreso. O outro franziu a testa.

– Como posso explicar? Numa hora tive a sensação de que havia algo errado... Algo implausível... só que... não tive tempo de racionalizar o fato na hora. Então acabou ficando de lado.

– E agora não consegue se lembrar do que era?

– Não... só lembro que na hora eu pensei: "Que coisa mais estranha".

– Foi quando interrogávamos as empregadas? Qual delas?

– Estou dizendo que não lembro. E quanto mais penso mais difícil é de lembrar. Se eu deixar quieto, talvez me venha de repente.

Dali a pouco estavam defronte à fachada da clínica cujo prédio era grande e moderno, separado do gramado da casa por uma cerca. Os dois atravessaram um portão, tocaram a campainha da frente e pediram para falar com a enfermeira-chefe.

Pouco depois ela surgiu. Alta, de meia-idade, rosto inteligente e jeito eficaz. Mostrou conhecer Sir Charles de nome, como amigo do falecido Sir Bartholomew Strange.

Sir Charles explicou que acabara de chegar do exterior e se horrorizara com a notícia da morte do amigo e com as terríveis suspeitas envolvidas. Por isso, viera até a casa para descobrir o máximo de detalhes possíveis. A enfermeira-chefe falou em termos comoventes sobre a perda que Sir Bartholomew representava ao pessoal da clínica e louvou sua destacada carreira na medicina. Sir Charles manifestou interesse em saber o que aconteceria com a clínica. A enfermeira-chefe explicou que Sir Bartholomew tinha dois sócios, ambos médicos competentes, um dos quais morava na clínica.

– Bartholomew tinha muito orgulho deste lugar, eu sei disso – comentou Sir Charles.

– Sim, os tratamentos dele eram famosos pela eficácia.

– Na sua maioria casos neurológicos, não é?

– Sim.

– Pois é... Conheci um sujeito em Monte Carlo que tinha um parente vindo para cá. Nome meio esquisito... Rushbridger... Rusbrigger... algo parecido.

– A sra. De Rushbridger, o senhor quer dizer?

– Isso mesmo. Ela está aqui agora?

– Ah, sim. Mas receio que não possa receber visita... Pelo menos por enquanto. Prescrição de repouso total. – A enfermeira-chefe abriu um sorriso zombeteiro. – Nada de cartas, nada de visitas empolgantes...

– Puxa vida, ela não está tão mal assim, está?

– Caso complicado de colapso nervoso: brancos de memória e grave exaustão nervosa. Mas com o tempo vamos curá-la.

A enfermeira-chefe sorriu de modo tranquilizador.

– Deixe-me ver... Se não me engano, Tollie, Sir Bartholomew, uma vez tocou no nome dela... Ela também era amiga dele além de paciente, não era?

– Acho que não, Sir Charles. Ao menos o doutor nunca tocou nesse assunto comigo. Ela acabou de chegar do Mar do Caribe. E foi muito engraçado, sabe. Rushbridger é um nomezinho complicado para as empregadas lembrarem... Então a arrumadeira, apalermada como só ela, veio e me disse: "A dona Mar do Caribe chegou". Claro, imagino que "Madame Rushbridger" *realmente* soe como "dona Mar do Caribe"... Mas é pura coincidência ela ser recém-chegada do Caribe.

– Verdade... verdade... muito divertido. O marido veio junto também?

– Ele continua lá.

– Certo, certo. Vai ver estou confundindo ela com outra pessoa. O doutor parecia especialmente interessado no caso dela?

– Pacientes com amnésia são relativamente comuns, mas sempre despertam o interesse de um médico... As variações, sabe. É raro dois casos apresentarem semelhanças.

– Para mim são todos bizarros. Bem, enfermeira-chefe, obrigado. Foi um prazer ter essa conversinha com a senhora. Sei o quanto Tollie a admirava. Ele vivia falando na senhora – finalizou Sir Charles com certa falsidade.

– Ah, é bom saber. – A enfermeira-chefe ruborizou meio encabulada. – Que personalidade fascinante... Que perda irreparável para todos nós. Estamos completamente chocados. Abismados descreveria melhor. Assassinato! Quem é que ia querer matar o dr. Strange, eu me pergunto. É incrível. Aquele mordomo asqueroso. Espero que a polícia o capture. E sem motivo nem nada.

Sir Charles balançou a cabeça com tristeza; logo os dois se despediram e contornaram o caminho que os levou até o local onde o carro os esperava.

Para se vingar de sua quietude forçada durante a conversa com a enfermeira-chefe, o sr. Satterthwaite mostrou um animado interesse no local do acidente de Oliver Manders, assoberbando o zelador do chalé, sujeito bronco de meia-idade, com perguntas e mais perguntas.

Sim, aquele era o lugar em que o muro tinha sido atingido. O rapaz pilotava uma motocicleta. Não, ele não viu o acidente. Mas ouviu o estrondo e veio para conferir. O rapaz estava ali, exatamente onde os cavalheiros estavam agora. Ele não parecia machucado. Só olhava para a moto com olhar tristonho... E ela ficou destruída. Ele só perguntou qual era o nome do lugar. Ao escutar que era de Sir Bartholomew, disse: "Sorte é para quem tem" e se foi estrada acima, rumo à casa. Pareceu um moço distinto e muito calmo... Do tipo meio enfastiado. Como diabos ele conseguiu a proeza de se acidentar o zelador do chalé não entendia, mas de vez em quando as coisas dão errado mesmo.

– Foi um acidente inusitado – comentou pensativo o sr. Satterthwaite.

Lançou o olhar pela estrada larga e reta. Nada de curvas, nada de cruzamentos perigosos, nada que pudesse causar uma guinada súbita de um motociclista contra um muro de três metros de altura. Acidente inusitado.

– Em que está pensando, Satterthwaite? – indagou Sir Charles com curiosidade.

– Nada – respondeu o sr. Satterthwaite –, nada.

– É inusitado, com certeza – falou Sir Charles, que também fitou o local do acidente com uma expressão perplexa.

Embarcaram no veículo e zarparam.

A cabeça do sr. Satterthwaite estava a mil. A sra. De Rushbridger (a teoria de Cartwright não funcionou) não era uma mensagem codificada... Ela *existia* mesmo, era uma pessoa de carne e osso. Mas será que havia algum mistério por trás dessa mulher? Será que ela havia testemunhado alguma coisa, ou Bartholomew Strange tinha demonstrado aquela exaltação incomum só porque ela era um interessante caso médico? Apaixonar-se aos 55 anos (o sr. Satterthwaite já presenciara o fato muitas vezes) muda completamente o caráter de um homem. Isso poderia explicar o fato de Sir Bartholomew substituir o jeito arredio pelo espírito brincalhão...

Sua corrente de pensamentos foi interrompida. Sir Charles reclinou-se à frente.

– Satterthwaite – disse ele –, importa-se de voltarmos?

Sem esperar resposta, ele apanhou o tubo intercomunicador para falar com o motorista e deu a ordem. O carro reduziu a velocidade, e o chofer começou a manobrar numa viela adequada. Pouco depois o carro voltou à estrada principal, mas seguiu na direção oposta.

– O que houve? – quis saber o sr. Satterthwaite.

– Eu me lembrei – explicou Sir Charles – do que eu tinha achado estranho. A mancha de tinta no assoalho do quarto do mordomo.

Capítulo 6
A mancha de tinta

O sr. Satterthwaite encarou o amigo com ar de surpresa.

– A mancha de tinta? O que quer dizer com isso, Cartwright?

– Lembra dela?

– Lembro da mancha de tinta, sim.

– Lembra da posição dela?

– Bem... Não me lembro direito.

– Junto ao rodapé nas imediações da lareira.

– Sim, isso mesmo. Agora me lembrei.

– Como acha que a mancha foi causada, Satterthwaite?

– A mancha não era grande – disse por fim. – Não pode ter sido um vidro de tinta virado. Eu diria que é bem provável que ele tenha deixado cair sua caneta-tinteiro ali... Não achamos caneta no quarto, lembre-se. – "Ele vai perceber que eu sou tão bom observador quanto ele", pensou o sr. Satterthwaite. – Mas claro que o sujeito devia ter uma caneta-tinteiro se é que ele escreveu algo... Se bem que não temos prova alguma de que ele escreveu.

– Temos, sim, Satterthwaite. A mancha de tinta.

– Talvez ele não estivesse escrevendo – retrucou Satterthwaite. – Pode apenas ter deixado a caneta cair no chão.

– Mas não existiria mancha a não ser que a caneta estivesse sem a tampa.

– Nisso você tem razão – concordou o sr. Satterthwaite. – Mas não entendo o que há de estranho nisso.

– Talvez não haja nada de estranho – disse Sir Charles. – Não posso afirmar nada até voltar e examinar de novo.

O carro cruzou o portão do chalé na entrada da propriedade. Minutos depois chegou à casa principal. Sir Charles, para amenizar a curiosidade sobre o retorno dele, inventou que tinha esquecido um lápis no quarto do mordomo.

– E agora – disse Sir Charles, fechando a porta do quarto de Ellis atrás deles, depois de driblar com certa habilidade a obsequiosa sra. Leckie –, vamos ver se estou fazendo papel de bobo ou se a minha ideia tem algo de aproveitável.

Na opinião do sr. Satterthwaite, a primeira alternativa era de longe a mais plausível, mas ele era muito educado para verbalizar isso. Sentou-se na cama e ficou assistindo ao que o outro fazia.

– Aqui está a nossa mancha – apontou Sir Charles com o pé. – Bem junto ao rodapé, no lado oposto do quarto em relação à escrivaninha. Em que circunstâncias um homem deixaria a caneta cair bem ali?

– A gente deixa caneta cair em qualquer lugar – sentenciou o sr. Satterthwaite.

– A pessoa pode atirar a caneta no chão, é claro – concordou Sir Charles. – Não é comum tratar uma caneta assim, mas sei lá. Canetas-tinteiro são objetos para lá de irritantes. Secam e param de escrever quando mais precisamos delas. Talvez esteja aí a solução do problema. Ellis perdeu a calma, disse: "Droga de caneta!" e a jogou no chão com violência.

– Acho que existem várias explicações – disse o sr. Satterthwaite. – Ele pode ter simplesmente largado a caneta em cima do consolo da lareira, e ela rolou e caiu.

Sir Charles testou a hipótese com um lápis. Deixou o lápis rolar pelo consolo da lareira e cair da extremidade. O lápis caiu no chão a uns trinta centímetros da mancha e rolou de volta para o lado do aquecedor a gás instalado na lareira.

– Bem – disse o sr. Satterthwaite. – Qual é a sua explicação?

– Estou tentando encontrar uma.

Sentado na cama, o sr. Satterthwaite passou a testemunhar uma divertida performance.

Sir Charles tentou largar o lápis da mão enquanto caminhava na direção da lareira. Experimentou sentar na ponta da cama como se estivesse escrevendo ali e então largar o lápis. Para o lápis cair no local exato, era necessário ficar de pé ou se sentar no chão com as costas grudadas na parede, numa atitude nada natural.

– Isso é impossível – afirmou Sir Charles em alto e bom som. E continuou em pé, avaliando a parede, a mancha e a moderna estufinha a gás.

– Hum... digamos que, se ele estivesse queimando papéis... – falou ele, pensativo. – Mas ninguém queima papéis numa estufa a gás...

De repente, ele susteve a respiração.

Um minuto depois, o sr. Satterthwaite não tinha mais dúvidas quanto à profissão encarnada por Sir Charles.

Charles Cartwright é Ellis, o mordomo. Senta-se à escrivaninha como quem escreve. De vez em quando levanta a cabeça e corre o olhar furtivo para lá e para cá. Logo parece escutar algo (o sr. Satterthwaite inclusive adivinhou do que se tratava): passos no corredor. O homem tem a consciência pesada. Dá àqueles passos certo significado. Levanta-se da cadeira num pulo, segurando numa das mãos o papel que escrevia e a caneta na outra. Precipita-se pelo quarto em direção à lareira, a cabeça meio virada por cima do ombro, ainda alerta... escutando... com medo. Tenta empurrar os papéis sob a proteção da estufa... Para utilizar as duas mãos, ele joga a caneta no chão com impaciência. O lápis de Sir Charles, a "caneta" do drama, cai precisamente sobre a mancha de tinta...

– Bravo! – elogiou o sr. Satterthwaite com aplausos efusivos.

Tão bom havia sido o desempenho que ele ficou com a impressão de que Ellis só poderia ter agido dessa forma.

– Percebe? – indagou Sir Charles, reassumindo a própria personalidade e falando com júbilo modesto. – Se o sujeito ouvisse a polícia ou o que ele pensou ser a polícia vindo e teve de esconder o que estava escrevendo... Bem, onde ele poderia ter escondido? Não numa gaveta, nem embaixo do colchão... Se a polícia revistasse o quarto, o papel seria encontrado de imediato. Ele não teve tempo de erguer uma tábua do assoalho. Sim: atrás da estufa era a única alternativa.

– A próxima coisa a fazer – disse o sr. Satterthwaite – é ver se há alguma coisa escondida atrás da estufa.

– Exato. Claro, pode ter sido um alarme falso, e ele pode ter tirado as coisas dali mais tarde. Mas vamos acreditar no melhor.

Tirando o casaco e arregaçando as mangas da camisa, Sir Charles deitou-se no chão e espiou pela fresta entre a estufa e o chão.

– Tem uma coisa ali embaixo – contou ele. – Uma coisa branca. Como vamos pegá-la? Precisamos de algo parecido com um alfinete de chapéu feminino.

– Hoje em dia as mulheres não usam mais alfinetes de chapéu – disse o sr. Satterthwaite entristecido. – Talvez um canivete.

Mas um canivete não se mostrou útil para o propósito desejado.

No final das contas, o sr. Satterthwaite saiu do quarto e foi pedir emprestado uma agulha de tricô para

Beatrice. Embora extremamente curiosa para saber por qual motivo ele a queria, o senso de decoro dela era muito aguçado para que se permitisse perguntar.

A agulha de tricô foi eficaz. Sir Charles extraiu um punhado de folhas de papel, amassadas com pressa na forma de bolinhas e empurradas pela fresta.

Com empolgação crescente, ele e o sr. Satterthwaite as desamassaram. Parecia claro: eram diversos rascunhos de uma carta – escritos em caligrafia miúda, esmeradamente metódica.

O objetivo desta é (dizia o primeiro rascunho) afirmar que o autor não deseja ser inconveniente e talvez esteja enganado naquilo que pensou ter visto hoje à noite, mas...

Aqui o autor claramente ficara insatisfeito e abandonara o texto para começar outro:

John Ellis, o mordomo, apresenta seus cumprimentos, e ficaria grato se pudesse realizar uma breve entrevista concernente à tragédia de hoje à noite, antes de ir à polícia com certas informações em seu poder...

Ainda insatisfeito, o homem tinha tentado de novo.

John Ellis, o mordomo, tem conhecimento sobre certas informações relativas à morte do doutor. Ele ainda não forneceu essas informações à polícia...

O rascunho seguinte abandonava o uso da terceira pessoa.

Estou precisando muito de dinheiro. Mil libras fariam uma grande diferença para mim. Sei de certas coisas que eu poderia levar ao conhecimento da polícia, mas não quero causar problema...

A última era ainda mais escancarada.

Sei como o doutor morreu. Não contei nada à polícia... ainda.
Encontre-me...

Esse rascunho se interrompia de um jeito diferente. Depois do "me", a caneta havia deslizado no papel num rabisco, e as últimas cinco palavras estavam todas manchadas e borradas. A inferência óbvia: quando escrevia essa versão do bilhete, Ellis escutou algo que o deixou assustado. Amassou as folhas de papel e se apressou para escondê-las.

O sr. Satterthwaite inspirou fundo.

– Meus parabéns, Cartwright – cumprimentou ele. – Acertou em cheio em seu instinto sobre a mancha de tinta. Bom trabalho. Agora vamos ver exatamente onde estamos.

Fez uma pausa breve.

– Ellis, como pensávamos, é um golpista. Não é o assassino, mas sabia quem era e se preparava para chantagear ele ou ela...

– Ele ou ela – interrompeu Sir Charles. – Coisa irritante não sabermos qual dos dois. Por que o sujeito não começou a carta com "Prezado Senhor" ou "Cara Senhora"? Então saberíamos se ele se dirigia a um homem ou a uma mulher. Ellis parece ser um camarada com tendências artísticas. Estava muito preocupado com o efeito da carta de chantagem. Se ao menos tivesse nos fornecido uma pista... para quem ele destinava a carta.

– Deixa para lá – disse o sr. Satterthwaite. – Estamos progredindo. Lembre-se do que você disse. Queríamos encontrar nesse quarto uma prova da inocência de Ellis. Bem, nós a encontramos. Essas cartas revelam que ele era inocente... Quanto ao assassinato, me refiro. Ele era um picareta completo sob outros ângulos. Mas não matou Sir Bartholomew Strange. Outra pessoa cometeu o crime. Alguém que também matou Babbington. Agora acho que até a polícia vai ter que aceitar o nosso ponto de vista.

– Vai contar à polícia nossa descoberta?

A voz de Sir Charles transparecia insatisfação.

– Não vejo alternativa. Por quê?

– Bem – Sir Charles sentou-se na cama, o sobrecenho carregado e pensativo. – Como me expressar melhor? Agora sabemos de algo que ninguém mais sabe. A polícia está procurando por Ellis. Pensam que ele é o assassino. Todo mundo sabe que eles pensam que ele é o assassino. Então o criminoso verdadeiro deve estar se sentindo bem tranquilo. Ele, ou ela, não relaxou a guarda, mas está se sentindo, digamos, na zona de conforto. Não é uma pena mudar essa situação? Não é justamente essa a nossa oportunidade? Digo, a oportunidade de descobrir uma conexão entre Babbington e uma dessas pessoas. Ninguém sabe que alguém conectou esta morte com a morte de Babbington. Nem desconfia. É uma oportunidade rara.

– Entendo o que você quer dizer – disse o sr. Satterthwaite. – E concordo com você. É uma oportunidade. Mas, em todo caso, não sei se convém aproveitá-la. É nosso dever como cidadãos relatar essa descoberta à polícia de imediato. Não temos o direito de sonegar informações.

Sir Charles relanceou um olhar zombeteiro.

– Você é o protótipo do cidadão exemplar, Satterthwaite. Não tenho dúvida de que o certo é adotar a medida ortodoxa, mas estou longe de ser o paradigma de cidadão que você é. Sou inescrupuloso o suficiente para manter em segredo essa descoberta por um ou dois dias. Só um ou dois dias. Que tal? Não? Certo, eu desisto. Vamos ser os esteios da lei e da ordem.

– Sabe – explicou o sr. Satterthwaite –, Johnson é meu amigo, e ele foi bem acessível conosco. Ele nos informou sobre tudo o que a polícia estava fazendo, nos deu informações completas e tudo o mais.

– Ah, nisso você tem razão – suspirou Sir Charles. – Toda a razão. Só que, no fim das contas, quem se lembrou de espiar embaixo da estufa fui eu. Nenhum daqueles paspalhos da polícia teve essa ideia brilhante... Mas faça como quiser. A propósito, Satterthwaite, onde acha que Ellis está agora?

– Imagino – ponderou Satterthwaite – que ele tenha conseguido o que desejava. Foi pago para sumir e sumiu do modo mais eficaz.

– Sim – concordou Sir Charles. – Imagino que a explicação seja essa.

Sentiu um calafrio.

– Não gosto desse quarto, Satterthwaite. Vamos sair daqui.

Capítulo 7

Plano de operações

Sir Charles e o sr. Satterthwaite retornaram a Londres na noite seguinte. A reunião com o coronel Johnson teve que ser conduzida com muita diplomacia. O superintendente Crossfield não tinha gostado nem um pouco que meros "leigos" tivessem encontrado o que passara despercebido a ele e seus homens. Ele tentava a todo pano salvar sua reputação.

– Deveras meritório mesmo, senhor. Confesso que sequer passou pela minha cabeça olhar embaixo da estufa. Por sinal, não consigo entender por que os senhores resolveram olhar ali.

Os dois homens preferiram não detalhar como as conjeturas sobre uma pequena mancha de tinta haviam conduzido à descoberta.

– A gente só estava bisbilhotando – foi a explicação escolhida por Sir Charles.

– Em todo caso, o que importa é que olharam – continuou o superintendente – e valeu a pena. Não que os bilhetes encontrados tenham me surpreendido. Estava na cara: se Ellis não era o assassino, ele devia ter desaparecido por algum motivo ou outro. Desde o começo, algo me dizia que a chantagem era a especialidade dele, mas guardei comigo essa desconfiança.

A descoberta deles teve pelo menos uma consequência concreta. O coronel Johnson resolveu entrar em contato com a polícia de Loomouth. Com certeza, a morte de Stephen Babbington precisava ser investigada.

– E se eles descobrirem que ele morreu envenenado por nicotina, até mesmo Crossfield vai ter que admitir a relação entre as duas mortes – afirmou Sir Charles quando o trem acelerava rumo a Londres.

Ele ainda demonstrava certa contrariedade por ter sido obrigado a entregar sua descoberta à polícia.

O sr. Satterthwaite o consolara salientando que a polícia ia manter a informação em sigilo – sem vazar para a imprensa nem ao público em geral.

– A pessoa culpada vai continuar tranquila. A busca por Ellis prossegue.

Sir Charles admitiu a veracidade dessa afirmação.

E comentou com o sr. Satterthwaite que, chegando em Londres, achava bom entrarem em contato com Egg Lytton Gore. A carta dela havia sido escrita de um endereço em Belgrave Square. Ele expressou a esperança de que ela ainda estivesse lá.

O sr. Satterthwaite aprovou a ideia com expressão séria. Ele próprio estava ansioso para rever Egg. Ficou combinado que Sir Charles ligaria para ela tão logo os dois chegassem a Londres.

O desenrolar dos fatos provou que Egg ainda estava na capital. Ela e a mãe estavam hospedadas na casa de parentes e só voltariam a Loomouth dali a uma semana. Não foi preciso muita lábia para convencer Egg a aceitar um convite para jantar com os dois amigos.

– Acho que não fica bem convidá-la para vir sozinha aqui, imagino eu – concluiu Sir Charles, correndo o olhar por seu luxuoso apartamento. – A mãe dela talvez não goste, não é mesmo? Claro que podemos contar com a presença da srta. Milray também, mas essa ideia não me agrada. Para dizer a verdade, a srta. Milray constrange um pouco o meu estilo. É tão eficiente que me deixa com complexo de inferioridade.

O sr. Satterthwaite sugeriu a casa dele. No fim das contas, ficou combinado que o jantar seria no Berkeley.

Depois do jantar, se Egg concordasse, eles poderiam continuar o encontro em outro lugar.

O sr. Satterthwaite logo notou que a moça parecia mais magra. Seus olhos pareciam maiores e mais febris, e o queixo, mais decidido. Mesmo pálida e com olheiras, o seu encanto e entusiasmo pueril continuavam intensos como nunca.

Ela disse para Sir Charles:

– Eu sabia que você viria...

Seu tom de voz dava a entender: "Com você aqui, tudo vai ficar bem...".

O sr. Satterthwaite pensou: "Mas ela não tinha certeza de que ele viria... Não tinha mesmo. Andou preocupada nos últimos dias. Com os nervos à flor da pele". E perguntou a si mesmo: "Será que ele não percebe? Em geral atores são meio avoados... Será que ele não vê que a moça está caidinha por ele?".

"Que situação bizarra", pensou. Sir Charles estava perdidamente apaixonado pela moça, ele não tinha a menor dúvida. Ela o amava com igual intensidade. E o vínculo entre eles – o vínculo a que se apegavam num frenesi – era um crime... um crime duplo de natureza revoltante.

Durante o jantar pouco se falou. Sir Charles comentou sobre sua nova rotina no exterior. Egg discorreu sobre as novidades de Loomouth. O sr. Satterthwaite incitava os dois quando a conversa parecia esfriar. Ao término da refeição, eles se dirigiram até a casa do sr. Satterthwaite.

A casa do sr. Satterthwaite ficava na estrada do aterro de Chelsea, à beira do Tâmisa. Casa espaçosa com múltiplas e bonitas obras de arte. Pinturas, esculturas, porcelana chinesa, cerâmica pré-histórica, marfins, miniaturas, além de várias peças genuínas de mobília Chippendale e Hepplewhite – famosas escolas de marcenaria do século XVIII. Tudo contribuía para dar ao ambiente uma atmosfera de suavidade e harmonia.

Egg Lytton Gore não viu, nem percebeu nada ao redor. Tirou o casaco, colocou-o no encosto de uma cadeira e comentou:

– Até que enfim. Agora me contem tudo.

Escutou com vívido interesse Sir Charles narrar as aventuras lá em Yorkshire, sustando a respiração com avidez ao descrever a descoberta das cartas de chantagem.

– Sobre o que aconteceu depois só podemos levantar hipóteses – finalizou Sir Charles. – É presumível que Ellis tenha sido pago para ficar de bico calado e que sua fuga tenha sido facilitada.

Mas Egg meneou a cabeça.

– Nada disso – afirmou ela. – Não percebem? *Ellis está morto!*

Os dois homens ficaram atônitos, mas Egg reiterou a afirmação.

– Lógico que está morto. Por isso sumiu assim, de um jeito que ninguém acha sequer vestígio dele. Sabia demais e por isso foi assassinado. Ellis é a terceira vítima.

Embora nenhum dos dois amigos tivesse considerado a possibilidade antes, foram obrigados a admitir que a conjetura tinha certo fundamento.

– Mas olhe aqui, minha querida – argumentou Sir Charles –, é muito bonito dizer que Ellis está morto. Cadê o corpo? Não é bem assim para sumir com oitenta quilos de mordomo.

– Sei lá onde está o cadáver – rebateu Egg. – Pode estar em diversos lugares.

– Nem tanto – murmurou o sr. Satterthwaite. – Nem tanto...

– Lugar é o que não falta – endossou Egg. – Deixe-me ver... – Fez uma pausa breve. – Sótãos! Existe uma porção de sótãos onde ninguém põe o pé. Vai ver está dentro de um baú no sótão.

– Muito difícil – ponderou Sir Charles. – Mas possível, é claro. Poderia adiar a descoberta... por... hã... algum tempo.

Não era do feitio de Egg evitar assuntos desagradáveis. De imediato, ela abordou o tema sugerido por Sir Charles.

– O cheiro sobe, não desce. Um cadáver em decomposição seria descoberto no porão bem antes do que no sótão. De qualquer modo, durante um bom tempo o pessoal pensaria que não passava de um rato morto.

– Se sua tese estiver correta, isso quer dizer, sem sombra de dúvida, que o assassino foi um homem. Uma mulher não conseguiria arrastar um cadáver pela casa. Na verdade, até mesmo para um homem isso seria um feito notável.

– Bem, existem outras possibilidades. Lá existe uma passagem secreta, vocês sabem. A srta. Sutcliffe me contou, e Sir Bartholomew prometeu me mostrar... O assassino paga o dinheiro a Ellis, mostra o caminho para ele fugir da casa, desce com ele até a passagem e o mata. Uma mulher pode ter feito isso. Crava uma faca ou coisa parecida nas costas dele. Então apenas abandona o corpo ali e volta sem que ninguém nunca descubra.

Cético, Sir Charles meneou a cabeça, mas não fez mais objeções à teoria de Egg.

O sr. Satterthwaite ficou certo de que ele tivera a mesma suspeita por um breve instante no quarto de Ellis, quando haviam encontrado as cartas. Lembrou-se do calafrio de Sir Charles. A ideia de que Ellis já estivesse morto lhe ocorrera naquele instante...

O sr. Satterthwaite pensou: "Se Ellie está morto, então estamos lidando com uma pessoa perigosa... Sim, perigosíssima...". Súbito um frio lhe desceu pela espinha...

Uma pessoa que matara três vezes não hesitaria em matar de novo...

Estavam em perigo, todos os três – Sir Charles, Egg e ele...

Se descobrissem coisas demais...

A voz de Sir Charles interrompeu sua linha de pensamento.

– Teve uma coisa na sua carta que não entendi direito, Egg. Comentou que Oliver Manders corria perigo, que a polícia suspeitava dele. No meu ponto de vista, a polícia não suspeita nem um pouco dele.

O sr. Satterthwaite notou Egg meio perturbada. Até mesmo imaginou ter flagrado um rubor em seu rosto.

"Ahá", disse consigo mesmo o sr. Satterthwaite. "Vamos ver se consegue escapar dessa, mocinha."

– Tolice minha – explicou Egg. – Fiquei meio confusa. Achei que pelo fato de Oliver ter chegado daquele jeito, com o que poderia ter sido uma desculpa inventada... Bem, achei que era certo que a polícia desconfiaria dele.

Sir Charles aceitou a explicação com facilidade.

– Sim – disse ele. – Entendo.

O sr. Satterthwaite tomou a palavra.

– Então a desculpa foi inventada? – indagou.

Egg voltou o olhar para ele.

– Como assim?

– Foi um acidente muito esquisito – constatou o sr. Satterthwaite. – Pensei que, se o acidente tivesse sido forjado, você pudesse saber.

Egg balançou a cabeça.

– Não sei de nada. Isso jamais me passou pela cabeça. Por que Oliver fingiria sofrer um acidente que não sofreu?

– Pode ter tido lá seus motivos – comentou Sir Charles. – Bem compreensíveis até.

E ficou sorrindo para ela. Egg ficou vermelha.

– Ai, não – disse ela. – Isso *não*.

Sir Charles suspirou. O sr. Satterthwaite teve a impressão de que o amigo interpretara o rubor da moça de modo equivocado. Sir Charles parecia mais tristonho e envelhecido quando voltou a falar.

– Bem – disse ele –, se nosso jovem amigo não corre perigo, onde é que eu entro nisso?

Egg deu um passo à frente com ímpeto e o agarrou pela gola do casaco.

– Não vai fugir de novo. Não vai desistir! Vai descobrir a verdade... A *verdade*! Só você, e mais ninguém, é capaz de descobrir a verdade. Você é capaz. E vai descobrir.

Falava com toda a sinceridade. As vagas de sua vivacidade pareciam varrer num súbito torvelinho a serena atmosfera da sala.

– Acredita em mim? – indagou Sir Charles, comovido.

– Sim, sim, sim! Vamos descobrir a verdade. Você e eu, juntos.

– E Satterthwaite.

– Claro, e o sr. Satterthwaite – repetiu Egg sem ênfase.

O sr. Satterthwaite disfarçou um sorriso. Quer Egg quisesse incluí-lo, quer não, ele não tinha intenção alguma de ficar fora daquilo. Adorava mistérios, gostava de observar a natureza humana e tinha um fraco por acompanhar os desígnios do coração. E aquela história tinha todos os ingredientes para satisfazer as três predileções.

Sir Charles sentou-se. Sua voz mudou. Incorporou um diretor de teatro.

– Primeiro, temos que esclarecer a situação. Acreditamos ou não que a mesma pessoa matou Babbington e Bartholomew Strange?

– Sim – disse Egg.

– Sim – confirmou o sr. Satterthwaite.

– Acreditamos que o segundo assassinato decorreu diretamente do primeiro? Quero dizer, acreditamos que Bartholomew Strange foi morto com o objetivo de prevenir que revelasse os fatos do primeiro assassinato ou suas suspeitas a respeito dele?

– Sim – responderam Egg e o sr. Satterthwaite, desta vez em uníssono.

– Então é o *primeiro* crime que temos que investigar, não o segundo...

Egg concordou. Sir Charles continuou:

– No meu ponto de vista, até descobrirmos o *motivo* do primeiro assassinato teremos poucas chances de descobrir o assassino. O motivo apresenta uma dificuldade extraordinária. Babbington... Um velhote inofensivo, simpático e gentil, à primeira vista, sem um inimigo sequer no mundo. No entanto, foi assassinado... E deve existir alguma *razão* para o assassinato. Temos que descobrir essa razão.

Fez uma pausa e em seguida emendou em sua voz rotineira:

– Vamos às possibilidades. Que motivos existem para se matar pessoas? Em primeiro lugar, o lucro.

– Vingança – disse Egg.

– Mania homicida – contribuiu o sr. Satterthwaite. – Já o *crime passionel* dificilmente se aplicaria neste caso. Mas há o medo.

Charles Cartwright assentiu com um aceno. Rabiscava numa folha de papel.

– Acho que com isso cobrimos todas as possibilidades – disse ele. – Primeiro: *lucro*. Alguém lucrou com a morte de Babbington? Será que ele tinha algum dinheiro... Ou alguma expectativa de herdar dinheiro?

– Não acho nada provável – disse Egg.

– Nem eu, mas é melhor tocarmos nesse assunto com a sra. Babbington.

– Depois temos vingança... Será que Babbington ofendeu alguém, quando jovem, talvez? Casou com a mulher pretendida por outro? Temos que dar uma olhada nisso também. O próximo motivo é mania homicida. Será que Babbington e Tollie foram eliminados por um maníaco? Acho essa teoria uma canoa furada. Até mesmo um lunático tem certa racionalidade em seus crimes. Quero dizer, um lunático pode se achar eleito pelos céus para matar médicos, ou para matar clérigos, mas não para matar ambos. Acho que podemos descartar a teoria de mania homicida. Sobra o *medo*. Cá para nós, essa de longe me parece a solução mais plausível. Babbington sabia algo sobre alguém ou reconheceu alguém... Foi morto para evitar que contasse a tal coisa.

– Não sei o que é que alguém como o sr. Babbington poderia saber que tivesse o potencial de prejudicar algum dos presentes naquela noite.

– Talvez – teorizou Sir Charles – ele nem soubesse que sabia.

Prosseguiu, tentando expor seu raciocínio com clareza.

– Não é fácil explicar direito o que eu penso. Digamos, por exemplo, é só um exemplo, que Babbington tenha avistado certa pessoa em certo local em certa ocasião. Até onde ele sabe, não há motivo pelo qual a pessoa não devesse estar lá. Mas digamos também que, por alguma razão, essa pessoa tenha forjado um engenhoso álibi, mostrando que em determinado momento essa pessoa estava noutro lugar, a centenas de quilômetros. A qualquer minuto o velho Babbington, na maior inocência do mundo, poderia estragar tudo.

– *Entendi* – disse Egg. – Tipo, um assassinato é cometido em Londres, e Babbington enxerga o assassino na estação de Paddington. Mas o sujeito prova a inocência apresentando um álibi revelando que estava em Leeds na hora do crime. Então Babbington poderia comprometer a situação.

– É exatamente isso que eu quero dizer. Claro que é só um exemplo. A ideia se aplica a qualquer tipo de situação. Alguém que ele tenha visto naquela noite e que conheceu em outra época, com nome diferente...

– Pode ser algo a ver com casamento – lembrou Egg. – Pastores celebram muitos casamentos. Pode ter encontrado alguém que cometeu bigamia.

– Ou quem sabe o motivo envolva nascimentos ou mortes – arriscou um palpite o sr. Satterthwaite.

– É um campo bem amplo – ponderou Egg franzindo a testa. – Que tal fazermos a abordagem oposta? Partir das pessoas que estavam lá. Vamos redigir uma lista. Quem estava na sua casa e também na casa de Sir Bartholomew.

Pegou o papel e o lápis da mão de Sir Charles.

– Os Dacres estavam nas duas ocasiões. Aquela mulher que parecia uma couve murcha, como é mesmo o nome dela... Wills. E a srta. Sutcliffe.

– Deixe Angela fora disso – objetou Sir Charles. – É minha amiga de longa data.

Egg fez uma careta de insubordinação.

– Não podemos fazer esse tipo de coisa – retorquiu ela. – Deixar alguém de fora porque a conhecemos. Temos que ser sistemáticos. Além do mais, *eu* não sei nada sobre Angela Sutcliffe. Ela é tão suspeita como qualquer outra pessoa, até onde me diz respeito... E ainda mais suspeita, aliás. Todas as atrizes têm passados duvidosos. No geral, ela é a pessoa mais provável.

Fuzilou Sir Charles com um olhar insolente, e ele respondeu com fagulhas nos olhos.

– Neste caso, não devemos descartar Oliver Manders.

– Oliver? Impossível! Ele já tinha se encontrado com o sr. Babbington muitas vezes antes.

– Ele esteve nos dois locais, e a chegada dele dá certa margem à suspeita.

– Certo – concordou Egg. Fez uma pausa e logo emendou: – Neste caso é melhor acrescentar mamãe e eu nesta lista... Um total de sete suspeitos.

– Não acho que...

– Vamos fazer a coisa certa ou é melhor nem fazer – disse ela com o olhar coruscante.

O sr. Satterthwaite instituiu a paz oferecendo algo para molhar a garganta. Tocou a campainha para chamar a copeira.

Sir Charles vagueou até um canto da sala para admirar a escultura da cabeça de uma mulher africana. Egg se aproximou do sr. Satterthwaite e escorreu a mão no braço dele.

– Bobagem a minha ter perdido a calma – murmurou ela. – Eu *sou* boba... Mas por que deixar aquela mulher fora da lista? Por que fez tanta questão de excluí-la? Ai, meu santo, por que diabo eu sou assim? Chega a dar nojo de tão ciumenta.

O sr. Satterthwaite sorriu e afagou a mão dela.

– O ciúme é sempre mau negócio, minha querida – sacramentou. – Se sentir ciúmes, procure não demonstrá-lo. Falando nisso, acha mesmo que o jovem Manders é suspeito?

Egg abriu um sorrisinho simpático e infantil.

– Claro que não. Concordei para não deixar Sir Charles alarmado. – Ela virou a cabeça para o lado. Sir Charles continuava a admirar a escultura africana com ar sorumbático. – Não quero que ele fique pensando que eu tenho um fraco por Oliver... porque eu não tenho. Como as coisas são difíceis! E agora ele regrediu para a sua atitude: "Deus te abençoe, minha filha". Não quero isso nem morta.

– Tenha paciência – aconselhou o sr. Satterthwaite. – No final tudo se ajeita.

– Não tenho esse dom – reconheceu Egg. – Quero ter as coisas na hora ou para ontem.

O sr. Satterthwaite riu, e Sir Charles se virou e se aproximou deles.

Enquanto os três tomavam os drinques, deliberaram um plano de operações. Sir Charles retornaria a Crow's Nest; ainda não tinha aparecido comprador. Egg e a mãe dela antecipariam a volta a Rose Cottage. A sra. Babbington ainda morava em Loomouth. Tratariam de obter dela o máximo de informações e então decidiriam os próximos passos.

– Vamos triunfar – afirmou Egg. – Sei que vamos triunfar.

Ela se inclinou na direção de Sir Charles, os olhos candentes. Ela ergueu a taça e tocou a dele.

– Um brinde ao nosso triunfo – propôs ela.

Devagar, bem devagar, com o olhar cravado nela, Sir Charles levou a taça aos lábios.

– Ao triunfo – disse ele – e ao futuro...

Terceiro ato

Descoberta

Capítulo I

Sra. Babbington

A sra. Babbington se mudara do vicariato para um chalezinho da vila dos pescadores não muito distante do porto. Ela esperava a vinda de uma irmã que estava no Japão para morar com ela. Até a irmã chegar (coisa que demoraria mais uns seis meses), a sra. Babbington deixara de lado quaisquer planos para o futuro. Deu o acaso de o chalé estar vago, e ela o alugou por seis meses. Desnorteada com a perda súbita, ela preferiu não ir embora de Loomouth. Stephen Babbington fora o pastor da paróquia de St. Petroch, Loomouth, durante dezessete anos. No geral, dezessete anos felizes e tranquilos, não obstante a dor sofrida com a perda do filho Robin. Dos filhos remanescentes, Edward morava no Ceilão e Lloyd, na África do Sul; Stephen, por sua vez, era o imediato do navio *Angolia*. Todos escreviam cartas frequentes e afetuosas, mas não podiam oferecer lar nem companhia à mãe.

Margaret Babbington estava bastante só...

Não que ela se permitisse muito tempo para pensar. Ela continuava ativa na paróquia – o novo vigário era solteiro – e passava boa parte do tempo cultivando o minúsculo pedaço de terra defronte ao chalé. As flores faziam parte da sua vida.

Ela trabalhava no jardim numa tarde quando escutou o barulho da tranca do portão se abrindo. Ergueu o olhar e se deparou com Sir Charles Cartwright e Egg Lytton Gore.

Margaret não se surpreendeu ao ver Egg. Sabia que a moça e a mãe tinham viajado para voltar em breve.

Mas ficou surpresa ao ver Sir Charles. Correu o boato de que ele havia deixado o local para nunca mais voltar. O jornal local republicou parágrafos de outros jornais sobre as realizações de Sir Charles no sul da França. Havia uma placa de "VENDE-SE" fincada no jardim de Crow's Nest. Ninguém esperava o retorno de Sir Charles. Mas ele retornara.

A sra. Babbington sacudiu o cabelo desgrenhado que caía na testa suada e mirou com pesar as mãos sujas de terra.

– Não estou em condições de apertar a mão de ninguém – declarou ela. – Eu bem que devia usar luvas de jardinagem, eu sei. Tem dia em que começo a trabalhar com elas, mas sempre acabo tirando no meio da lida. Com as mãos nuas, temos mais sensibilidade.

Conduziu os visitantes até a casa. A chita na decoração transformara a diminuta sala num ambiente aconchegante, com fotos e vasos de crisântemos.

– Que surpresa vê-lo, Sir Charles. Eu achava que o senhor tinha abandonado Crow's Nest de uma vez por todas.

– Eu também – reconheceu o ator com franqueza. – Mas, às vezes, sra. Babbington, o destino é mais forte do que nós.

A sra. Babbington não respondeu. Virou-se para Egg, mas a moça atalhou, antecipando as palavras dos lábios da anfitriã.

– Olhe aqui, sra. Babbington. Esta não é uma visitinha simples. Sir Charles e eu temos uma coisa muito séria para dizer. Só que... eu... eu... odeio ter que incomodá-la.

O olhar da sra. Babbington foi da moça até Sir Charles. O rosto dela tornara-se sombrio e oprimido.

– Antes de mais nada – falou Sir Charles –, eu queria fazer uma pergunta. A senhora recebeu algum comunicado oficial das autoridades policiais?

A sra. Babbington fez que sim com a cabeça.

– Certo... bem, talvez isso torne mais fácil contar o que estamos prestes a lhe contar.

– Foi sobre isso que vocês vieram conversar... Essa tal ordem de exumação?

– Sim. Deve ser, receio eu, muito angustiante para a senhora.

Ela se comoveu com a solidariedade na voz dele.

– Talvez eu não me importe tanto quanto pensam. Para certas pessoas, a ideia de fazer uma exumação é uma coisa muito terrível... Para mim, não. O que importa não é o corpo inanimado. Meu adorável marido está em outra dimensão... Em paz... Onde ninguém é capaz de perturbar seu descanso. Não, isso não me assusta. O que me assusta é a ideia... A terrível ideia de que Stephen não tenha morrido de morte natural. Parece uma coisa tão impossível... Totalmente impossível.

– Entendo que as coisas pareçam assim. Também me pareceu no começo.

– Como assim, "no começo", Sir Charles?

– É que essa suspeita já passou pela minha cabeça desde a noite da morte de seu marido, sra. Babbington. Mas, a exemplo do que aconteceu com a senhora, me pareceu tão absurdo que acabei deixando a ideia de lado.

– Eu também pensei na hipótese – confessou Egg.

– Também? – disse a sra. Babbington, fitando-a com espanto. – Pensou que alguém poderia ter matado... Stephen?

A incredulidade em sua voz era tamanha que nenhum dos visitantes soube direito como agir. Por fim, Sir Charles tentou recuperar o fio da meada.

– Como sabe, sra. Babbington, andei viajando pelo exterior. Lá no sul da França, li no jornal a notícia da morte de meu amigo Bartholomew Strange, em circunstâncias semelhantes, para não dizer idênticas. Também recebi uma carta da srta. Lytton Gore.

Egg assentiu com a cabeça.

– Eu estava lá, sabe, hospedada na casa dele quando aconteceu. Sra. Babbington, foi *exatamente* a mesma coisa... Ele bebeu um vinho do Porto, a cara dele mudou e... Bem, foi igualzinho. Morreu dois ou três minutos depois.

A sra. Babbington balançou a cabeça devagar.

– Não consigo entender. Meu bondoso Stephen! E Sir Bartholomew... um médico amável e competente! Quem é que ia querer fazer mal a qualquer um dos dois? Deve ser um engano.

– Ficou provado que Sir Bartholomew foi vítima de envenenamento, lembre-se – disse Sir Charles.

– Então deve ter sido obra de um louco.

Sir Charles continuou:

– Sra. Babbington, quero tirar isso a limpo. Quero descobrir a verdade. E sinto que não há tempo a perder. Assim que a notícia da exumação for veiculada, nosso criminoso vai ficar de orelha em pé. Estou antecipando, para ganhar tempo, o resultado da autópsia no corpo de seu marido. Estou considerando que ele também morreu envenenado por nicotina. Para começo de conversa, vocês, a senhora e ele, sabiam algo sobre o uso de nicotina pura?

– Sempre uso uma solução de nicotina para pulverizar as rosas. Eu não sabia que podia ser venenoso.

– Imagino, ontem à noite eu estava lendo sobre o assunto, que nos dois casos o alcaloide puro deve ter sido utilizado. Casos de envenenamento por nicotina são raríssimos.

A sra. Babbington meneou a cabeça.

– Realmente não sei nada sobre envenenamento por nicotina... A única coisa que eu imagino é que fumantes inveterados talvez sofram desse mal.

– O seu marido fumava?

– Sim.

– Agora me diga uma coisa, sra. Babbington. A senhora revelou a maior surpresa pelo fato de alguém querer eliminar o seu marido. Isso significa que até onde era de seu conhecimento ele não tinha inimigos?

– Tenho certeza de que Stephen não tinha inimigos. Todo mundo gostava dele. De vez em quando, o pessoal tentava apressá-lo – ela sorriu um tanto chorosa. – Ele era minucioso e meio devagar, sabe, receoso de inovações, mas todo mundo simpatizava com ele. Era impossível não gostar de Stephen, Sir Charles.

– Imagino, sra. Babbington, que seu marido não tenha lhe deixado muito dinheiro?

– Não. Quase nada. Economizar não era o forte de Stephen. Mão aberta demais. Eu costumava ralhar com ele por causa disso.

– Imagino que ele não contava em ganhar nenhuma herança? Por acaso ele não seria herdeiro de alguma propriedade?

– Ah, não. Stephen não tinha muitos parentes. A irmã dele é casada com um pastor em Northumberland. Mas a família deles é pobre, e todos os tios e tias já morreram.

– Então pelo jeito ninguém teria proveito financeiro com a morte do sr. Babbington?

– Ninguém mesmo.

– Agora vamos voltar um pouquinho à questão dos inimigos. O seu marido não tinha inimigos, pelo que a senhora afirma; mas ele pode ter tido quando jovem.

A sra. Babbington respondeu cética:

– Acho muito improvável. Stephen não tinha natureza encrenqueira. Sempre se deu bem com as pessoas.

– Não quero soar melodramático – prosseguiu Sir Charles com uma tossidela meio nervosa. – Mas... hã...

quando ele estava noivo da senhora, por exemplo, não teve nenhum pretendente decepcionado na jogada?

Um brilho divertido perpassou momentaneamente o olhar da sra. Babbington.

– Meu pai também era vigário. Quando Stephen era cura, trabalhou de adjunto na paróquia de meu pai. Foi o primeiro rapaz que conheci quando voltei para casa ao fim do ano escolar. Eu me apaixonei por ele e ele por mim. O noivado durou quatro anos. Então, ele foi nomeado vigário de Kent e pudemos nos casar. Vivemos uma história de amor singela, Sir Charles, e feliz.

Sir Charles fez uma mesura. Encantava-lhe a dignidade simples da sra. Babbington.

Egg assumiu o papel de interrogadora.

– Sra. Babbington, acha que seu marido já conhecia algum dos convidados na festa de Sir Charles naquela noite?

A sra. Babbington, um tanto desconcertada, respondeu:

– Bem, minha querida, tinha você, sua mãe e o jovem Oliver Manders.

– Sim, mas entre os demais?

– Stephen e eu já tínhamos assistido a uma peça com Angela Sutcliffe em Londres, cinco anos atrás. Estávamos empolgados por conhecê-la pessoalmente.

– Nunca tinham sido apresentados a ela?

– Não. Nunca conhecemos atriz nenhuma e nem atores. Claro, isso até Sir Charles vir morar aqui. Aliás – acrescentou a sra. Babbington –, isso foi uma emoção sem tamanho. Não creio que Sir Charles saiba o quanto a presença dele foi maravilhosa para o pessoal daqui. Um sopro de romance em nossas vidas.

– Não conhecia o capitão e a sra. Dacres?

– Aquele casal, o baixinho e a mulher com roupa bonita?

– Sim.

– Não. E nem a outra mulher... A tal escritora de peças teatrais. Coitada, ela me pareceu meio deslocada, eu achei.

– Tem certeza de que nunca viu antes nenhum dos outros?

– Tenho certeza de que nunca vi... É o mesmo que dizer que Stephen também não viu. Sabe, a gente era unha e carne.

– E o sr. Babbington não lhe disse nada... nada *mesmo* – persistiu Egg – sobre as pessoas que vocês conheceriam? Nem comentou algo depois de terem sido apresentados?

– Nada de antemão. A não ser que ansiava por uma noite interessante. E quando chegamos lá... bem, não deu muito tempo... – O rosto dela se estorceu de repente.

Sir Charles atalhou sem demora.

– Por favor, nos perdoe por importuná-la desse jeito. Mas temos a impressão de que deve haver *algo.* Se a gente ao menos conseguisse descobrir que algo é esse. Deve haver *alguma razão* para explicar um assassinato aparentemente cruel e sem sentido.

– Entendo – disse a sra. Babbington. – Um assassinato deve ter um motivo... Mas não sei... não consigo imaginar... que motivo possa ser.

Seguiu-se um breve silêncio, quebrado por Sir Charles:

– Pode nos fazer um resumo da carreira de seu marido?

A sra. Babbington tinha boa memória para datas. Ao cabo do relato, Sir Charles fizera as seguintes anotações:

Stephen Babbington. Nasce em Islington, Devon, em 1868. Estuda no Colégio St. Paul e na Universidade de Oxford. Nomeado diácono, recebe recomendação para trabalhar na paróquia de Hoxton em 1891. Ordenado padre em 1892. Em Eslington, Surrey, trabalha como adjunto do Reverendo Vernon Lorrimer, no período de 1894-1899. Casa-se com Margaret Lorrimer em 1899 e é nomeado responsável pela paróquia de Gilling, Kent. Transferido à paróquia de St. Petroch, Loomouth, em 1916.

– Já é uma boa base – afirmou Sir Charles. – Nossa melhor oportunidade, ao que me parece, é o período em que o sr. Babbington era vigário em St. Mary, Gilling. Sua história prévia parece muito remota para ter relação com qualquer uma das pessoas que estavam na minha casa naquela noite.

A sra. Babbington estremeceu.

– Acham mesmo que um deles...?

– Não sei o que pensar – reconheceu Sir Charles. – Bartholomew viu algo ou adivinhou algo, e Bartholomew Strange morreu do mesmo jeito, e cinco...

– Sete – corrigiu Egg.

– ...daquelas pessoas também estavam presentes. Uma delas deve ser o criminoso.

– Mas por quê? – gritou a sra. Babbington. – Por quê? Que motivo alguém teria para matar Stephen?

– Isso – respondeu Sir Charles – é o que vamos descobrir.

Capítulo 2
Lady Mary

O sr. Satterthwaite tinha vindo de Londres junto com Sir Charles e se hospedado em Crow's Nest. Enquanto o anfitrião e Egg Lytton Gore visitavam a sra. Babbington, o sr. Satterthwaite tomava chá com Lady Mary.

Lady Mary gostava do sr. Satterthwaite. Não obstante sua meiguice, ela era uma dama com pontos de vista bem explícitos quando o assunto era de quem ela gostava ou não.

O sr. Satterthwaite bebia chá da China em uma xícara de porcelana de Dresden, comia um sanduíche microscópico e proseava. Na última visita, os dois haviam descoberto muitos amigos e conhecidos em comum. Na presente ocasião, a conversa partiu desses mesmos assuntos, mas gradualmente derivou para vias mais íntimas. O sr. Satterthwaite era bom ouvinte – escutava os problemas alheios sem contar os próprios. Inclusive, na última visita, Lady Mary contou-lhe naturalmente a preocupação com o futuro da filha. Agora parecia falar com um amigo de longa data.

– Egg é tão obstinada – comentou. – Ela se atira nas coisas de corpo e alma. Sabe, sr. Satterthwaite, não me agrada em nada o que ela anda fazendo... Digo, ficar se metendo nesse assunto perigoso. Esse tipo de coisa não fica bem para uma dama. Egg acharia graça de mim, eu sei.

Enrubesceu ao falar. Os olhos castanhos, ternos e ingênuos miraram o sr. Satterthwaite com apelo infantil.

– Sei o que a senhora quer dizer – ele ponderou. – Confesso que também não gosto. Sei que não passa de um preconceito antiquado, mas é a pura verdade. Em todo o caso – ele piscou para ela –, não dá para imaginar que as moças vão ficar quietas em casa costurando meias e se arrepiando com a ideia de crimes violentos em plena era da informação.

– Não gosto sequer de pensar em assassinato – resumiu Lady Mary. – Eu nunca, jamais sonhei que estaria envolvida em algo parecido. Foi horrível. – Ela teve um calafrio. – Coitado de Sir Bartholomew.

– Não o conhecia muito bem? – arriscou o sr. Satterthwaite.

– Acho que tinha me encontrado com ele umas duas vezes. A primeira vez foi cerca de um ano atrás, quando ele veio de Londres passar o fim de semana na casa de Sir Charles. E a segunda vez foi naquela noite horrível em que o pobre sr. Babbington morreu. Fiquei mesmo surpresa ao receber o convite dele. Aceitei, pois achei que Egg ia se divertir. Ela não tem muita distração por aqui, sabe... E andava um pouco chateada, como se tivesse perdido o interesse pelas coisas. Achei que uma boa de uma festa com vários convidados na casa de um amigo pudesse animá-la.

O sr. Satterthwaite assentiu com a cabeça.

– Conte-me algo sobre Oliver Manders – pediu ele. – Esse rapaz desperta o meu interesse.

– É um moço inteligente – opinou Lady Mary. – Claro, as coisas têm sido difíceis para ele...

Ruborizou e, em resposta ao olhar indagador do sr. Satterthwaite, logo prosseguiu:

– Sabe, o pai não era casado com a mãe...

– É mesmo? Eu não sabia disso.

– Todo mundo sabe disso por aqui, caso contrário eu não contaria. A velha dona Manders, a avó de Oliver, mora em Dunboyne, aquele casarão na estrada de Plymouth. O marido dela atuava como advogado por aqui.

O filho entrou numa empresa do centro financeiro da capital e prosperou. Ficou rico. A filha, uma moça bonita, se apaixonou doidamente por um homem casado. Para mim, foi dele a culpa. No final das contas, depois de muito escândalo, os dois fugiram juntos. A mulher dele não concedeu o divórcio. A moça morreu pouco depois do nascimento de Oliver. O tio dele em Londres se encarregou de sua criação. Ele e a mulher não tinham filhos. O rapaz divide o tempo entre eles e a avó. Sempre vem aqui para o litoral passar as férias de verão.

Fez uma pausa e logo emendou:

– Sempre tive pena dele. Ainda tenho. Acho que seu ar terrivelmente arrogante é uma espécie de defesa simulada.

– Não me surpreenderia – disse o sr. Satterthwaite. – Fenômeno bastante corriqueiro. Sempre que vejo alguém que aparenta ser esnobe e que está sempre se gabando, bingo! Sei que em algum lugar recôndito a pessoa esconde um complexo de inferioridade.

– É muito esquisito.

– Complexo de inferioridade é uma doença muito peculiar. Sem dúvida, é um mal que acomete vários criminosos. O dr. Crippen, o médico que esquartejou a mulher, por exemplo. É um mal que está por trás de muitos crimes. O desejo de autoafirmação.

– Me parece muito estranho – murmurou Lady Mary.

Ela aparentou se encolher um pouco. O sr. Satterthwaite observou-a com um olhar quase romântico. Agradava-lhe aquela silhueta graciosa de ombros torneados, o suave castanho de seus olhos, a completa ausência de maquiagem e pensou: "Deve ter sido linda quando jovem... Não uma beldade ostensiva, não uma rosa, mas sim uma violeta modesta, ocultando seu doce fascínio...".

Deixou o pensamento navegar sereno até as águas de sua juventude...

Lembrou de incidentes de quando ele mesmo era jovem.

Antes que pudesse se dar conta, contava a Lady Mary seu próprio caso de amor – o único caso de amor que tivera em toda a vida. Um caso de amor meio pálido aos padrões atuais, mas importantíssimo para o coração do sr. Satterthwaite.

Contou a ela sobre a moça, o quão bonita ela era e como os dois tinham feito um passeio juntos para ver os jacintos em Kew. Pretendia pedi-la em casamento naquele dia. Imaginava (pelo menos foi assim que ele contou a Lady Mary) que o amor fosse correspondido. E então, quando os dois admiravam os jacintos, ela abriu o coração para ele... Foi quando ele descobriu que ela amava outro. E, sufocando o sentimento que se rebelava em seu peito, assumiu o papel do amigo leal.

Não era, talvez, um romance puro sangue, mas combinava bem com a atmosfera da sala de visitas de Lady Mary, com chitas foscas desbotadas e porcelanas casca de ovo.

Depois foi a vez de Lady Mary contar a sua trajetória, a sua vida matrimonial, que não tinha sido lá muito feliz.

– Eu era uma boba... Meninas são bobas, sr. Satterthwaite. Tão cheias de si, tão seguras de que sabem mais. As pessoas escrevem e falam bastante sobre o "instinto feminino". Não acredito, sr. Satterthwaite, que exista uma coisa dessas. Não parece existir nada que alerte as moças contra certo tipo de homem. Nada inerente a elas, quero dizer. Os pais as enchem de avisos, mas isso não conta... Elas não acreditam. É horrível dizer isso, mas quando uma garota escuta que o cara não presta, parece que fica ainda mais atraída por ele. Logo pensa que o amor dela vai regenerá-lo.

O sr. Satterthwaite balançou a cabeça afirmativa e suavemente.

– Sabemos tão pouco. Quando descobrimos um pouco mais, já é tarde.

Ela suspirou.

– Foi tudo culpa minha. Minha família não queria que eu me casasse com Ronald. Ele era de família tradicional, mas tinha má reputação. Meu pai me disse com todas as letras que ele era um cafajeste. Eu não acreditei. Acreditei que, por minha causa, ele começaria vida nova...

Ela se calou por um tempo, mergulhando no passado.

– Ronald era um homem fascinante como só ele. Mas meu pai tinha toda a razão. Não demorou e eu descobri isso na pele. É uma coisa antiquada de se dizer, mas ele despedaçou meu coração. Partiu-o em pedacinhos. Tornei-me uma pessoa com medo... Com medo de me envolver de novo.

O sr. Satterthwaite, sempre intensamente interessado nas vidas das outras pessoas, deixou escapar um cauteloso ruído de compreensão.

– Talvez pareça maldade dizer isso, sr. Satterthwaite, mas foi um alívio quando ele pegou pneumonia e morreu. Não que eu não gostasse dele. Eu o amei até o fim, mas já tinha perdido a ilusão. E tinha a Egg...

Sua voz se enterneceu.

– Que coisa mais engraçadinha ela era. Um rocambole de tão rechonchuda. Tentava ficar em pé e caía como um ovo... Foi assim que ganhou esse apelido ridículo...

Fez nova pausa.

– Nos últimos anos ando lendo certos livros reconfortantes. Livros sobre psicologia. Estudos mostram que em muitos casos as pessoas não têm como evitar. É uma espécie de desvio de personalidade. Às vezes isso acontece até mesmo nas melhores famílias. Quando menino, Ronald roubou dinheiro na escola... Roubou por roubar, pois não precisava do dinheiro. Agora entendo que ele não tem culpa. Nasceu com desvio de personalidade.

Com mansidão, Lady Mary enxugou os olhos com um lencinho.

– Não fui criada com essa ideia – frisou ela em tom de desculpa. – Aprendi que todas as pessoas sabem a diferença entre certo e errado. Mas, não sei bem por quê, nem sempre penso assim...

– A mente humana é um imenso mistério – comentou, amável, o sr. Satterthwaite. – Até agora estamos tateando o caminho para entendê-la. Gente tida como normal, mesmo sem apresentar sintomas de loucura, pode, no entanto, trazer em sua natureza a falta do que eu descreveria como poder refreador. Se a senhora ou eu disséssemos: "Odeio alguém... gostaria que ele morresse", a ideia seria tirada da cabeça com a mesma rapidez com que as palavras foram ditas. Os freios funcionariam automaticamente. Mas, em certas pessoas, a ideia se fixa e vira obsessão. Elas não enxergam nada na frente a não ser a satisfação imediata da ideia formada.

– Estou achando – mencionou Lady Mary – esse assunto muito profundo para mim.

– Mil desculpas. Minha conversa estava muito científica.

– Quer dizer que os jovens têm poucos limites hoje em dia? Às vezes fico preocupada com isso.

– Não, não foi isso que eu quis dizer, não. Eu acho que ter menos limites é uma coisa boa, analisando como um todo. Imagino que a senhora estivesse pensando na... hã... srta. Egg.

– É melhor chamá-la de Egg – incentivou Lady Mary com um sorriso.

– Obrigado. Verdade, "srta. Egg" parece mesmo ridículo.

– Egg é muito impulsiva. Quando encasqueta com uma coisa nada a faz desistir. Como já disse, odeio vê-la envolvida nisso tudo, mas ela não me dá ouvidos.

O sr. Satterthwaite reagiu ao tom aflito de Lady Mary com um sorriso. Pensou consigo: "Me pergunto se ela faz ideia de que o interesse de Egg pelo crime não passa de uma inovadora variante daquele velho, velhíssimo jogo: a perseguição do macho pela fêmea. Não, esse pensamento a deixaria chocada".

– Egg diz que o sr. Babbington também foi envenenado. Acha que isso é verdade, sr. Satterthwaite? Ou que é só mais uma das declarações impetuosas de Egg?

– Vamos saber ao certo depois da exumação.

– Vai acontecer a exumação, mesmo? – indagou Lady Mary com um arrepio. – Que situação mais terrível para a coitada da sra. Babbington. Não consigo imaginar nada mais horrendo para uma viúva.

– Conhecia os Babbington com certa intimidade, imagino, Lady Mary?

– Sem dúvida. Eles são, ou melhor, eram amigos muito queridos.

– Sabe de alguém que pudesse ter alguma rixa contra o vigário?

– Não sei de ninguém.

– Ele nunca comentou nada sobre uma pessoa assim?

– Nunca.

– E os dois se davam bem?

– Feitos um para o outro. Felizes na vida conjugal, orgulhosos dos filhos. Não eram ricos, é claro, e o sr.

Babbington sofria de artrite reumatoide. Esses eram seus únicos problemas.

– Oliver Manders se dava bem com o vigário?

– Na verdade... – Lady Mary hesitou. – Não se davam muito bem. Os Babbington tinham pena de Oliver, e ele ia seguido até a casa do pastor nas férias para brincar com os irmãos Babbington... Acho até que ele também não se dava muito bem com os meninos, sabe. Oliver não era exatamente o que se pode chamar de garoto simpático. Vivia se vangloriando do dinheiro que tinha, dos doces que comia na escola e de como se divertia em Londres. Meninos costumam ser cruéis nesse tipo de coisa.

– Sim, mas e depois? Afinal, ele já é bem crescido agora...

– Não acredito que ele tenha tido muito contato com a família do pastor. Inclusive, Oliver tratou mal o sr. Babbington um dia aqui em minha casa. Há uns dois anos.

– O que foi que aconteceu?

– Oliver atacou o cristianismo sem dó. O sr. Babbington argumentou com paciência e polidez. Isso só pareceu deixar Oliver ainda mais inflamado. Ele disparou: "Todos vocês, pessoas religiosas, me olham com ar de superioridade porque meu pai e minha mãe não eram casados. Devem pensar que sou fruto do pecado. Bem, eu admiro pessoas com coragem para defender suas convicções. Não me importo com o que um bando de hipócritas e clérigos fica pensando". O sr. Babbington não respondeu, mas Oliver continuou: "Ficou sem resposta, não é? A devoção religiosa e a superstição levaram o mundo a essa bagunça de hoje. Por mim eu varria todas as igrejas da face da Terra". O sr. Babbington sorriu e murmurou: "E os clérigos, também?". Acho que foi aquele sorriso que irritou Oliver. Sentiu que não estava sendo levado a sério e retrucou: "Odeio tudo que a Igreja representa. Presunção, segurança e hipocrisia. O caminho é nos livrarmos de toda essa raça de beatos!". E o sr. Babbington abriu um sorriso, ele tinha um sorriso muito doce, e respondeu: "Meu caro rapaz, mesmo que você varresse da face da Terra todas as igrejas já construídas ou planejadas, ainda assim você teria que ajustar as contas com Deus".

– E como é que o jovem Manders reagiu a isso?

– Pareceu meio aturdido. Depois, recuperou a calma e retomou seu jeito cansado e irônico de sempre. Respondeu: "Receio, padre, ter dito coisas consideradas inconvenientes, de difícil assimilação por pessoas de sua geração".

– Não gosta de Manders, não é mesmo, Lady Mary?

– Tenho pena dele – limitou-se a dizer Lady Mary, na defensiva.

– Mas não gostaria que ele se casasse com Egg.

– Ah, não.

– Fico pensando... por que motivo, mais exatamente?

– Porque... porque ele não é *gentil*... e porque...

– Sim?

– Porque tem algo nele, em algum lugar, que não entendo. Algo *frio*...

O sr. Satterthwaite mirou-a pensativo por breves instantes e depois disse:

– O que Sir Bartholomew Strange pensava dele? Alguma vez ele chegou a mencioná-lo?

– Ele disse, eu me lembro, que considerava o jovem Manders um bom objeto para um estudo de caso. Disse que ele o fazia lembrar-se de um caso que estava tratando naquela ocasião em sua clínica. Comentei que Oliver me parecia um jovem especialmente forte e saudável. Ao que ele afirmou: "Sim, a saúde física está um primor, mas está prestes a ter um colapso nervoso".

Prosseguiu depois de uma pausa:

– Creio que Sir Bartholomew era um neurologista bastante perspicaz.

– Gozava de ótimo conceito entre seus pares.

– Eu gostava dele – disse Lady Mary.

– Por acaso ele chegou a comentar algo com a senhora sobre a morte de Babbington?

– Não.

– Nunca tocou no assunto?

– Não que eu me lembre.

– Não acha... É difícil para a senhora afirmar, já que não o conhecia muito bem... Mas não acha que ele tinha algum plano em mente?

– Parecia estar de ótimo humor... Até mesmo se divertindo com algo... Alguma piada particular dele. No jantar daquela noite, comentou comigo que estava prestes a nos fazer uma surpresa.

– Ah, ele contou isso mesmo?

A caminho de casa, o sr. Satterthwaite avaliou aquela afirmação.

Que surpresa Sir Bartholomew planejava fazer a seus convidados?

Será que, depois de revelada, ela teria sido tão divertida quanto ele pretendia?

Ou aquele seu jeito alegre escondia um objetivo secreto, mas indômito? Será que um dia alguém saberia a resposta?

Capítulo 3
Hercule Poirot volta à cena

– Sinceramente... – disse Sir Charles. – Estamos fazendo algum progresso?

Em pleno conselho de guerra, Sir Charles, o sr. Satterthwaite e Egg Lytton Gore estavam sentados na cabine do iate em Crow's Nest. O fogo crepitava na lareira e, lá fora, uivava o vento do equinócio.

O sr. Satterthwaite e Egg responderam à pergunta de modo quase simultâneo.

– Não – disse o sr. Satterthwaite.

– Sim – disse Egg.

Sir Charles correu o olhar entre eles. Com boas maneiras, o sr. Satterthwaite deu a entender que a moça devia falar primeiro.

Egg permaneceu em silêncio um tempo, organizando as ideias.

– *Estamos* avançando – afirmou enfim. – Estamos avançando porque não descobrimos nada. Parece ilógico, mas não é. O que eu quero dizer é que nós tínhamos algumas suposições nebulosas e incompletas. Agora temos certeza de que algumas dessas suposições estavam erradas.

– Avanço por eliminação – disse Sir Charles.

– Isso mesmo.

O sr. Satterthwaite pigarreou. Ele gostava de colocar os pingos nos is.

– Acho que podemos descartar em definitivo a suposição de assassinato por ganho financeiro – disse ele. – Não parece haver ninguém, no linguajar das novelas policiais, que pudesse lucrar com a morte de Stephen Babbington. Vingança parece igualmente fora de propósito. Mesmo se não levarmos em conta sua disposição naturalmente bondosa e apaziguadora, eu duvido muito que ele fosse *importante* o suficiente para ter inimigos. O que nos traz de volta àquela nossa suposição bastante nebulosa: medo. Com a morte de Stephen Babbington, alguém obtém segurança.

– Concordo em gênero, número e grau – afirmou Egg.

Sem abandonar a modéstia, o sr. Satterthwaite mostrou estar satisfeito consigo. Sir Charles reagiu com certa irritação. Afinal, ele era o protagonista, não Satterthwaite.

– O ponto crucial é – retomou Egg – o que vamos fazer agora. Digo *fazer* mesmo. Vamos investigar as pessoas ou coisa parecida? Vamos nos disfarçar e segui-las?

– Minha querida – ponderou Sir Charles –, eu sempre torci o nariz para interpretar velhotes com barbas postiças e não vai ser agora que vou começar.

– Então, o que é que... – começou Egg.

Mas ela foi interrompida. A porta se abriu, e Temple comunicou:

– Sr. Hercule Poirot.

Com o rosto radiante, monsieur Poirot entrou e cumprimentou três pessoas que não conseguiam esconder o seu pasmo.

– Será que me permitem – disse ele com alegria nos olhos – participar dessa mesa-redonda? Estou certo, não estou? É uma mesa-redonda?

– Meu caro amigo, é um prazer revê-lo. – Sir Charles recobrou-se da surpresa, apertou calorosamente a mão do recém-chegado e o fez sentar-se numa grande cadeira de braços. – De onde chegou tão de repente?

– Vou visitar meu bom amigo sr. Satterthwaite em Londres. Lá me informam: ele viajou... para a Cornualha. *Eh bien*, está na cara o destino dele. Pego o primeiro comboio a Loomouth e aqui estou.

– Sim – disse Egg. – Mas por que o senhor veio? Quero dizer – prosseguiu ela, ao se dar conta da potencial indelicadeza de suas palavras –, veio por algum motivo específico?

– Eu vim – respondeu Hercule Poirot – para admitir um erro.

Com um sorriso envolvente, ele se virou para Sir Charles e abriu as mãos num gesto estrangeiro.

– Foi nesta mesma sala que o monsieur se declarou insatisfeito. Mas eu... eu pensei que era seu instinto dramático... Disse comigo: "Ele é um grande ator e precisa de drama a qualquer custo". Parecia, eu admito, inacreditável que um velho e inofensivo cavalheiro tivesse morrido por outra causa que não natural. Até mesmo agora ainda não enxergo de que modo o veneno pode ter sido administrado a ele, nem consigo imaginar qualquer motivo. Parece absurdo... fantástico. Mas depois aconteceu outra morte em circunstâncias semelhantes. É impossível atribuir isso à coincidência. Sim: deve existir uma ligação entre as duas mortes. Por isso, Sir Charles, eu vim aqui para pedir desculpas... Para dizer que eu, Hercule Poirot, me enganei, e pedir que eu seja aceito como membro de seu conselho.

Sir Charles pigarreou meio nervoso. Aparentava certo embaraço.

– Atitude de grande nobreza, monsieur Poirot. Mas não sei se vale a pena dedicar o seu tempo valioso... Eu...

Calou-se, sem saber o que dizer. Consultou o sr. Satterthwaite com os olhos.

– É muita bondade sua... – começou o sr. Satterthwaite.

– Não, não é bondade coisa nenhuma... É curiosidade! E, claro, o meu orgulho ferido. Tenho que compensar meu engano. Meu tempo? Não vale nada... Viajar para quê, afinal? A língua pode ser diferente, mas em todos os lugares a natureza humana é a mesma. Mas, claro, se eu não for bem-vindo, se eu estiver me intrometendo...

Os dois homens falaram ao mesmo tempo.

– Certamente não.

– De modo algum.

Poirot levou o olhar para a moça.

– E mademoiselle?

Por breves instantes, Egg permaneceu calada, e os três homens tiveram a mesma impressão: *Egg não queria a ajuda de monsieur Poirot...*

O sr. Satterthwaite inferiu saber o porquê. Aquele era o estratagema particular de Charles Cartwright e Egg Lytton Gore. O sr. Satterthwaite havia sido aceito – a contragosto – sob o acordo tácito de que encenaria um papel irrelevante. Mas com Hercule Poirot seria diferente. Ele tomaria a si a função de protagonista. Talvez, até Sir Charles abrisse mão de sua atuação em favor dele. E aí os planos de Egg soçobrariam.

Observou a moça, solidarizando-se com a sua situação. Os outros dois homens não entendiam, mas ele vislumbrou, com sua sensibilidade semifeminina, o dilema vivido por ela. Egg lutava por sua felicidade...

O que ela diria?

Afinal de contas, o que mais ela poderia dizer? Como seria capaz de dizer o que pensava? "*Vá embora... vá embora... sua chegada pode colocar tudo a perder... eu não quero a sua presença aqui...*"

Com um sorrisinho nos lábios, Egg Lytton Gore disse a única coisa que podia dizer:

– Claro. Vamos adorar a sua colaboração.

Capítulo 4
Observar sem interferir

– Ótimo – disse Poirot. – Somos colegas. *Eh bien*, tenham a bondade, por favor, de me deixar *au courant* da situação.

Escutou com muita atenção enquanto o sr. Satterthwaite resumia os passos seguidos por eles desde o retorno à Inglaterra. Bom narrador, o sr. Satterthwaite tinha o dom de criar uma atmosfera, de pintar um quadro. Sua descrição de Melfort Abbey, das empregadas e do chefe de polícia foi admirável. Poirot reagiu com animação ao ouvir a descoberta de Sir Charles das cartas inacabadas embaixo da estufa a gás.

– *Ah, mais c'est magnifique, ça!* – exclamou extasiado. – A dedução, a reconstrução... Tudo perfeito! Poderia ter sido um excelente detetive, Sir Charles, em vez de um grande ator.

Sir Charles recebeu o elogio com adequada modéstia – seu estilo particular de modéstia. Receber cumprimentos pelas apresentações nos palcos durante décadas o levou a aperfeiçoar um modo especial de mostrar gratidão.

– A sua observação também foi muito precisa – afirmou Poirot, voltando-se para o sr. Satterthwaite. – Aquele seu comentário sobre a repentina familiaridade de Sir Bartholomew com o mordomo.

– Acha que existe algo válido na questão da sra. De Rushbridger?

– É uma ideia. Sugere várias coisas, não é?

Ninguém tinha muita certeza de quais seriam essas várias coisas, mas ninguém quis verbalizar, de modo que se ouviram apenas murmúrios de consentimento.

Sir Charles contou o restante da história. Descreveu o resultado deveras negativo da visita dele e de Egg à casa da sra. Babbington.

– E agora o senhor está atualizado – finalizou ele. – Sabe o que fizemos. Diga-nos: o que pensa disso tudo?

E se inclinou à frente, ansioso como um menino.

Poirot ficou em silêncio durante alguns instantes. Os outros três aguardaram, observando-o.

Enfim ele disse:

– Por acaso não consegue lembrar, mademoiselle, qual o tipo de taça para vinho do Porto que Sir Bartholomew tinha na mesa?

Sir Charles atalhou enquanto Egg meneava a cabeça com desânimo.

– Eu posso descrever isso.

Ele se ergueu e rumou até um armário, de onde pegou algumas taças para xerez em cristal lapidado.

– Tinham formato um pouco diferente, é claro... Mais arredondado... Como convém a boas taças de vinho do Porto. Sir Bartholomew comprou-as na velha liquidação de Lammersfield... Um conjunto completo de taças de mesa. Gostei delas e, como vieram mais taças do que ele precisava, ele me repassou algumas. Belas, não acham?

Poirot pegou a taça e a girou na mão.

– Sim – concordou. – Exemplares esplêndidos. Eu imaginava que algo parecido tinha sido utilizado.

– Por quê? – indagou Egg erguendo a voz.

Poirot limitou-se a sorrir para ela.

– Sim – prosseguiu ele –, a morte de Sir Bartholomew poderia ser explicada até com certa facilidade, mas a morte de Stephen Babbington é bem mais difícil. Ah, se ao menos tivesse sido o contrário!

– Como assim, o contrário? – quis saber o sr. Satterthwaite.

Poirot se virou na direção dele.

– Analise comigo, meu caro. Sir Bartholomew é um médico famoso. Existe um monte de razões para se eliminar um médico famoso. Médicos sabem segredos, meu caro, segredos relevantes. Eles têm certos poderes. Imagine um paciente à beira da insanidade. Um simples diagnóstico do médico e ele pode acabar no hospício... Que tentação para um cérebro desequilibrado! Médicos podem suspeitar da morte súbita de um de seus pacientes... Sim, são infindáveis os motivos para um médico ser morto.

"Por isso eu disse: se ao menos tivesse sido o contrário! Se Sir Bartholomew tivesse morrido *primeiro* e Stephen Babbington depois... Quem sabe então Stephen Babbington tivesse visto ou suspeitado de algo relativo à primeira morte..."

Soltou um suspiro e logo recomeçou.

– Mas não podemos dar ao caso a conformação desejada. Temos que aceitá-lo como ele é. Só gostaria de fazer uma pequena sugestão. Não será possível que a morte de Stephen Babbington tenha sido acidental? Que o veneno, se é que foi veneno, tinha como alvo Sir Bartholomew Strange e que, por engano, o homem errado o ingeriu?

– É uma ideia engenhosa – admitiu Sir Charles. O rosto dele, que se iluminara, murchou outra vez. – Mas não creio que a ideia se sustente. Babbington entrou nesta sala uns quatro minutos antes de se sentir mal. Durante esse tempo, a única coisa que tocou seus lábios foi metade de um coquetel... E não havia nada naquele coquetel...

Poirot o interrompeu.

– Isso o senhor já me contou... Mas vamos supor, a título de argumentação, que houvesse algo naquele coquetel. Poderia ter como alvo Sir Bartholomew Strange e o sr. Babbington tê-lo bebido por engano?

Sir Charles balançou a cabeça.

– Ninguém que conhecesse Tollie direito tentaria envenená-lo com um coquetel.

– Por quê?

– Porque ele nunca os tomava.

– Nunca?

– Nunca.

Poirot fez um gesto de contrariedade.

– Ah... esse caso... está todo errado. Não faz sentido...

– Além do mais – continuou Sir Charles –, não vejo como qualquer taça pudesse ter sido escolhida por engano... ou coisa desse tipo. Temple passou os drinques numa bandeja e cada um pegava a taça que bem lhe aprouvesse.

– É verdade – murmurou Poirot. – Não se pode induzir alguém a pegar um coquetel como induzimos alguém a jogar uma carta no bridge. Como ela é, essa sua Temple? É a criada que me fez entrar aqui esta noite, não é?

– Exato. Está comigo há três ou quatro anos... Boazinha e perseverante... Faz bem o trabalho que lhe compete. Não sei de onde ela veio... Esse é o departamento da srta. Milray.

– Srta. Milray? É o nome de sua secretária? Alta... e com um quê de granadeiro?

– Com dois quês de granadeiro – concordou Sir Charles.

– Já fui convidado a jantar em sua casa várias vezes, mas se não estou enganado só a conheci naquela noite.

– É verdade. Em geral, ela não janta com os convidados. Mas seríamos treze à mesa.

Sir Charles explicou as circunstâncias. Poirot escutou atento.

– Foi ela mesma quem sugeriu a presença dela? Sei.

Permaneceu absorto em pensamentos por um minuto e depois disse:

– Posso falar com a sua criada, a tal Temple?

– Claro que sim, meu amigo.

Sir Charles apertou uma campainha. A resposta veio sem demora.

– Chamou, senhor?

Moça alta, de seus 32, 33 anos. Embora não fosse bonita, Temple tinha certa elegância: cabelo sempre bem escovado e sedoso; postura tranquila e competente.

– Monsieur Poirot quer lhe fazer umas perguntas – disse Sir Charles.

Temple transferiu seu olhar altivo a Poirot.

– Estamos falando da noite em que o sr. Babbington morreu aqui – começou Poirot. – Lembra-se daquela noite?

– Ah, sim, senhor.

– Quero saber exatamente como os coquetéis foram servidos.

– Como é, senhor?

– Quero saber sobre os coquetéis. Foi você quem os preparou?

– Não, o próprio Sir Charles gosta de misturar os coquetéis. Eu trouxe as garrafas... O vermute, o gim e tudo o mais.

– Onde você as colocou?

– Naquela mesa ali, senhor.

Mostrou um aparador junto à parede.

– A bandeja com as taças estava lá. Depois que Sir Charles terminou de misturar e agitar a bebida, ele encheu as taças. Então eu passei a bandeja pela sala oferecendo às damas e aos cavalheiros.

– Todos os coquetéis estavam na bandeja que você carregou?

– Sir Charles entregou um para a srta. Lytton Gore. Ele estava conversando com ela na hora. Depois pegou um para ele. E o sr. Satterthwaite – desviou o olhar para ele por um instante – veio pegar um para uma das damas... A srta. Wills, se estou certa.

– Certíssima – disse o sr. Satterthwaite.

– Os outros eu mesma ofereci, senhor; acho que todos pegaram, menos Sir Bartholomew.

– Teria a bondade, Temple, de nos mostrar como você fez? Vamos espalhar umas almofadas como se fossem as pessoas. Eu estava aqui, eu lembro... A srta. Sutcliffe, ali.

Com o auxílio do sr. Satterthwaite, o cenário foi reconstruído. Bom observador, sr. Satterthwaite lembrava-se da posição quase exata de todos na sala. Então Temple circulou pelo ambiente. Chegaram ao consenso de que ela havia começado com a sra. Dacres, oferecera em seguida à srta. Sutcliffe e Poirot e depois se dirigira até o sr. Babbington, Lady Mary e o sr. Satterthwaite, que estavam sentados juntos.

Isso combinava com o que o sr. Satterthwaite recordava.

Por fim, Temple foi dispensada.

– Ora! – resmungou Poirot. – Não faz sentido. Temple é a última pessoa a ter contato com os coquetéis, mas foi impossível para ela adulterá-los! E, como eu já disse, não há como induzir uma pessoa a pegar um coquetel específico.

– O instintivo é pegar o mais próximo da gente – ponderou Sir Charles.

– Talvez isso pudesse funcionar oferecendo primeiro a bandeja à vítima desejada... Mas até assim seria muito incerto. As taças ficam juntas, e uma não parece especialmente mais perto do que a outra. Não, ninguém adotaria um método baseado no puro acaso. Diga-me, sr. Satterthwaite, o sr. Babbington largou a taça na mesa ou ficou com ela na mão?

– Ele a colocou nesta mesa.

– Alguém se aproximou da mesa depois que ele fez isso?

– Não. Eu era a pessoa mais perto dele e asseguro que não coloquei nada na taça... Embora fosse quase impossível fazê-lo sem que alguém visse.

Ao notar a tensão na voz do sr. Satterthwaite, Poirot apressou-se em pedir desculpas.

– Não, não estou fazendo uma acusação... *quelle idée*! Mas quero ter certeza dos fatos que temos. Conforme a análise de laboratório, não tinha nada de estranho naquele coquetel. Deixando de lado a análise laboratorial, a impressão que temos é a de que não *poderia* haver nada de estranho nele. Mesmo resultado em dois testes distintos. Mas o sr. Babbington não comeu nem bebeu mais nada e, se ele foi mesmo envenenado por nicotina pura, a morte teria acontecido com bastante rapidez. Percebem aonde isso nos leva?

– A lugar nenhum – praguejou Sir Charles.

– Eu não diria isso... não, eu não diria isso. Sugere uma ideia por demais abominável... a qual espero e confio que não seja verdade. Não, é claro que não é verdade... a morte de Sir Bartholomew prova isso... Mas...

Franziu a testa, absorto em pensamentos. Os outros o observaram com curiosidade. Ele ergueu os olhos.

– Percebem aonde eu quero chegar, não percebem? A sra. Babbington não estava em Melfort Abbey, por isso a sra. Babbington está inocentada.

– A sra. Babbington... Mas ninguém sequer sonhou em suspeitar dela.

Poirot abriu um sorriso benevolente.

– Não? Coisa curiosa isso. Foi a primeira ideia que me ocorreu... a primeira. Se o coitado não foi envenenado pelo coquetel, então deve ter sido envenenado minutos antes de entrar na casa. Como isso é possível? Uma cápsula? Algo, talvez, para prevenir a indigestão. Mas quem, então, poderia ter mexido no conteúdo da cápsula? Só a esposa. E quem teria, talvez, um motivo que ninguém de fora poderia suspeitar? De novo a esposa.

– Mas os dois eram tão dedicados um ao outro! – gritou Egg indignada. – O senhor não sabe da missa a metade.

Poirot dirigiu a ela um sorriso amável.

– Sim. Tem razão. Você os conhecia e eu não. Enxergo os fatos sem a distorção de ideias preconcebidas. E me permita lhe contar uma coisa, mademoiselle: ao longo de minha experiência já me deparei com cinco casos de esposas assassinadas por maridos dedicados, mas 22 casos de maridos assassinados por esposas dedicadas! *Les femmes* obviamente mantêm melhor as aparências.

– Acho suas ideias horripilantes – disse Egg. – Sei que os Babbington não são assim. É... é monstruoso!

– Assassinatos são monstruosidades, mademoiselle – sentenciou Poirot, com súbita aspereza na voz.

Prosseguiu numa entonação mais amena.

– Mas eu, que só enxergo os fatos, concordo que a sra. Babbington não cometeu esse crime. Sabe, ela não estava em Melfort Abbey. Não: como Sir Charles já disse, o culpado deve ser alguém presente nas duas ocasiões... Um dos sete da sua lista.

Seguiu-se um silêncio.

– E o que o senhor nos aconselha a fazer? – indagou Satterthwaite.

– Sem dúvida já devem ter bolado um plano? – quis saber Poirot.

Sir Charles pigarreou.

– A única coisa exequível parece ser um processo de eliminação – comentou. – Minha ideia era pegar cada pessoa daquela lista e considerá-la culpada até prova em contrário. Em outras palavras: temos que nos convencer de que *existe* uma conexão entre a pessoa e Stephen Babbington e utilizar toda a nossa engenhosidade para descobrir que conexão é essa. Se não descobrirmos conexão alguma, então passamos ao próximo da lista.

– Boa abordagem psicológica – aprovou Poirot. – E seus métodos?

– Isso nós ainda não tivemos tempo de discutir. Todo e qualquer conselho é bem-vindo, monsieur Poirot. Talvez o senhor mesmo pudesse...

Poirot ergueu a mão.

– Meu amigo, não me peça para fazer nada que exija ação. É minha convicção inabalável que a melhor maneira de resolver um problema é por dedução. Deixe-me ficar no papel daquele observador neutro cuja função é, como se diz, observar sem interferir. Prossigam as investigações tão bem comandadas por Sir Charles...

"E eu, onde é que fico nessa história?", pensou o sr. Satterthwaite. "Ah, esses atores! Sempre nas luzes da ribalta encarnando o papel principal!"

– De vez em quando, talvez, vocês queiram solicitar aquilo que podemos descrever como a opinião de um conselheiro. Eu sou o conselheiro.

Sorriu para Egg.

– Que tal lhe parece, mademoiselle?

– Maravilha – disse Egg. – Sua experiência será utilíssima.

Lia-se certo alívio no rosto dela. Olhou o relógio e deixou escapar uma exclamação.

– Tenho que ir para casa. Mamãe vai ter um ataque.

– Eu dou uma carona a você – disse Sir Charles.

Os dois saíram juntos.

Capítulo 5
Divisão da mão de obra

– Como vê, o peixe subiu à tona e beliscou a isca – disse Hercule Poirot.

O sr. Satterthwaite, que acompanhara com os olhos a porta se fechando atrás dos outros dois, teve um sobressalto ao se virar para Poirot. O detetive sorria com um quê de deboche.

– Sim, sim, não adianta negar. Mostrou-me intencionalmente a isca naquele dia em Monte Carlo. Não é verdade? Mostrou-me o parágrafo no jornal. Desejava atiçar meu interesse... que eu decidisse me ocupar do assunto.

– É verdade – confessou o sr. Satterthwaite. – Mas achei que tinha fracassado.

– Não fracassou, não. O senhor é um avaliador sagaz da natureza humana, meu amigo. Eu estava padecendo de tédio... Eu não tinha, nas palavras da menininha que brincava perto de nós, "nada pra fazer". O senhor surgiu no exato instante psicológico. E, falando nisso, quase sempre o crime também depende desse exato instante psicológico. O crime e a psicologia andam de mãos dadas. Mas, voltando à cena, este crime é muito intrigante... Ele me deixa completamente perplexo.

– Qual dos crimes? O primeiro ou o segundo?

– Só há um... O que chamamos de primeiro e segundo crime são apenas duas faces do mesmo crime. A segunda face é simples... Tanto no motivo quanto nos meios adotados...

O sr. Satterthwaite cortou a fala de Poirot.

– Com certeza os meios apresentam igual dificuldade. Não se encontrou veneno no vinho, e a comida foi consumida por todos.

– Não, não, é completamente diferente. No primeiro caso, a impressão que temos é a de que *ninguém* poderia ter envenenado Stephen Babbington. Sir Charles, se quisesse, poderia ter envenenado *um* de seus convidados, mas não um deles em especial. Temple talvez pudesse ter escorregado algo na última taça da bandeja... Mas a taça do sr. Babbington não foi a última. Não, o assassinato do sr. Babbington parece tão impossível que eu ainda sinto que talvez *seja* impossível... Que no fim das contas ele morreu de morte natural... Mas isso nós vamos saber em breve. O segundo caso é diferente. Qualquer um dos convidados, ou o mordomo, ou a copeira, poderia ter envenenado Bartholomew Strange. Nenhuma dificuldade nisso.

– Não vejo como... – iniciou o sr. Satterthwaite.

Poirot atalhou:

– Vou provar isso ao senhor qualquer hora dessas com uma pequena experiência. Agora vamos pular para uma questão mais importante. É crucial, o senhor *vai* perceber, tenho certeza, pois tem bom coração e sutil inteligência, que eu não assuma o papel de estraga prazeres.

– Quer dizer... – começou o sr. Satterthwaite, com um sorriso incipiente.

– Que Sir Charles tem que assumir o papel de protagonista! Ele está acostumado a isso. E, além do mais, é isso que outra pessoa espera dele. Não estou certo? A mademoiselle não gostou nada de meu interesse no caso.

– Puxa, monsieur Poirot! É como dizem: quando estamos indo, o senhor já está voltando.

– Ah, isso salta aos olhos! Tenho natureza muito sensível. Gosto de facilitar casos de amor, não de dificultá-los. Você e eu, meu amigo, temos que trabalhar juntos nisso... para a honra e a glória de Charles Cartwright, não é mesmo? Quando o caso estiver solucionado...

– Se é que vai ser... – observou timidamente o sr. Satterthwaite.

– Será! Eu não me permito fracassos.

– Nunca? – indagou o sr. Satterthwaite investigativo.

– Já aconteceu – reconheceu Poirot com dignidade – de em breves períodos eu ter sido meio lento. Não percebi a verdade com a rapidez que podia ter percebido.

– Mas nunca fracassou totalmente?

Pura e simples curiosidade motivava a insistência do sr. Satterthwaite.

– *Eh bien* – disse Poirot. – Uma vez. Tempos atrás, na Bélgica. Mas vamos deixar isso para lá...

O sr. Satterthwaite, com sua curiosidade (maligna) satisfeita, apressou-se em mudar de assunto.

– Certo. O senhor dizia que quando o caso estiver solucionado...

– Sir Charles vai receber os méritos. Isso é fundamental. Sou apenas um grãozinho de areia na imensidão da praia – ele estendeu os braços. – Aqui e ali, de vez em quando, vou dizer uma palavrinha, uma insinuação, nada mais. Não ambiciono honra nem renome. Já tenho todo o renome de que preciso.

O sr. Satterthwaite avaliou-o com interesse. Divertia-se com a ingênua arrogância, o colossal egocentrismo daquele homem. Mas não cometeu o engano de considerar aquilo apenas orgulho vão. Ingleses costumam ser modestos quanto àquilo que sabem fazer bem e às vezes se orgulham de coisas que fazem mal; latinos, porém, sabem apreciar suas próprias capacidades. Se são inteligentes, não veem motivo algum para esconder o fato.

– Eu gostaria de saber – disse o sr. Satterthwaite –, tenho grande interesse em saber... O que exatamente o senhor almeja nesse caso? É a empolgação da caça?

Poirot meneou a cabeça.

– Não, não é só isso. Como o *chien de chasse*, eu farejo o cheiro no ar, fico alvoroçado e, depois que estou no rastro, não consigo largá-lo. Tudo isso é real. Mas tem mais... É... como direi? Uma obsessão por descobrir a *verdade*. Em todo o mundo não existe nada tão curioso, nem tão interessante e tão bonito quanto a verdade...

Às palavras de Poirot seguiu-se um breve silêncio.

Logo ele pegou o papel no qual o sr. Satterthwaite copiara cuidadosamente os sete nomes e os leu em voz alta.

– Sra. Dacres, capitão Dacres, srta. Wills, srta. Sutcliffe, Lady Mary Lytton Gore, srta. Lytton Gore e Oliver Manders. Sugestivo, não?

– O que tem de sugestivo?

– A sequência em que os nomes aparecem na lista.

– Não vejo nada de sugestivo nisso. Só tomamos nota dos nomes sem nos preocuparmos com qualquer sequência.

– Exato. A lista começa com a sra. Dacres. Disso eu deduzo que ela é considerada a pessoa mais provável de ter cometido o crime.

– Não a mais provável – objetou o sr. Satterthwaite. – A menos improvável expressaria melhor.

– E uma terceira explicação expressaria ainda melhor. Ela é talvez a pessoa que todos vocês *prefeririam* que tivesse cometido o crime.

Impulsivo, o sr. Satterthwaite abriu a boca, mas, ao notar o suave deboche nos olhos verdes e brilhantes de Poirot, mudou a frase que ia dizer.

– Fico me perguntando... Talvez esteja certo, monsieur Poirot. Inconscientemente isso pode ser verdade.

– Eu gostaria de lhe perguntar uma coisa, sr. Satterthwaite.

– Com certeza, com certeza – respondeu o sr. Satterthwaite compassivo.

– De tudo que me foi contado até aqui, concluo que Sir Charles e a srta. Lytton Gore foram juntos interrogar a sra. Babbington.

– Sim.

– O senhor não os acompanhou?

– Não. Três pessoas teria sido um exagero.

Poirot sorriu.

– E também, talvez, suas propensões o tenham levado a outro lugar. Tinha, como se costuma dizer, outro alvo na mira. Aonde foi, sr. Satterthwaite?

– Tomar chá com Lady Mary Lytton Gore – informou o sr. Satterthwaite com seriedade.

– E qual foi o tema da conversa?

– Ela foi amável a ponto de me contar uma parte dos problemas do começo de sua vida conjugal.

Repetiu o conteúdo do relato de Lady Mary. Poirot balançou a cabeça em tom compreensivo.

– Isso é tão comum na vida... A jovem idealista que não dá ouvidos a ninguém e se casa com um cafajeste. Mas falaram sobre algo mais? Não falaram, por exemplo, em Oliver Manders?

– Para falar a verdade, sim.

– E o que descobriu sobre ele?

O sr. Satterthwaite repetiu o que Lady Mary havia lhe contado. Depois acrescentou:

– Por que achou que tínhamos falado nele?

– Porque o senhor foi lá por alguma razão. Foi, sim, não adianta protestar. O senhor *deseja* que a sra. Dacres ou o marido dela tenham cometido o crime, mas *acredita* que foi o jovem Manders.

Apaziguou os protestos do sr. Satterthwaite.

– Sim, sim, o senhor é o recato em pessoa. Tem suas ideias, mas gosta de mantê-las em segredo. Eu me solidarizo com o senhor. Também faço o mesmo...

– Não suspeito dele... Isso é ridículo. Eu só queria saber mais sobre ele.

– É a isso que me refiro. Ele é sua escolha instintiva. Sabe, eu também me interesso por aquele jovem. Eu me interessei por ele desde a noite do jantar aqui, pois eu percebi...

– Percebeu o quê? – indagou ansioso o sr. Satterthwaite.

– Percebi que pelo menos duas pessoas, talvez mais, encenavam um papel. Uma delas era Sir Charles. – Poirot sorriu. – Encenava o oficial da Marinha, não estou certo? Perfeitamente natural. Um excelente ator não para de interpretar só porque se aposentou dos palcos. Mas o jovem Manders também estava encenando. O papel dele? O do rapaz entediado e indiferente... Mas, na verdade, não estava nem entediado nem indiferente: e sim com os sentidos bem aguçados. Por isso, meu amigo, ele chamou a minha atenção.

– Como sabia que ando meio intrigado com ele?

– Por inúmeros detalhes. O senhor mostrou interesse naquele acidente que acabou levando-o a Melfort Abbey naquela noite. Depois preferiu não ir junto com Sir Charles e a srta. Lytton Gore visitar a sra. Babbington. Por quê? Porque desejava seguir uma linha de investigação particular, ainda não estudada. Foi até a casa de Lady Mary para descobrir fatos sobre alguém. Quem? Só podia ser alguém com conexões locais. Oliver Manders. E então, detalhe revelador, o senhor colocou o nome dele no fim da lista, depois das duas pessoas que em sua opinião realmente são as menos suspeitas, Lady Mary e mademoiselle Egg. Fez isso porque ele é seu cavalo azarão e deseja guardá-lo para si próprio.

– Puxa vida! – exclamou o sr. Satterthwaite. – Sou mesmo esse tipo de gente?

– *Précisément.* Tem opiniões e observações argutas e prefere guardar para si os resultados. O que pensa das pessoas só lhe diz respeito. Não revela aos quatro ventos.

– Acredito... – começou o sr. Satterthwaite, mas foi interrompido pela volta de Sir Charles.

O ator entrou com passadas animadas e saltitantes.

– Brr... – disse ele. – Que noite traiçoeira.

Serviu um copo de uísque com soda e ofereceu aos outros.

O sr. Satterthwaite e Poirot recusaram a oferta.

– Bem – disse Sir Charles –, vamos esmiuçar nosso plano de operações. Cadê a lista, Satterthwaite? Ah, obrigado. Muito bem, monsieur Poirot, dê seu parecer de conselheiro, por gentileza. É hora de pôr a mão na massa. Como vamos dividir o trabalho pesado?

– Qual é a sua sugestão, Sir Charles?

– Bem, podemos dividir por pessoas... Divisão da mão de obra, que tal? Primeiro, temos a sra. Dacres. Egg parece bem interessada em assumir essa missão. Parece pensar que alguém tão perfeitamente vestida não vai receber tratamento imparcial de meros representantes do sexo masculino. Não deixa de ser uma ideia bem interessante abordá-la pelo âmbito profissional. Assim, caso seja necessário, Satterthwaite e eu podemos usar outro artifício depois. Em seguida, temos o capitão Dacres. Conheço alguns de seus companheiros que frequentam as corridas de cavalo. Imagino que eu possa me encarregar disso. A terceira da lista é Angela Sutcliffe.

– Essa também parece ser tarefa sua, Cartwright – ponderou o sr. Satterthwaite. – Conhece-a muito bem, não é mesmo?

– Sim. Por isso mesmo prefiro que outra pessoa se responsabilize por investigá-la... Em primeiro lugar – ele sorriu pesaroso –, eu posso ser acusado de não me esforçar o suficiente, e em segundo lugar, bem... ela é minha amiga... entendem?

– *Parfaitement, parfaitement...* É natural que fique cheio de dedos. É mais que compreensível. O nosso bom Satterthwaite o substituirá nessa missão.

– Lady Mary e Egg... Elas não contam, é claro. E quanto a Oliver Manders? A presença dele na noite da morte de Tollie foi acidental; ainda assim, imagino que devemos incluí-lo.

– O sr. Satterthwaite vai investigar o jovem Oliver Manders – disse Poirot. – Mas eu acho, Sir Charles, que o senhor pulou um nome da lista. Faltou a srta. Muriel Wills.

– Pulei mesmo. Bem, se Satterthwaite vai investigar Manders, eu me encarrego de investigar a srta. Wills. Combinado? Alguma sugestão, monsieur Poirot?

– Não... Acho que não. Vou aguardar com interesse os resultados.

– Claro... Dizer isso é chover no molhado. Outra ideia: se conseguirmos fotos dessas pessoas, podemos usá-las em nossas pesquisas em Gilling.

– Esplêndido – aprovou Poirot. – Eu tinha uma coisa para dizer... Ah, sim, o seu amigo, Sir Bartholomew, ele não bebia coquetéis, mas apreciava vinho do Porto?

– Sim, ele tinha especial predileção por vinho do Porto.

– Me parece esquisito que ele não tenha sentido nenhum sabor estranho. A nicotina pura tem um gosto bem marcante e desagradável.

– Não se esqueça – lembrou Sir Charles – de que provavelmente a nicotina não estava no vinho do Porto. O conteúdo das taças foi analisado em laboratório.

– Ah, sim... que bobagem a minha. Mas seja lá como ela tenha sido administrada, a nicotina tem gosto extremamente desagradável...

– Não sei se isso teria alguma importância – ponderou Sir Charles devagar. – Tollie teve uma gripe fortíssima na última primavera e ficou com os sentidos do paladar e do olfato prejudicados.

– Ah, sim – murmurou Poirot pensativo. – Isso pode ser uma explicação. Simplifica bastante as coisas.

Sir Charles aproximou-se da janela e olhou para fora.

– Que vendaval. Vou mandar buscar suas coisas, monsieur Poirot. O Hotel Rosa e Coroa até quebra o galho para artistas entusiásticos, mas acho que o senhor vai preferir higiene apropriada e uma cama confortável.

– O senhor é extremamente gentil, Sir Charles.

– Não é gentileza nenhuma. Vou providenciar isso agora mesmo.

Ele saiu da sala.

Poirot dirigiu-se ao sr. Satterthwaite.

– Posso fazer uma sugestão?

– Sim?

Poirot inclinou-se à frente e disse em voz baixa:

– *Pergunte ao jovem Manders por que ele forjou um acidente.* Conte-lhe que a polícia suspeita dele... E veja como é que ele se sai dessa.

Capítulo 6
Cynthia Dacres

O ateliê da Ambrosine Ltda. tinha aparência imaculada. Paredes cor de gelo... Carpete felpudo de cor tão neutra a ponto de parecer incolor, assim como os estofados e as cortinas... Detalhes cromados reluziam aqui e ali, e uma parede estampava um gigantesco desenho geométrico em azul elétrico e amarelo-limão. Assinava o projeto do salão o sr. Sydney Sandford – ninguém menos que o mais novo e mais inovador decorador do momento.

Egg Lytton Gore, sentada numa cadeira de braços de estilo moderno – e que lembrava um pouco uma cadeira de dentista –, assistia a moças delicadas e serpentiformes com rostos bonitos e entediados desfilarem sinuosamente à sua frente. A maior preocupação de Egg: fazer de tudo para aparentar que pagar cinquenta ou sessenta libras por um vestido era uma bagatela. A sra. Dacres, como sempre com aspecto maravilhosamente irreal, apresentava os modelitos (como Egg disse de si para si) no seu jargão de estilista.

– Que tal, gostou deste? Aqueles lacinhos nos ombros dão um toque divertido, não acha? E que linha da cintura penetrante. Melhor seria se não fosse vermelho--cinábrio, sabe. Eu devia tê-lo feito na cor novíssima, o bronze espanhol. Um luxo! Mescla de mostarda com traços de pimenta caiena. E o que você me diz de *vin ordinaire*? Patético, não é? Por demais penetrante e ridículo. Passou a época em que as roupas tinham que ser sérias.

– É muito difícil decidir – constatou Egg. – Sabe – adotou um tom sigiloso –, é a primeira vez que posso investir em meu guarda-roupa. Sempre fomos muito pobres. Eu me lembrei do vestido maravilhoso que a senhora usava naquela noite em Crow's Nest e pensei: "Agora que tenho dinheiro para gastar vou ao ateliê da sra. Dacres pedir orientação de quem entende do riscado". Naquela noite a sua roupa me deixou realmente impressionada.

– Minha querida, é encantador tê-la aqui. Eu simplesmente adoro vestir moças. É tão importante que as moças não pareçam cruas.

"De crua você não tem nada", pensou Egg mordaz. "Assada ao ponto."

– Você é uma garota de personalidade – prosseguiu a sra. Dacres. – Não deve se contentar com nada medíocre. Busque roupas simples e penetrantes... E só tenuemente visíveis. Entende? Em quantas peças está pensando?

– Pensei em quatro vestidos de baile, dois para o dia a dia e um ou dois conjuntos de roupa mais esportiva... Esse tipo de coisa.

O mel da sra. Dacres tornou-se ainda mais açucarado. Felizmente ela não sabia que naquele instante restavam no saldo bancário de Egg exatas quinze libras e doze xelins e que o saldo mencionado precisava durar até dezembro.

Mais e mais moças desfilavam em vestidinhos perante Egg. Nos intervalos da conversa técnica, Egg entremeava outros tópicos.

– Imagino que a senhora não tenha mais ido a Crow's Nest depois do que aconteceu?

– Não. E eu nem conseguiria, meu bem. Foi *tão* perturbador... E, aliás, sempre achei a Cornualha um antro de artistas... Simplesmente não suporto artistas. O formato de seus corpos é sempre tão curioso.

– Foi um caso de arrepiar, não foi? – comentou Egg. – O velho sr. Babbington era um amor, que Deus o tenha.

– Uma peça de época, eu só imagino – disse a sra. Dacres.

– Já tinha se encontrado com ele em outro lugar, não é?

– Aquele adorável fóssil? Se encontrado comigo? Não me recordo.

– Se não me engano ele me comentou algo – arriscou Egg. – Mas não na Cornualha. Acho que foi num lugar chamado Gilling.

– Mesmo? – Nada além de vagueza no olhar da sra. Dacres. – Não, Marcelle... Quero o *Petite Scandale*... o modelo Jenny. E depois o *Patou* azul.

– A senhora não achou grotesco? – continuou Egg. – Sir Bartholomew morrer envenenado?

– Minha querida, aquilo foi penetrante até demais! Alavancou meus negócios. Tudo que é tipo de mulher horrível aparecendo para me encomendar vestidos, só por conta do sensacionalismo. Olha só, este modelito *Patou* vai ficar divino em você. Preste atenção neste babado completamente inútil e absurdo... Ele torna a coisa toda adorável. Juvenil sem ser cansativo. Sim, a morte de Sir Bartholomew foi uma dádiva dos deuses para mim. Existe a possibilidade remota de eu mesma ter cometido o crime. Encarnei o papel de suspeita com louvor. Gordas enormes vêm aqui e ficam me avaliando com olhar esbugalhado. Penetrante demais. E então, sabe...

Mas ela foi interrompida pela chegada de uma norte-americana magnífica, obviamente uma freguesa preferencial.

Enquanto a americana listava os itens de que precisava – lista que soou abrangente e extravagante –, Egg deu um jeito de sair discretamente, explicando à encarregada que tomou o lugar da sra. Dacres que daria uma pensadinha antes de tomar a resolução final.

Quando pôs o pé na calçada da Bruton Street, Egg olhou o relógio de relance. Vinte minutos para a uma. Dali a pouco ela poderia colocar em prática a segunda etapa do plano.

Caminhou até a Berkeley Square, deu meia-volta e voltou sem pressa. Uma em ponto estava de nariz grudado numa vitrine de *objets d'art* chineses.

A srta. Doris Sims enveredou a passos rápidos na Bruton Street e dobrou na direção da Berkeley Square. Antes de chegar lá escutou uma voz pertinho dela.

– Por favor – disse Egg –, pode me dar um minuto de sua atenção?

A moça se virou, surpresa.

– Você é uma das modelos da Ambrosine, não é? Você me chamou a atenção quando desfilou para mim hoje de manhã. Espero que não considere ofensivo o que vou dizer. Nunca vi mulher de silhueta mais perfeita do que a sua.

Doris Sims não se ofendeu. Só demonstrou certo embaraço.

– É muita bondade sua, tenho certeza, madame – respondeu.

– Parece uma pessoa acessível, também – continuou Egg. – É por isso que eu queria pedir um favor. Que tal almoçar comigo no Berkeley ou no Ritz e eu explico de que se trata?

Depois de breve hesitação, Doris Sims concordou. Além de curiosa, apreciava a boa culinária.

Acomodadas à mesa e encomendados os pratos, Egg lançou-se em explicações desenfreadas.

– Espero que isso fique entre nós – começou. – Sabe, estou escrevendo uma reportagem sobre várias profissões femininas. Eu queria que você me contasse tudo sobre o mundo da alta costura.

Um tanto decepcionada, Doris aquiesceu, afável, fazendo declarações triviais sobre o expediente de trabalho, honorários, vantagens e desvantagens de sua função. Egg tomou nota das informações num bloquinho.

– É muita bondade sua – disse ela. – Não tenho muita prática, sabe. Sou meio novata nisso. Mas estou precisando muito de dinheiro, e esse bico jornalístico veio bem a calhar.

Prosseguiu em tom confidencial.

– Foi cara de pau minha entrar na Ambrosine e fingir que eu podia comprar vários vestidos. Sério, só me restam umas poucas libras de meu orçamento para roupas, e esse dinheiro tem que durar até o Natal. Imagino que a sra. Dacres ficaria muito irritada se soubesse.

Doris deu uma risadinha.

– Aposto que sim.

– Como é que eu me saí? – indagou Egg. – Passei a imagem de quem tinha grana?

– Saiu-se maravilhosamente bem, srta. Lytton Gore. A madame acha que a senhorita vai comprar uma porção de coisas.

– Acho que ela vai dar com os burros n'água – disse Egg.

Doris riu de novo. Saboreava o almoço e sentia-se cativada por Egg. "Mesmo sendo uma moça da sociedade", pensou, "ela não tem o nariz empinado. É simples como só ela."

Estabelecido esse vínculo agradável, Egg não teve dificuldade em induzir sua interlocutora a soltar a língua sobre o assunto de sua empregadora.

– Sempre achei – contou Egg – a sra. Dacres uma víbora. Ela é?

– Nenhuma de nós gosta dela, srta. Lytton Gore, isso é certo. Mas ela é inteligente, é claro, e tem tino para os negócios. Bem diferente de outras damas da sociedade que se aventuram no ramo da moda e vão à bancarrota porque as amigas pegam roupas e não pagam. A madame Dacres é esperta e tem olho clínico... Sabe cada detalhe de seu metiê e consegue captar com esperteza o estilo que melhor combina com cada pessoa.

– Imagino que ela ganhe uma boa grana?

Doris mirou-a com um estranho olhar de astúcia.

– Não gosto de dar com a língua nos dentes, nem de fazer fofoca.

– Lógico que não – incentivou Egg. – Continue.

– Mas já que me perguntou... A empresa não está muito longe da rua da amargura. Um cavalheiro judeu veio fazer uma visitinha à madame, e percebi uma ou duas coisinhas... Para mim, ela está se atolando em dívidas para continuar no negócio, na esperança de que a situação do mercado melhore. Volta e meia, percebemos seu olhar perdido. Verdade, srta. Lytton Gore, tem dia que ela está com a aparência horrível. Meio angustiada. Não sei o que seria dela sem a maquiagem. Acho que ela não prega o olho à noite.

– Como é o marido dela?

– Um sujeito estranho. Não é flor que se cheire, já que me perguntou. Não que o vejamos muito seguido. Nenhuma das moças concorda, mas eu acho que ela ainda gosta dele. Se bem que andou correndo um boato nojento...

– Boato? – quis saber Egg.

– Sabe, não gosto de ficar repetindo essas coisas. Não é do meu feitio.

– Lógico que não. Vá em frente, você me dizia que...

– É que as meninas comentam bastante. Sobre um rapaz... muito rico e muito miolo mole. Não chega a ser exatamente biruta, se é que me entende... Uma coisa meio intermediária. A madame andou um tempo o assediando com todas as forças. Ele estava quase caindo na rede, tinha o miolo tão mole a ponto de fazer qualquer coisa, mas recebeu uma ordem para fazer um cruzeiro marítimo, assim, de uma hora para outra.

– Ordem? De que tipo... médica?

– Sim. De um médico da Harley Street. Se não me engano, o mesmo médico assassinado em Yorkshire... Envenenado, pelo que dizem.

– Sir Bartholomew Strange?

– Esse mesmo. A madame era uma das convidadas à festa na casa dele, e nós modelos comentamos, só de brincadeira, sabe como é, imagina se a madame o eliminou... Por vingança, sabe! Claro que a ideia era *engraçada*...

– Naturalmente – disse Egg. – Brincadeira típica de um grupo de moças. Entendo como é. Sabe, a sra. Dacres se encaixa bem no perfil que eu faço de uma assassina... Tão fria e calculista.

– Frieza é com ela mesma... E que gênio mais difícil! Quando ela está com a macaca ninguém se arrisca a chegar perto dela. O pessoal comenta que o marido tem medo dela... Não é de se admirar.

– Alguma vez já a ouviu tocar no nome de alguém chamado Babbington ou de um lugar chamado Gilling... em Kent?

– Puxa vida, eu estaria mentindo se dissesse que sim.

Doris mirou o relógio e deixou escapar uma exclamação.

– Ai, meu Deus! Tenho que correr. Vou chegar atrasada. Adeus, e muito obrigada por ter vindo.

– O prazer foi meu. Adeus, srta. Lytton Gore, e espero que o artigo faça um grande sucesso. Vou procurar por ele nos jornais.

"Vai procurar em vão, querida", pensou Egg enquanto pedia a conta.

Em seguida, traçando uma linha abaixo dos supostos apontamentos para o artigo, ela escreveu no bloquinho:

> *Cynthia Dacres. Ao que consta em dificuldades financeiras. Descrita como dona de um "gênio difícil". Rapaz rico com quem ela supostamente estava tendo um caso recebeu ordem médica de Sir Bartholomew Strange para embarcar num cruzeiro marítimo. Não mostrou reação alguma à menção de Gilling ou à afirmação de que Babbington a conhecia.*

"Não parece muita coisa", murmurou Egg. "Um possível motivo para o assassinato de Sir Bartholomew, mas muito fraco. Talvez monsieur Poirot seja capaz de tirar leite dessa pedra. Eu não sou."

Capítulo 7

Capitão Dacres

Egg ainda não havia encerrado a programação para aquele dia. O próximo passo seria visitar St. John's House, o condomínio onde os Dacres moravam. St. John's House era um moderno conjunto residencial de apartamentos extremamente caros. Havia desde suntuosas floreiras até porteiros de uniformes tão pomposos que mais pareciam generais estrangeiros.

Egg não entrou no prédio. Ficou andando para lá e para cá no outro lado da rua. Depois de uma hora, calculou que devia ter caminhado vários quilômetros. Eram cinco e meia da tarde.

De repente, um táxi estacionou à frente do condomínio e o capitão Dacres desceu dele. Egg esperou três minutos, atravessou a rua e entrou no prédio.

Egg apertou a campainha da porta do apartamento nº 3. O próprio Dacres abriu a porta. Acabava de tirar o sobretudo.

– Olá! – saudou Egg. – Como vai o senhor? Não lembra de mim? Fomos apresentados na Cornualha e depois nos encontramos de novo em Yorkshire.

– Claro... claro. E nas duas vezes teve gente morta, não foi? Entre, srta. Lytton Gore.

– Eu queria falar com sua esposa. Ela está em casa?

– Ela está em Bruton Street... no ateliê.

– Sei. Estive lá hoje. Pensei que talvez ela já estivesse em casa e que ela não se importaria, talvez, se eu viesse aqui... Só que, é claro, acho que estou causando incômodo...

Egg fez uma pausa suplicante.

Freddie Dacres falou com seus botões:

"Bela potranca. Bela não: belíssima."

Em voz alta, disse:

– Cynthia só chega bem depois das seis. Eu acabo de vir do hipódromo de Newbury. Acabei voltando cedo. Quer ir comigo tomar um coquetel no Clube Setenta e Dois?

Egg aceitou, embora tivesse a forte suspeita de que Dacres já havia tomado álcool suficiente para o dia.

Sentada na penumbra subterrânea do Clube Setenta e Dois, bebendo a pequenos goles um martíni, Egg comentou:

– Isso é muito divertido. Eu nunca tinha vindo aqui antes.

Freddie Dacres abriu um sorriso indulgente. Apreciava moças bonitas. Talvez nem tanto quanto apreciava outras coisas – mas apreciava um bocado.

– Que situação desagradável, não acha? – comentou. – Quero dizer, lá em Yorkshire. É meio irônico o fato de um médico morrer envenenado... Entende o que eu quero dizer? É o contrário do costumeiro. Em geral, é o médico quem envenena as outras pessoas.

Riu estrondosamente do próprio comentário e pediu outro *pink gim*.

– Bem observado – elogiou Egg. – Eu nunca pensei nesse detalhe antes.

– É só uma piada, é claro – explicou Freddie Dacres.

– Esquisito, não é? – ponderou Egg. – Quando nos encontramos sempre alguém morre.

– Põe esquisito nisso – admitiu o capitão Dacres. – Refere-se ao pastor velhote na casa de como é mesmo o nome dele? Na casa do ator?

– Sim. Muito bizarro o jeito como ele morreu tão de repente.

– Pra lá de perturbador – continuou Dacres. – Dá um arrepio na gente ver esse pessoal todo estrebuchando em nossa volta. Sabe, a gente pensa "o próximo sou eu" e sente um calafrio.

– O senhor já conhecia o sr. Babbington antes, não é? Quando ele morava em Gilling.

– Não conheço esse lugar. Não, nunca vi mais gordo, até aquele dia. Coisa engraçada ele bater as botas do mesmo jeito que o velho Strange. Meio curioso. Será que ele também foi assassinado?

– Bem, o que o senhor acha?

Dacres meneou a cabeça.

– Acho que não – disse convicto. – Ninguém mata pastores. Com médicos a coisa é diferente.

– Sim – concordou Egg. – Imagino que com médicos seja diferente.

– Claro que é. Salta aos olhos. Médicos são demônios intrometidos. – Pronunciou as palavras meio inarticuladamente e se debruçou à frente. – Não largam do nosso pé. Entende?

– Não – disse Egg.

– Vivem se metendo na vida dos pacientes. Muito alcance para pouca pontaria. Não deviam permitir.

– Não entendo o que o senhor quer dizer.

– Eu *explico*, minha querida... Tiram o cara de circulação... Isso que eu quero dizer... E o trancafiam no inferno! Deus, como são cruéis. Trancafiam o sujeito e impedem o acesso à substância... E por mais que a gente implore e suplique, eles negam. Não dão a mínima para a tortura que a pessoa sofre. Esses são os médicos que temos. Explico... e *sei* do que estou falando.

O rosto dele se contraiu num espasmo de dor. Suas minúsculas pupilas a fitaram.

– É o inferno, eu lhe garanto... O inferno. E chamam isso de cura! Fingem que fazem um ato decente. Porcos!

– Sir Bartholomew Strange...? – iniciou Egg, cautelosa.

Ele tirou as palavras de sua boca.

– Sir Bartholomew Strange? Sir Bartholomew Falcatrua! Eu bem que gostaria de saber o que é que acontece naquela preciosa clínica dele. Casos neurológicos. É isso que eles dizem. O cara entra e não consegue sair. Dizem que você foi lá por livre e espontânea vontade. Livre e espontânea vontade! Só porque põem as garras no coitado quando ele está em *delirium tremens*.

Estremecia todo agora. Sua boca murchou de repente.

– Sou um farrapo humano – disse em tom de desculpa. – Um farrapo humano. – Chamou o garçom, insistiu que Egg aceitasse outro drinque e, mediante sua recusa, pediu outro para si.

– Agora estou melhor – disse ele enquanto entornava o copo. – Agora recuperei o controle. Coisa horrível perder o controle. Não quero deixar Cynthia brava. Ela me disse para não contar. – Balançou a cabeça em tom afirmativo por uma ou duas vezes. – Não ia dar boa coisa contar tudo isso à polícia – disse ele. – Poderiam pensar que eu acabei com a raça do velho Strange, né? Não percebe que alguém deve ter cometido o crime? Um de nós deve ser o assassino. Pensamento engraçado. Qual de nós? Eis a questão.

– Talvez *o senhor* saiba quem – desafiou Egg.

– Por que disse isso? Por que é que eu saberia?

Olhou para ela furioso e desconfiado.

– Não sei de nada, acredite. Eu é que não ia tentar aquela maldita cura dele. Não importa o que Cynthia dissesse... eu não ia aceitar. Ele tramava alguma coisa... os dois tramavam algo. Mas não nasci ontem.

Ele se empertigou.

– Sou um homem forte, srta. Lytton Gore – garantiu, enrolando a língua para falar.

– Tenho certeza que sim – disse Egg. – Diga-me, sabe algo sobre uma tal sra. De Rushbridger que está internada na clínica?

– Rushbridger? Rushbridger? O velho Strange mencionou algo sobre ela. Deixe-me ver, o que era mesmo? Não consigo me lembrar de nada.

Suspirou e balançou a cabeça.

– A memória está indo para o brejo, sabe. E eu tenho inimigos... Um monte de inimigos. Eles podem estar me espionando agora.

Relanceou o olhar em volta de modo inquieto. Então inclinou-se sobre a mesa para falar com Egg.

– O que é que aquela mulher fazia no meu quarto aquele dia?

– Que mulher?

– Aquela com cara de coelho. Escreve peças teatrais. Foi na manhã seguinte... Depois que o doutor morreu. Subi para o quarto após o café da manhã. Ela saiu de meu quarto, embrenhou-se no corredor e entrou naquela porta de baeta verde que separa a ala dos hóspedes dos aposentos dos empregados. Estranho, não? Por que ela entrou no meu quarto? O que ela achava que encontraria lá? Por que diabos ela estava bisbilhotando, afinal? O que ela tem a ver com isso? – Debruçou-se em tom sigiloso. – Ou acha que é verdade o que Cynthia diz?

– O que a sra. Dacres diz?

– Que eu imaginei. Que eu estava vendo coisas. – Deu uma risada indecisa. – De vez em quando eu vejo coisas. Camundongos cor-de-rosa... Cobras... Esse tipo de coisa. Mas ver uma mulher é diferente. Eu a vi *mesmo*. Mulher estranha aquela. Olhar sinistro que ela tem. Atravessa o cara.

Jogou as costas para trás no sofá macio. Parecia ter caído no sono.

Egg se ergueu.

– Tenho que ir andando. Muito obrigada, capitão Dacres.

– Não me agradeça. Foi um prazer. Um prazer inenarrável...

A voz dele foi baixando até sumir.

"É melhor eu me mandar antes que ele desmaie", pensou Egg.

Emergiu da atmosfera fumacenta do Clube Setenta e Dois para o ar fresco da noite.

Beatrice, a camareira, disse que a srta. Wills bisbilhotou. Agora surgia essa história de Freddie Dacres. O *que* a srta. Wills andou investigando? O que ela descobriu? Seria possível que a srta. Wills *soubesse* de algo?

Havia algo de válido nesse relato confuso sobre Sir Bartholomew Strange? Será que Freddie Dacres em segredo cultivara medo e ódio por ele?

Parecia possível.

Mas em tudo isso não havia nem sinal de culpa no caso Babbington.

– Como seria esquisito – disse Egg para si mesma – se no fim das contas ele não tivesse sido assassinado.

De repente, sustou a respiração ao vislumbrar a manchete de um cartaz de jornal a poucos metros:

CASO DA EXUMAÇÃO NA CORNUALHA – RESULTADO

Com toda a pressa do mundo, ela estendeu um centavo e pegou um jornal. Ao fazer isso, trombou com outra mulher que fazia a mesma coisa. Enquanto se desculpava, Egg reconheceu a secretária de Sir Charles, a eficaz srta. Milray.

Lado a lado, as duas folhearam o jornal em busca da notícia da edição extra. Sim, lá estava ela.

RESULTADO DA EXUMAÇÃO DA CORNUALHA

As palavras dançaram ante os olhos de Egg. Análise dos órgãos... Nicotina...

– Então ele *foi* assassinado – disse Egg.

– Ai, meu Deus – exclamou a srta. Milray. – Isso é horrível... horrível...

A emoção contorcia o enrugado semblante dela. Egg a mirou surpresa. Sempre considerou a srta. Milray como algo menos que humano.

– Isso me perturba – explicou a srta. Milray. – Sabe, convivo com ele desde que me conheço por gente.

– Com o sr. Babbington?

– Sim. Minha mãe mora em Gilling, e ele era o vigário de lá. É natural que eu fique perturbada.

– Ah, é claro.

– Na verdade – confessou a srta. Milray –, nem sei direito o que fazer.

Corou um pouco ao se deparar com o olhar de espanto de Egg.

– Eu queria escrever à sra. Babbington – apressou-se em dizer ela. – Só que não parece muito... bem, muito... Não sei bem como proceder.

Egg não sabia explicar por que, mas a explicação não a convenceu.

Capítulo 8

Angela Sutcliffe

– Ora, ora, veio como amigo ou investigador? Tenho que saber.

Sentada numa cadeira de espaldar reto, o cabelo grisalho arrumado de modo elegante e as pernas cruzadas, a srta. Sutcliffe relanceou um par de olhos debochados ao interlocutor. O sr. Satterthwaite admirou a perfeição dos esguios tornozelos e dos pés calçados com requinte. A srta. Sutcliffe fascinava as pessoas; em especial, porque raramente levava algo a sério.

– Não é uma pergunta impertinente? – provocou o sr. Satterthwaite.

– Meu querido, é mais do que pertinente. Veio aqui por conta de meus belos olhos, como dizem os franceses de modo tão galanteador, ou veio aqui, seu malcriado, só para me sondar sobre assassinatos?

– Como pode duvidar de que a primeira alternativa é a certa? – indagou o sr. Satterthwaite com uma tênue mesura.

– Não só posso como devo – respondeu a atriz com ímpeto. – O senhor é uma daquelas pessoas que à primeira vista é mansinha, mas na verdade chafurda em sangue.

– Não, não.

– Sim, sim. A única coisa que ainda não me resolvi é se ser considerada assassina em potencial é insulto ou elogio. No fim das contas, acho que é elogio.

Empinou de leve a cabeça numa inclinação petulante e abriu aquele sorriso lento e feiticeiro que nunca falha.

O sr. Satterthwaite pensou com seus botões: "Que criatura adorável".

Em voz alta disse:

– Tenho que admitir, minha cara, que a morte de Sir Bartholomew Strange desperta bastante o meu interesse. Como talvez a senhorita já saiba, antes disso eu já estive às voltas com assuntos policiais...

Fez uma pausa em tom modesto, talvez desejando que a srta. Sutcliffe demonstrasse conhecimento sobre suas atividades. Mas ela se limitou a perguntar:

– Me diga uma coisa... Tem algo de verdade naquilo que a mocinha disse?

– Que mocinha, e o que foi que ela disse?

– A mocinha Lytton Gore. Aquela que se derrete por Charles. Esse Charles é impossível... ele vai conseguir conquistá-la! Ela acha que aquele bondoso velhote da Cornualha também foi assassinado.

– O que a senhorita acha?

– Bem, sem dúvida aconteceu bem igualzinho... Ela é uma moça inteligente, sabe. Mas me conte... Charles gosta dela mesmo?

– Imagino que sua opinião sobre o assunto seja mais válida que a minha – ponderou o sr. Satterthwaite.

– O senhor chega a ser cansativo de tão discreto! – exclamou a srta. Sutcliffe. – Enquanto eu – ela suspirou – sou horrível de tão indiscreta...

Ela o mirou e piscou.

– Conheço Charles como a palma da mão. Conheço os homens como a palma da mão. Ele parece dar sinais cabais de quem quer se acomodar. Ultimamente adquiriu uma postura virtuosa. Num piscar de olhos vai estar com família e recolhendo esmolas aos domingos na igreja... Essa é a minha opinião. Como os homens ficam sem graça quando decidem se acomodar! Perdem todo o charme.

– Às vezes me pergunto por que Sir Charles nunca se casou – comentou o sr. Satterthwaite.

– Querido, ele nunca mostrou nem sinal de querer casar. Não era o que se costuma chamar de "casadouro". Mas sempre muito atraente... – Soltou um suspiro. Um tênue brilho divertido aflorou no olhar dela enquanto mirava o sr. Satterthwaite. – Ele e eu já fomos... Ora, por que negar o que todo mundo sabe? Foi delicioso enquanto durou... E continuamos ótimos amigos. Imagino que seja por isso que a menina Lytton Gore me olha daquele jeito feroz. Ela suspeita que eu ainda tenha uma *tendresse* por Charles. Será? Talvez sim. Mas pelo menos ainda não escrevi minhas memórias divulgando detalhes de todos os meus casos, como a maioria de minhas amigas parece ter feito. Se eu fizesse isso, a moça não ia gostar. Ficaria escandalizada. Moças modernas se escandalizam com facilidade. A mãe dela não ficaria nem um pouco escandalizada. Não há como escandalizar de verdade uma dócil vitoriana. Falam tão pouco, mas sempre pensam o pior...

O sr. Satterthwaite se contentou em dizer:

– Acho que está certa em suspeitar que Egg Lytton Gore desconfia da senhorita.

A srta. Sutcliffe franziu a testa.

– Não tenho bem certeza se não sinto um pouco de ciúmes dela... Nós mulheres somos gatas malévolas, não somos? Miamos, ronronamos e arranhamos...

Deu uma risada.

– Por que Charles não veio me interrogar sobre o caso? Muito cheio de dedos, imagino. Deve pensar que sou culpada... Sou culpada, sr. Satterthwaite? O que pensa agora?

Levantou-se da cadeira e estendeu a mão.

– "Nem todos os perfumes da Arábia vão purificar essa mão delicada..."

Ela interrompeu a encenação.

– Não, eu não sou Lady Macbeth. Meu negócio é comédia.

– Também parece existir certa falta de motivo – ponderou o sr. Satterthwaite.

– Verdade. Eu gostava de Bartholomew Strange. Éramos amigos. Eu não tinha motivo para eliminá-lo. Pela amizade que eu tinha com ele, quero participar ativamente na caça ao assassino. Diga-me em que posso ajudá-lo.

– Imagino, srta. Sutcliffe, que não tenha ouvido nem visto nada que possa ter relação com o crime?

– Nada que eu já não tenha contado à polícia. O grupo de convidados recém tinha chegado, sabe. A morte dele aconteceu logo na primeira noite.

– O mordomo?

– Eu mal prestei atenção nele.

– Algum comportamento estranho por parte dos convidados?

– Não. Claro que aquele rapaz... Como é mesmo o nome dele? Manders. Ele apareceu de modo meio inesperado.

– Sir Bartholomew pareceu surpreso?

– Sim, acho que sim. Ele me disse pouco antes do jantar que aquilo era um incidente bizarro. "Novo método de bater em portões", descreveu. "Só que", ele completou, "foi no meu muro que ele bateu, não em meu portão."

– Sir Bartholomew estava de bom humor?

– De ótimo humor!

– E o que me diz da tal passagem secreta que a senhorita mencionou à polícia?

– Acho que partia da biblioteca. Sir Bartholomew prometeu me mostrar... Mas, é claro, o coitado morreu antes.

– Como esse assunto veio à tona?

– Comentávamos sobre a recente compra dele... Uma escrivaninha de nogueira. Perguntei se o móvel tinha uma gaveta secreta. Contei que eu adorava gavetas secretas. É uma das minhas paixões ocultas. Ele disse: "Não, que eu saiba não temos gavetas secretas. Mas temos uma passagem secreta".

– Ele não mencionou uma paciente dele... uma tal de sra. De Rushbridger?

– Não.

– Conhece um lugarejo chamado Gilling, em Kent?

– Gilling? Gilling, não, não conheço. Por quê?

– Bem, a senhorita já conhecia o sr. Babbington, não conhecia?

– Quem é o sr. Babbington?

– O homem que morreu, ou foi morto, em Crow's Nest.

– Ah, o pastor. Tinha me esquecido do nome dele. Não, eu nunca tinha visto ele antes. Quem lhe contou que eu o conhecia?

– Uma fonte segura – afirmou o sr. Satterthwaite com ousadia.

A srta. Sutcliffe achou aquilo muito divertido.

– Meu velho querido, eles acham que eu tive um caso com ele? Diáconos às vezes são levados, não são? Por que é que vigários não podem ser? O hábito não faz o monge. Mas tenho que limpar a memória do coitado. Eu nunca o vi antes.

E o sr. Satterthwaite teve que se contentar com essa declaração.

Capítulo 9
Muriel Wills

Five Upper Cathcart Road, em Tooting, parecia um lar incongruente para uma dramaturga satírica. A sala na qual Sir Charles foi introduzido ostentava paredes cor de aveia, um friso em madeira de laburno junto ao teto, cortinas de veludo cor-de-rosa, inúmeras fotografias e diversos cachorrinhos de porcelana. O telefone escondia-se, tímido, atrás de uma moça de saia pregueada, e num conjunto de mesinhas reluziam artigos de latão de aparência suspeita – estilo Extremo Oriente, mas fabricados em Birmingham.

A srta. Wills entrou na sala de modo tão silencioso que Sir Charles, que naquele instante examinava um pierrô ridiculamente comprido e deitado no sofá, nem a escutou. Virou-se ao escutar a frágil voz dela dizendo:

– Como vai, Sir Charles! É mesmo um grande prazer.

A srta. Wills usava um macaquinho em tecido molenga (que pendia desconsolado em suas formas angulares), meias-calças levemente franzidas e sandálias de verniz de salto alto.

Trocaram um aperto de mãos. Sir Charles aceitou um cigarro e sentou-se no sofá perto do pierrô. A srta. Wills sentou-se à frente dele. Raios de luz batiam no pincenê dela e refletiam-se em suaves brilhos.

– E imaginar que o senhor me procuraria por aqui – comentou a srta. Wills. – Mamãe vai ficar tão, mas tão empolgada! Ela simplesmente adora o teatro... Em especial peças românticas. Como aquela em que o senhor era um príncipe numa universidade... Ela vive falando dela. Ela vai às matinês, sabe, e come chocolate... É uma teatrófila inveterada. Simplesmente adora.

– Que encantador – disse Sir Charles. – Não sabe o quanto é fascinante ser lembrado. A memória do público é tão curta! – E soltou um suspiro.

– Ela vai ficar emocionada ao conhecê-lo – garantiu a srta. Wills. – A srta. Sutcliffe veio aqui dia desses, e mamãe ficou emocionada ao conhecê-la.

– Angela esteve aqui?

– Sim. Ela vai estrelar minha nova peça, *Cãozinho risonho.*

– Claro – disse Sir Charles. – Já li nos jornais. Título bem intrigante.

– Me alegra saber que pensa assim. A srta. Sutcliffe também gosta. É uma espécie de visão moderna da rima infantil... Frivolidade e *nonsense*... Ei, sapeca, sapeca... O escândalo da colher e do prato.* Claro, tudo gira em torno da personagem encenada pela srta. Sutcliffe... Todos dançam enquanto ela toca a rabeca... A ideia é essa.

Sir Charles disse:

– Nada mal. O mundo atual parece mesmo uma rima maluca. E o cãozinho riu ao ver tanto espalhafato, hein? – Logo ele pensou: "Claro que esta mulher é o cãozinho. Ela só observa e cai na gargalhada".

A luz da janela parou de bater no pincenê da srta. Wills, e ele vislumbrou olhos azul-celeste e perspicazes fitando-o através das lentes.

"Esta mulher", pensou Sir Charles, "tem um senso de humor diabólico."

E em voz alta:

---

* Conhecida rima infantil britânica: "Ei, sapeca, sapeca/ O gato e a rabeca/ A vaca pulou sobre a lua/ O cãozinho riu de tanto espalhafato/ E a colher fugiu com o prato." (N.T.)

– Será que a senhorita é capaz de adivinhar que tarefa me trouxe aqui?

– Bem – respondeu ladinamente travessa a srta. Wills –, não creio que tenha sido só para me fazer uma visitinha.

Sir Charles registrou por um instante a diferença entre a palavra falada e a escrita. No papel, a srta. Wills era espirituosa e cínica; na fala, brincalhona.

– Foi culpa de Satterthwaite. Foi ele quem enfiou a ideia na minha cabeça – explicou Sir Charles. – Ele se considera um bom avaliador do caráter das pessoas.

– Ele é muito inteligente em se tratando de pessoas – disse a srta. Wills. – Faz disso um hobby, eu arrisco dizer.

– E ele está convicto de que, se houve algo que valia a pena ser notado em Melfort Abbey naquela noite, a senhorita deve ter notado.

– Foi isso que ele disse mesmo?

– Foi.

– Despertou meu interesse, eu admito – começou a srta. Wills devagar. – Sabe, eu nunca tinha me deparado com um assassinato antes. Escritores precisam se inspirar em fatos reais, não é?

– Essa é uma premissa bem conhecida.

– Então, é natural – disse a srta. Wills – que eu prestasse atenção em tudo.

Aquilo obviamente era a definição da srta. Wills para o que Beatrice tinha chamado de "bisbilhotar".

– Tudo... sobre os convidados?

– Sobre os convidados.

– E o que mais exatamente a senhorita notou?

O pincenê mudou de posição.

– Na verdade não descobri nada. Se tivesse descoberto, eu teria contado à polícia, é claro – acrescentou ela, virtuosa.

– Mas observou certas coisas.

– Eu sempre observo certas coisas. Não consigo evitar. É tão engraçado, mas sou assim. – Deu uma risadinha.

– E a senhorita observou o quê?

– Ah, nada... quer dizer... nada que o senhor ache relevante, Sir Charles. Só detalhes sobre a personalidade dos convidados. Acho as pessoas tão interessantes. Tão típicas, se é que me entende.

– Típico do quê?

– De si próprias. Ah, não sei explicar direito. Sou sempre tão boba quando tento me explicar.

Riu de novo.

– Sua pena é mais fatal que sua língua – disse Sir Charles sorrindo.

– Não é muito simpático de sua parte dizer mais fatal, Sir Charles.

– Querida srta. Wills, reconheça que com uma caneta na mão a senhorita é totalmente implacável.

– Que horror, Sir Charles. O *senhor* que está sendo implacável *comigo*.

"Tenho que me desvencilhar desse novelo de gracinhas", disse Sir Charles para si. E em voz alta:

– Então não descobriu nada concreto, srta. Wills?

– Na verdade descobri. Pelo menos uma coisa. Algo que eu notei e devia ter contado à polícia, mas esqueci.

– O que foi?

– O mordomo tinha uma marca no pulso, tipo um moranguinho. Notei quando ele me serviu as verduras. Creio que essa informação possa ser útil.

– Utilíssima, eu diria. A polícia está trabalhando com afinco para rastrear o paradeiro do tal Ellis. Puxa, srta. Wills, que mulher extraordinária a senhorita é! Nenhum empregado nem convidado mencionou essa marca.

– A maioria das pessoas não usa muito bem a visão, não é mesmo? – disse a srta. Wills.

– Onde ficava a marca mais exatamente? E de quc tamanho ela era?

– Se me estender o pulso... – Sir Charles esticou o braço. – Obrigada. Ficava aqui. – A srta. Wills tocou um dedo certeiro no local. – Do tamanho aproximado de uma moeda de meio xelim e do formato do mapa da Austrália.

– Obrigado, ficou bem claro – disse Sir Charles, recolhendo a mão e ajeitando o punho da camisa.

– Acha que devo escrever à polícia contando?

– Com certeza. Pode ser de grande valia para descobrir o paradeiro do sujeito. Nos romances policiais – continuou Sir Charles –, o bandido sempre tem uma marca que o identifique. Eu já estava achando um pouco cruel que a vida real fosse assim tão insossa.

– Nas histórias de detetive, em geral são cicatrizes – ponderou a srta. Wills meditativa.

– Marcas de nascença não perdem para cicatrizes – opinou Sir Charles.

Ele mostrava uma satisfação juvenil.

– O problema é – continuou ele – que a maioria das pessoas não tem nenhuma característica que as defina. Não há nada nelas que chame atenção.

A srta. Wills relanceou um olhar indagador.

– O velho Babbington, por exemplo – prosseguiu Sir Charles. – Tinha uma personalidade curiosamente vaga. Dificílimo apreender algo dela.

– Tinha mãos bem características – ponderou a srta. Wills. – O que eu chamo de mãos eruditas. Meio deformadas pela artrite, mas com dedos delicados e unhas bonitas.

– Excelente observadora. Ah, claro, a senhorita já o conhecia.

– Conhecia o sr. Babbington?

– Sim, eu lembro que ele comentou comigo algo sobre isso... Onde foi mesmo que vocês se conheceram?

A srta. Wills meneou a cabeça com veemência.

– Eu não. Deve estar me confundindo com outra pessoa... Ou ele confundiu. Eu nunca o tinha visto antes.

– Deve ser um engano. Pensei que... em Gilling...

Ele a mirou com atenção. A srta. Wills parecia muito serena.

– Não – repetiu ela.

– Já pensou, srta. Wills, que ele também pode ter sido assassinado?

– Acho que o senhor e a srta. Lytton Gore pensam nisso... Ou melhor, *o senhor* pensa nisso.

– Ah... e... hã... *a senhorita*, o que pensa?

– Não me parece provável – opinou a srta. Wills.

Um tanto atônito pela evidente falta de interesse da srta. Wills pelo assunto, Sir Charles adotou uma nova linha de abordagem.

– Por acaso Sir Bartholomew não mencionou uma sra. De Rushbridger?

– Não, acho que não.

– Uma paciente da clínica. Colapso nervoso e amnésia.

– Ele mencionou um caso de amnésia – lembrou-se a srta. Wills. – Falou que era possível hipnotizar a pessoa e trazer a memória de volta.

– Falou isso mesmo? Fico me perguntando... Será que isso pode ser significativo?

Sir Charles franziu o cenho e permaneceu absorto em pensamentos. A srta. Wills nada disse.

– Não tem mais nada para me contar? Nada sobre algum dos convidados?

Ficou com a impressão de a srta. Wills ter hesitado – uma pausa quase imperceptível – antes de responder.

– Não.

– E quanto à sra. Dacres? Ou o capitão Dacres? Ou a srta. Sutcliffe? Ou o sr. Manders?

Ele a fitou com atenção enquanto pronunciava esses nomes.

Num deles ele imaginou ter visto o pincenê vibrar, mas não havia como ter certeza.

– Receio que eu não tenha mais nada de útil para contar, Sir Charles.

– Pena! – Ele se ergueu. – Satterthwaite vai ficar decepcionado.

– Sinto muito – disse a srta. Wills com afetação formal.

– Eu sinto também, por ter vindo até aqui incomodá-la. Imagino que estivesse ocupada escrevendo.

– Na verdade eu estava mesmo.

– Nova peça?

– Sim. Para ser sincera, estou pensando em aproveitar personagens da festa em Melfort Abbey.

– Não tem medo de ser processada?

– Tem toda a razão, Sir Charles. Mas na minha experiência as pessoas nunca se reconhecem. – Deu um risinho. – Desde que, como o senhor acabou de dizer, o escritor seja realmente implacável.

– Quer dizer – falou Sir Charles – que todos nós temos uma ideia exagerada de nossas próprias personalidades e não reconhecemos a verdade quando ela é retratada de modo suficientemente brutal? Eu tinha razão absoluta, srta. Wills. A senhorita *é* cruel.

A srta. Wills riu de mansinho.

– Não precisa ter medo, Sir Charles. Em geral, as mulheres não são cruéis com os homens, a não ser com certos homens, elas só são cruéis com outras mulheres.

– Em outras palavras, andou dissecando com sua faca analítica alguma fêmea azarada. Qual delas? Bem, talvez eu possa adivinhar. Cynthia não é benquista por outras mulheres.

A srta. Wills permaneceu calada. Só abriu um sorriso – um sorriso matreiro.

– Escreve ou dita seu material?

– Ah, eu escrevo à mão e mando para ser datilografado.

– Devia ter uma secretária.

– Talvez. Como aquela eficiente srta... srta. Milray, não é? Ela ainda trabalha para o senhor?

– Sim, ainda. Tirou uma licença para cuidar da mãe no interior, mas agora já voltou. A competência em pessoa.

– Imagino. Talvez um tanto impulsiva.

– Impulsiva? A srta. Milray?

Sir Charles a fitou perplexo. Nunca nem em seus mais selvagens devaneios ele teria associado impulsividade com a srta. Milray.

– Só em certas ocasiões, talvez – explicou a srta. Wills.

Sir Charles meneou a cabeça.

– A srta. Milray é o robô ideal. Adeus, srta. Wills. Desculpe o incômodo. E não se esqueça de avisar a polícia sobre aquela coisinha.

– A marca no pulso direito do mordomo? Não, eu não vou esquecer.

– Bem, adeus... Espere um pouquinho. Falou pulso direito? Antes tinha dito esquerdo.

– É? Que besteira a minha.

– Bem, qual dos dois?

A srta. Wills franziu a testa, os olhos semicerrados.

– Deixe-me ver. Eu estava sentada assim... e ele... não se importa, Sir Charles, de me passar aquela travessa como se fosse um prato de verduras? Pelo meu lado esquerdo.

Obediente, Sir Charles ofereceu a atrocidade de latão laminado.

– Repolho, madame?

– Obrigada – disse a srta. Wills. – Agora tenho certeza absoluta. Pulso esquerdo, como disse antes. Besteira minha.

– Que é isso – amenizou Sir Charles. – É fácil confundir esquerda e direita.

Despediu-se pela terceira vez.

Enquanto fechava a porta, ele olhou para trás. A srta. Wills não olhava para ele. Permanecia em pé onde ele a deixara. Mirava o fogo com um sorriso de satisfação maligna.

Surpreso, Sir Charles murmurou consigo:

"Aquela mulher sabe de algo. Sou capaz de jurar que ela sabe de algo. E não vai contar... Mas o que diabo ela sabe?"

Capítulo 10

Oliver Manders

No escritório da empresa Speier & Ross, o sr. Satterthwaite pediu para falar com Oliver Manders e entregou o seu cartão.

Sem demora foi introduzido numa saleta onde Oliver estava sentado atrás de uma escrivaninha.

O rapaz se levantou e apertou a mão do visitante.

– Bondade a sua aparecer, senhor – disse ele.

A entonação com que falou insinuava:

– Sou obrigado a parecer simpático, mas no fundo acho sua visita uma chatice.

O sr. Satterthwaite, porém, não se amofinava com facilidade. Sentou-se, pensativo, assoou o nariz e, espiando por cima do lenço, disse:

– Leu as notícias de hoje de manhã?

– Quer dizer a nova situação financeira? Bem, o dólar...

– Não o dólar – disse o sr. Satterthwaite. – Morte. O resultado da exumação de Loomouth. Babbington foi envenenado... Nicotina.

– Ah, isso... Sim, eu vi. Nossa elétrica Egg vai ficar satisfeita. Ela sempre insistiu que era assassinato.

– Mas o assunto não lhe interessa?

– Meu gosto não é tão tosco. Afinal de contas, assassinato – ele deu de ombros. – Tão violento e sem arte.

– Nem sempre é sem arte – objetou o sr. Satterthwaite.

– Não? Bem, talvez não.

– Depende, não é mesmo, de quem comete o crime. Você, por exemplo, tenho certeza, se cometesse um crime seria de modo bastante artístico.

– Gentileza sua dizer isso – murmurou Oliver arrastando a voz.

– Mas francamente, meu caro rapaz, eu não fiquei nem um pouco convencido com aquele acidente que você forjou. Nem a polícia, pelo que estou sabendo.

Seguiu-se um instante de silêncio – e então uma caneta caiu ao chão.

Oliver disse:

– Vai me desculpar, mas acho que não entendi direito.

– Aquela sua encenação sem arte em Melfort Abbey. Tenho interesse em saber *por que* você fez aquilo.

Novo silêncio e logo Oliver disse:

– O senhor fala que a polícia... suspeita?

O sr. Satterthwaite confirmou.

– Parece meio suspeito, não acha? – indagou em tom agradável. – Mas talvez você tenha uma explicação lógica.

– Tenho uma explicação – mencionou Oliver devagar. – Se é boa ou não, não sei.

– Vai deixar que eu julgue?

Depois de uma pausa, Oliver disse:

– Fui lá do jeito que fui por sugestão do próprio Sir Bartholomew.

– O quê?! – gritou o sr. Satterthwaite estarrecido.

– Meio esquisito, não é? Mas é verdade. Recebi uma carta dele sugerindo que eu forjasse um acidente e solicitasse hospitalidade. Ele disse que não podia esclarecer seus motivos por escrito, mas que me explicaria assim que tivesse oportunidade.

– E ele explicou?

– Não, ele não explicou... Cheguei lá pouco antes do jantar. Não estive a sós com ele. No fim do jantar ele... ele morreu.

O enfado sumira dos modos de Oliver. Os olhos escuros fitavam o sr. Satterthwaite. Parecia estudar com minúcia as reações provocadas por suas palavras.

– Guardou essa carta?

– Não, eu a rasguei.

– Pena – comentou mordaz o sr. Satterthwaite. – E não contou nada à polícia?

– Não, tudo parecia tão... Bem, tão fantástico.

– É fantástico.

O sr. Satterthwaite meneou a cabeça. Teria Bartholomew Strange escrito a tal carta? Soava muito atípico. A história tinha um toque melodramático que destoava bastante do alegre bom senso do médico.

Levantou o olhar para o rapaz. Oliver continuava a encará-lo. O sr. Satterthwaite pensou: "Ele quer ver se eu engoli a história".

E falou:

– E Sir Bartholomew não deu razão alguma para o pedido?

– Nem sombra.

– História extraordinária.

Oliver nada disse.

– E apesar disso você atendeu à solicitação?

Parte do enfado voltou a sua atitude.

– Sim, me pareceu um prato de sabor refrescante e especial para um paladar um pouco já saturado. Fiquei curioso, devo confessar.

– Não tem mais nada? – quis saber o sr. Satterthwaite.

– O que quer dizer, senhor, com não tem mais nada?

Nem o sr. Satterthwaite sabia o queria dizer. Deixou-se levar por algum instinto obscuro.

– Quero dizer – explicou ele –, não tem mais nada que possa... ser usado contra você?

Seguiu-se uma pausa. Então o rapaz deu de ombros.

– Imagino que seja melhor desabafar logo. Duvido que a mulher não dê com a língua nos dentes.

O sr. Satterthwaite parecia um ponto de interrogação.

– Foi na manhã seguinte ao crime. Eu conversava com aquela mulher Anthony Armstrong ou coisa que o valha. Puxei minha carteira e uma coisa caiu dela. Ela se abaixou para pegar e me devolveu.

– E essa coisa o que era?

– Infelizmente ela olhou de relance a coisa antes de me devolver. Era um recorte de jornal sobre nicotina... Relatava o veneno mortífero que ela era e assim por diante.

– Como veio a se interessar pelo assunto?

– Não me interessei. Imagino que devo ter colocado aquele recorte em minha carteira há algum tempo, mas não me lembro de ter feito isso. Coisa mais estranha, não?

O sr. Satterthwaite pensou: "Está querendo me enrolar".

– Imagino – continuou Oliver Manders – que ela tenha contado à polícia?

O sr. Satterthwaite meneou a cabeça.

– Acho que não. Imagino que ela seja o tipo de mulher que gosta... Bem, que gosta de guardar as coisas para si. Uma colecionadora de informações.

Súbito Oliver Manders debruçou-se à frente.

– Sou inocente, senhor. Cem por cento inocente!

– Não sugeri que você era culpado – disse em tom meigo o sr. Satterthwaite.

– Mas alguém sugeriu... Alguém deve ter sugerido. Alguém colocou a polícia contra mim.

O sr. Satterthwaite meneou a cabeça.

– Não, não.

– Então por que o senhor veio aqui hoje?

– Em parte devido ao resultado de minhas... hã... investigações no local. – O sr. Satterthwaite falou em tom meio empolado. – E em parte devido ao conselho de... um amigo.

– Que amigo?

– Hercule Poirot.

– Aquele homem! – explodiu Oliver. – Ele voltou à Inglaterra?

– Sim.

– Por que ele voltou?

O sr. Satterthwaite se levantou.

– Por que os cães vão à caça? – retorquiu ele.

E, muito satisfeito com sua réplica mordaz, deixou a sala.

Capítulo 11

Poirot oferece uma festa regada a xerez

I

Sentado numa confortável poltrona em sua suíte um tanto floreada no Ritz, Hercule Poirot escutava.

Egg – empoleirada no braço de uma poltrona; Sir Charles – em pé defronte à lareira; o sr. Satterthwaite – um pouco mais afastado, no sofá, observava o grupo.

– É um fracasso do início ao fim – concluiu Egg.

Poirot sacudiu a cabeça devagar.

– Não, não exagere. Continua a lacuna do vínculo com o sr. Babbington... É verdade. Mas vocês coletaram outras informações sugestivas.

– A tal Wills sabe de algo – afirmou Sir Charles. – Sou capaz de jurar que ela sabe de algo.

– E o capitão Dacres, ele também não tem a consciência limpa. E a sra. Dacres precisa desesperadamente de dinheiro, e Sir Bartholomew estragou a oportunidade de ela embolsar algum.

– O que acharam do relato do jovem Manders? – indagou o sr. Satterthwaite.

– Me pareceu algo singular e bastante atípico do falecido Sir Bartholomew Strange.

– Em outras palavras, é mentira? – perguntou Sir Charles inesperadamente.

– Tipo de mentira é o que não falta – observou Hercule Poirot.

Calou-se por alguns instantes e acrescentou:

– Essa tal srta. Wills, ela escreveu uma peça para a srta. Sutcliffe?

– Sim. A estreia é na próxima quarta-feira.

– Ah!

Calou-se de novo. Egg disse:

– Diga-nos: e agora, o que fazemos?

O homenzinho sorriu para ela.

– Só há uma coisa a fazer: pensar.

– Pensar? – gritou Egg com desgosto na voz.

Poirot abriu um sorriso radiante.

– Mas claro. Exatamente isso. *Pensar!* Com o pensamento, todos os problemas podem ser resolvidos.

– Não podemos agir?

– Gosta de ação, não é, mademoiselle? Mas certamente ainda existem coisas a serem feitas. Por exemplo, falta ir a esse lugar, Gilling, onde o sr. Babbington morou por tanto tempo. Vocês podem investigar por lá. Pelo que vocês me disseram, a mãe da srta. Milray mora em Gilling e é inválida. Inválidos sabem de tudo. Escutam tudo e não se esquecem de nada. Peça informações para ela. Pode ser que isso nos leve a algum lugar... quem sabe?

– E o *senhor* não vai fazer nada? – persistiu Egg.

Poirot mirou-a com um olhar sorridente.

– A senhorita insiste que eu também faça alguma coisa? *Eh bien.* Que seja feita a vossa vontade. Só que não vou sair do hotel. Estou confortavelmente instalado aqui. Mas vou lhe contar o que vou fazer: vou oferecer uma festa... Uma festa regada a xerez... Está na moda, não está?

– Uma *sherry party*?

– *Précisément*, e para a festa vou convidar a sra. Dacres, o capitão Dacres, a srta. Sutcliffe, a srta. Wills, o sr. Manders e sua encantadora mãe, mademoiselle.

– E eu?

– É óbvio, e você. O grupo de hoje está incluído.

– Oba! – comemorou Egg. – Não consegue me enganar, monsieur Poirot. Algo vai acontecer nessa festa. Vai, não é mesmo?

– Vamos ver – disse Poirot. – Mas não espere muita coisa, mademoiselle. Agora me deixe com Sir Charles, pois quero pedir o conselho dele em alguns assuntos.

Enquanto Egg e o sr. Satterthwaite aguardavam o elevador, Egg disse extasiada:

– É emocionante... Igualzinho aos romances policiais. Todos os suspeitos vão estar presentes, e então ele vai nos contar *qual* deles é o criminoso.

– Tenho lá minhas dúvidas – disse o sr. Satterthwaite.

II

A *sherry party* aconteceu na segunda-feira à noite. Todos os convidados compareceram. A srta. Sutcliffe, encantadora e indiscreta, correu o olhar ao redor e deu um riso travesso.

– Me sinto na própria sala de visitas da aranha, monsieur Poirot. E todas nós entramos, as pobres mosquinhas.* Aposto que o senhor vai nos contar o resumo mais incrível do caso e então, de repente, vai me apontar e dizer: "Eis a criminosa!". Todo mundo vai concordar: "Foi ela!". E eu vou irromper em lágrimas e confessar, pois sou muito influenciável. Ah, monsieur Poirot, o senhor me assusta.

– *Quelle histoire* – exclamou Poirot. Às voltas com uma garrafa de cristal e taças, serviu uma dose de xerez e entregou a ela com uma reverência. – Esta é uma festinha amigável. Melhor nem começar a falar de assassinatos, derramamento de sangue e veneno. *Là, là!* Essas coisas estragam o paladar.

---

* Alusão à canção infantil "A aranha disse à mosca: 'Esta é minha sala, quer entrar?'", citada por Poirot em *Os Quatro Grandes*.

Entregou uma taça à austera srta. Milray, que viera em companhia de Sir Charles e permanecia em pé com uma expressão medonha no semblante.

– *Voilà* – arrematou Poirot ao terminar hospitaleiramente de servir todos os convidados. – Vamos nos esquecer da primeira ocasião em que nos encontramos. Vamos nos deixar envolver pelo espírito de festa. Comer, beber e ser feliz, pois amanhã a morte nos espera. *Ah, malheur*, mencionei morte outra vez. Madame – fez uma mesura à sra. Dacres –, com sua permissão, gostaria de lhe desejar boa sorte e parabenizá-la. Seu vestido é um encanto!

– À sua saúde, Egg – brindou Sir Charles.

– À nossa! – ecoou Freddie Dacres.

Todos murmuraram algo. Existia uma atmosfera de descontração afetada no ambiente. Todos pareciam determinados a aparentar descontração e alma leve. Só o próprio Poirot aparentava isso de modo natural. Falava pelos cotovelos, em tom alegre...

– Para o meu gosto, xerez é melhor do que coquetel... E mil vezes melhor do que uísque. Argh, uísque... *Quel horreur!* Beber uísque é arruinar completamente o paladar. Para apreciar os vinhos suaves da França, não se pode jamais... Ah, *qu'est-ce qu'il y a...?*

Um barulho estranho o interrompeu... Uma espécie de grito de alguém se engasgando. Todos os olhares se concentraram em Sir Charles que cambaleava, o rosto contraído por um espasmo. A taça caiu da mão dele no tapete. Ele deu alguns passos às cegas e então desabou inconsciente.

Depois de um breve silêncio estupefato, Angela Sutcliffe gritou e Egg deu um pulo à frente.

– Charles – gritou Egg. – Charles!

Cega de emoção, ela abriu caminho no meio dos outros que cercavam o corpo desfalecido. O sr. Satterthwaite a conteve delicadamente pelo ombro.

– Ai, meu Deus! – bradou Lady Mary. – *Outro não*!

Angela Sutcliffe ergueu a voz:

– Ele também foi envenenado... Que horror! Que coisa mais horrível, meu Deus...

E súbito deixou-se cair no sofá, em meio a soluços e risos convulsos – um som horrendo.

Poirot tomara as rédeas da situação. Ajoelhara-se ao lado do homem caído. Os outros se afastaram enquanto ele o examinava. Ele se ergueu, tirando mecanicamente o pó da calça na altura dos joelhos. Correu o olhar pelo grupo reunido. Silêncio absoluto, à exceção dos soluços abafados de Angela Sutcliffe.

– Meus amigos – iniciou Poirot.

Não conseguiu prosseguir, pois Egg vociferou na cara dele:

– Seu idiota! Seu idiota ridículo e teatral! Finge ser tão genial e maravilhoso, finge que é um sabichão. E deixa isso acontecer. Outro assassinato. Debaixo do seu nariz... Se não fosse o senhor e suas ideias brilhantes isso não teria acontecido... Foi o senhor que matou Charles... o senhor... Seu... seu...

Calou-se, incapaz de pronunciar as palavras.

Poirot assentiu com a cabeça séria e tristemente.

– É verdade, mademoiselle. Confesso. Eu matei Sir Charles. Mas eu sou, mademoiselle, um tipo especialíssimo de assassino. Mato... e ressuscito. – Virou-se e num tom de voz diferente, corriqueiro e contrito, declarou:

– Atuação soberba, Sir Charles, meus parabéns. Cai o pano.

Com uma risada, o ator levantou-se de um pulo e curvou-se em tom de deboche.

Desta vez foi Egg quem ficou de garganta engasgada.

– Monsieur Poirot... seu... seu... *energúmeno.*

– Charles – gritou Angela Sutcliffe. – Seu diabinho...

– Mas por quê...?

– Como...?

– Por quê?

Poirot ergueu a mão e obteve silêncio.

– Messieurs, mesdames. Peço desculpas a todos. Esta pequena encenação foi necessária para provar a todos aqui presentes e, de quebra, a mim mesmo, um fato que a minha razão me dizia ser verdade.

"Prestem atenção. Nesta bandeja de taças, coloquei numa das taças uma colher de chá de água pura. Essa água representava a nicotina. Estas taças são do mesmo tipo que Sir Charles Cartwright usa no seu bangalô e que Sir Bartholomew Strange tinha em Melfort Abbey. Como o cristal das taças é ricamente lapidado, uma pequena quantidade de líquido incolor é praticamente imperceptível. Imaginem, então, a taça de vinho do Porto de Sir Bartholomew Strange. Depois de colocada na mesa, alguém introduziu nela uma quantidade suficiente de nicotina pura. Isso pode ter sido feito por qualquer pessoa. O mordomo, a copeira ou qualquer um dos convidados que cruzasse pela sala de jantar ao descer as escadas. A sobremesa chega, o vinho do Porto é servido, a taça é cheia. Sir Bartholomew bebe... e morre.

"Hoje encenamos uma terceira tragédia... uma tragédia simulada. Pedi que Sir Charles encarnasse o papel da vítima, coisa que ele fez de modo magnífico. Agora vamos imaginar por um instante que isso não foi uma farsa, mas verdadeiro. *Sir Charles está morto.* Por onde a polícia começaria?"

A srta. Sutcliffe gritou:

– Ora, pela taça, é claro. – Ela acenou com a cabeça para o chão, no local onde a taça jazia depois de escorregar da mão de Sir Charles. – O senhor só colocou água, mas se tivesse sido nicotina...

– Vamos supor que fosse nicotina. – Poirot tocou de leve a taça com a ponta do sapato. – Acha que a polícia mandaria analisar a taça e que seriam descobertos vestígios de nicotina?

– Claro.

Poirot meneou a cabeça devagar.

– A senhorita se engana. Não seria descoberto nem sinal de nicotina.

Todos o fitaram.

– Sabe – sorriu ele – esta *não* é a taça da qual Sir Charles bebeu. – Com um sorrisinho contrito, ele puxou uma taça do bolso do casaco. – *Esta* é a taça que ele usou.

Prosseguiu:

– Sabe, é um exemplo simples da teoria da prestidigitação. A atenção não pode estar em dois lugares ao mesmo tempo. Para fazer meu truque de mágica, eu preciso que a plateia focalize a atenção noutro lugar. Ora, existe o instante exato. O exato instante psicológico. Quando Sir Charles cai como morto, todos os olhares se fixam no corpo inerte. Todo mundo avança e forma um círculo ao redor dele e ninguém, ninguém mesmo, presta atenção em Hercule Poirot. E é nessa hora que eu troco as taças e ninguém vê...

"Então, senhoras e senhores, provei que meu raciocínio estava certo... Houve um instante desses em Crow's Nest, houve um instante desses em Melfort Abbey... E assim, nada foi detectado na taça de coquetel e nada na taça de vinho do Porto."

Egg ergueu a voz:

– Quem fez a troca?

Com os olhos fitos nela, Poirot respondeu:

– Isso ainda falta descobrir...

– Não sabe?

Poirot deu de ombros.

De modo meio vago, os convidados deram sinal que estavam de saída. Transpareciam certa frieza de atitude. Estavam com a sensação de terem sido feitos de bobos.

Com um gesto, Poirot os conteve.

– Só um momento, por favor. Tenho mais uma coisa a dizer. Hoje, reconheço, representamos uma comédia. Mas a comédia pode ser encenada de verdade... E se tornar tragédia. Nas condições certas, o assassino pode atacar pela terceira vez... Agora me dirijo a todos aqui presentes. *Se alguém souber de algo... Algo que possa ter alguma relação com esses crimes, eu imploro: fale agora.* Guardar informações para si a esta altura dos acontecimentos pode ser perigoso... Tão perigoso que o resultado do silêncio pode ser a morte. Por isso volto a implorar: *se alguém sabe de algo, por favor, fale agora...*

Sir Charles teve a impressão de que o apelo de Poirot se dirigia à srta. Wills em especial. Mas seja lá para quem o apelo foi dirigido, não deu resultado algum. Ninguém se manifestou.

Poirot suspirou. Deixou a mão cair.

– Como queiram, então. Eu avisei. É o máximo que posso fazer. Lembrem-se: guardar silêncio é perigoso...

Mas de novo ninguém falou.

Os convidados se retiraram num clima meio constrangedor.

Egg, Sir Charles e o sr. Satterthwaite ficaram.

Egg ainda não perdoara Poirot. Sentou-se quieta, com as bochechas afogueadas e indignação nos olhos. Ela sequer dirigia o olhar para Sir Charles.

– Plano muito esperto, Poirot – elogiou Sir Charles.

– Espantoso – endossou o sr. Satterthwaite com um riso contido. – É inacreditável, mas não enxerguei o senhor fazendo a troca das taças.

– Por isso – explicou Poirot – que não pude contar a mais ninguém. A experiência só seria válida se todos fossem pegos de surpresa.

– Essa foi a única razão pela qual o senhor planejou isso... Para ver se poderia ser feito de modo despercebido?

– Bem, talvez não a única. Eu tinha outra coisa em mente.

– Sim?

– Eu queria observar a reação no rosto de uma pessoa quando Sir Charles caísse morto.

– De qual pessoa? – indagou Egg prontamente.

– Ah, isso é segredo.

– E conseguiu observar o rosto da pessoa? – quis saber o sr. Satterthwaite.

– Sim.

– E então?

Poirot não respondeu. Apenas balançou a cabeça.

– Não vai nos contar o que viu nele?

Poirot disse devagar:

– Vi uma expressão de incrível surpresa...

Egg inspirou fundo.

– Quer dizer – perguntou ela – que o senhor sabe quem é o assassino?

– Pode se expressar assim se for de seu agrado, mademoiselle.

– Mas então... mas então... o senhor sabe de tudo?

Poirot meneou a cabeça.

– Não... Ao contrário: não sei de nada. Afinal, eu não sei *por que* Stephen Babbington foi assassinado. Até descobrir isso, não posso provar nada, não posso saber de nada... Tudo depende disto: o motivo para a morte de Stephen Babbington...

Alguém bateu à porta, e o mensageiro do hotel entrou com um telegrama numa bandeja.

Poirot abriu. Sua expressão facial se alterou. Entregou o telegrama para Sir Charles. Espiando por cima do ombro de Sir Charles, Egg leu em voz alta:

Favor vir falar comigo de imediato pt
Tenho informações valiosas sobre morte de Bartholomew Strange pt
Margaret Rushbridger.

– A sra. De Rushbridger! – exclamou Sir Charles. – No fim das contas, estávamos certos. Ela *tem* algo a ver com o caso.

Capítulo 12
Um dia em Gilling

I

Logo se seguiu uma acirrada discussão. Um guia com os horários dos trens foi posto em cima da mesa. Foi decidido que seria melhor pegar um trem matutino do que ir de carro.

– Até que enfim – disse Sir Charles – vamos esclarecer este detalhe do mistério.

– E a seu ver, qual é o mistério por trás dessa mulher? – perguntou Egg.

– Não tenho ideia. Mas é certo que vai nos dar uma luz no caso Babbington. Se Tollie reuniu aquele pessoal de propósito, como eu tenho certeza absoluta de que fez, então a "surpresa" que ele comentou que preparava aos convidados tinha algo a ver com essa tal De Rushbridger. Podemos partir desse pressuposto, não acha, monsieur Poirot?

Poirot balançou a cabeça com ar perplexo.

– Este telegrama complica as coisas – murmurou. – Mas temos que ser rápidos... Extremamente rápidos.

O sr. Satterthwaite não via razão para tanta pressa, mas concordou com polidez.

– Certo. Vamos pegar o primeiro trem da manhã. Hum... ou melhor, será que é necessário todos irem?

– Sir Charles e eu combinamos uma investigação em Gilling – lembrou Egg.

– Podemos adiar isso – ponderou Sir Charles.

– Podemos adiar coisa nenhuma – objetou Egg. – Não precisa de uma comissão de quatro pessoas para ir até Yorkshire. É patético. Invasão em massa. Monsieur Poirot e o sr. Satterthwaite vão a Yorkshire enquanto Sir Charles e eu vamos a Gilling.

– Prefiro investigar o mistério da sra. De Rushbridger – alegou Sir Charles com um quê de tristeza arrependida. – Sabe, eu... hã... Já falei com a enfermeira-chefe antes... Já me intrometi, por assim dizer.

– É justo por isso que não deve se envolver agora – argumentou Egg. – Contou um monte de mentiras e agora que essa sra. De Rushbridger caiu em si você vai se expor como um grande mentiroso. É bem mais importante me acompanhar até Gilling. Se o objetivo é conversar com a mãe da srta. Milray, ela vai se abrir mais para você do que se abriria a qualquer outra pessoa. É o patrão da filha dela, e ela vai ter confiança em você.

Sir Charles mirou o rosto brilhante e sincero de Egg.

– Eu vou a Gilling – decidiu. – Você tem toda a razão.

– Sei que tenho razão – disse Egg.

– Esplêndida combinação no meu ponto de vista – atalhou Poirot de repente. – Como bem disse a mademoiselle, Sir Charles é de longe a pessoa mais adequada para interrogar a sra. Milray. Quem sabe ela não vai contar fatos bem mais relevantes do que aqueles que vamos descobrir em Yorkshire?

Ficou estipulado esse plano de ação. Quinze para as dez da manhã seguinte, Sir Charles passou de carro para apanhar Egg. Poirot e o sr. Satterthwaite já haviam partido de Londres de trem.

A manhã começara encantadora: ensolarada e com um agradável frescor no ar. Egg sentiu a alegria tomar conta de si à medida que se aventuravam pelos vários sinuosos atalhos que Sir Charles do alto de sua experiência havia descoberto ao sul do rio Tâmisa.

Por fim, no entanto, os dois rodavam suavemente na pista da rodovia Folkestone. Após atravessarem Maidstone, Sir Charles consultou o mapa, saiu da rodovia e minutos depois serpenteavam numa estradinha no meio da paisagem rural. Perto de quinze para o meio-dia enfim chegaram à sua meta.

Gilling: um vilarejo esquecido pelo mundo. Igreja velha, casa do pastor, duas ou três lojinhas, uma fileira de chalés, três ou quatro novas casinhas de aluguel a preços baixos e uma bela praça arborizada.

A mãe da srta. Milray morava numa pequena casa em frente à igreja, mas do outro lado da praça.

Enquanto Sir Charles estacionava o carro junto ao meio-fio, Egg perguntou:

– Por acaso a srta. Milray sabe que você vai visitar a mãe dela?

– Ah, sim. Ela escreveu para deixar a velha de sobreaviso.

– Acha que foi uma boa ideia?

– Minha querida, por que não seria?

– Sei lá... Mas você não a trouxe junto.

– Para falar a verdade, achei que ela podia me deixar acanhado. Ela é tão mais eficaz do que eu... Ela provavelmente tentaria conduzir a conversa.

Egg caiu na risada.

Logo descobriram que a sra. Milray destoava da filha de um modo quase risível. Filha severa, mãe meiga; filha angulosa, mãe redonda. A sra. Milray mais parecia um colossal nhoque largado numa poltrona convenientemente posicionada para que pudesse, da janela, espiar tudo que acontecia no mundo lá fora.

Não escondeu a agradável empolgação pela chegada dos visitantes.

– É muita bondade sua, Sir Charles, estou certa disso. Ela fala muito no senhor, a minha Violet. – Violet!

Nome particularmente incongruente para a srta. Milray. – Nem sabe o quanto ela o admira. Ela comenta o quanto é interessante trabalhar para o senhor durante todos esses anos. Quer se sentar, srta. Lytton Gore? Vai me desculpar por eu não me levantar. Faz muitos anos que minhas pernas perderam a utilidade. É a vontade de Deus e não me queixo. Só digo que a gente se acostuma com qualquer coisa. Talvez queiram comer ou beber algo depois da viagem?

Sir Charles e Egg disseram que ela não precisava se incomodar, mas a sra. Milray não lhes deu atenção. Bateu palmas de um jeito oriental, e logo apareceu chá com biscoito. Enquanto eles mordiscavam e bebericavam, Sir Charles entrou no assunto da visita.

– A senhora deve ter escutado, sra. Milray, tudo sobre a trágica morte do sr. Babbington, o ex-vigário aqui de Gilling?

O nhoque gigantesco assentiu vigorosamente com a cabeça.

– Sim, é verdade. Li tudo sobre a exumação no jornal. E não consigo imaginar quem é que pode tê-lo envenenado. Sujeito bondoso, sabe. Todo mundo gostava dele... E dela, também. E dos filhos deles e tudo o mais.

– Sem dúvida, é um grande mistério – comentou Sir Charles. – Andamos meio desanimados. Na verdade, nossa esperança é que a senhora talvez possa nos contar algo que ajude a esclarecer essa história.

– Eu? Mas não vejo os Babbington... Deixe-me ver... Tem mais de quinze anos.

– Sei, mas há quem pense que um fato do passado ajude a explicar a morte dele.

– Não vejo como. Levavam uma vida bem pacata... Sempre muito humildes, coitados, e com toda aquela filharada para criar.

A sra. Milray parecia disposta a lembrar do passado, mas suas lembranças lançavam pouca luz ao problema que eles tentavam solucionar.

Sir Charles mostrou a ela uma ampliação de uma foto que incluía os Dacres, um retrato antigo de Angela Sutcliffe e uma imagem meio indistinta da srta. Wills num recorte de jornal. A sra. Milray examinou todos os itens com intenso interesse, mas sem sinais de reconhecimento.

– Eu estaria mentindo se dissesse que lembro dessas pessoas... Claro, faz muito tempo. Mas este lugarejo é pequeno. Pouca gente vai e vem. As mocinhas da família Agnew, as filhas do médico... Todas casadas e espalhadas mundo afora. O médico atual é solteiro. Não faz muito divide o consultório com outro médico, mais jovem que ele. As solteironas Cayley, que sentavam no banco da frente da igreja, morreram todas já faz muitos anos. E os Richardson... Quando ele morreu, ela se mudou para o País de Gales. Isso sem falar no pessoal aqui mesmo do vilarejo, é claro. Mas por aqui as coisas não mudam muito. Violet, imagino, pode lhe contar tanto quanto eu. Ela era mocinha na época e ia seguido na casa do pastor.

Sir Charles tentou sem sucesso visualizar a srta. Milray na pele de uma moça.

Perguntou se a sra. Milray não se lembrava de alguém chamado Rushbridger, mas o nome não evocou quaisquer reações.

Por fim eles se despediram.

O próximo passo: enganar o estômago na padaria. Sir Charles sugeriu comerem bifes numa espelunca de beira de estrada, mas Egg frisou que comendo por ali eles poderiam tomar conhecimento de alguma fofoca local.

– E uma vez na vida você pode comer ovo quente com broinha escocesa – disse ela inflexível. – Homens são tão chatos quando o assunto é comida.

– Sempre achei tão deprimente comer ovo quente – disse Sir Charles submisso.

A atendente falava pelos cotovelos. Tinha lido sobre a exumação nos jornais e ficado devidamente empolgada por se tratar do "antigo pastor".

– Eu era criança na época – explicou ela. – Mas me lembro dele.

Ela não pôde, entretanto, contar-lhes muita coisa sobre ele.

Depois do almoço improvisado, eles foram até a igreja para examinar os registros de nascimentos, casamentos e mortes. Outra vez nada pareceu promissor nem sugestivo.

Saíram caminhando sem pressa pelo cemitério junto à igreja. Egg lia os nomes nas sepulturas.

– Que nomes bizarros – disse ela. – Olha só, tem uma família inteira de Stavepenny e aqui tem uma Mary Ann Sticklepath!

– Nenhum tem o nome mais bizarro que o meu – murmurou Sir Charles.

– Cartwright? Não tem nada de bizarro nesse nome.

– Eu não quis dizer Cartwright. Cartwright é meu nome artístico, e no fim acabei adotando-o oficialmente.

– Qual é seu nome verdadeiro?

– Não posso contar. É meu segredo macabro.

– É assim tão terrível?

– Nem tão terrível como cômico.

– Ah... me conte, vá.

– Nem pensar! – disse Sir Charles irredutível.

– Por favor.

– Não.

– Por que não?

– Você ia rir na minha cara.

– Eu? Que esperança.

– Você não conseguiria conter o riso.

– Ah, por favor, conte, vá. Conte, conte, conte!

– Nossa, mas que criatura mais persistente você é, Egg. Por que tanta curiosidade?

– Porque você não quer me contar.

– Sua menininha adorável – disse Sir Charles com as estruturas um pouco balançadas.

– Eu não sou menininha.

– Não é? Fico imaginando.

– Me conte – sussurrou Egg suavemente.

Um sorriso cômico e pesaroso estorceu a boca de Sir Charles.

– Tá bom, lá vai. O sobrenome de meu pai era Caretta.

– Sério?!

– Seriíssimo.

– Hum... – murmurou Egg. – É um pouquinho catastrófico. Passar a vida toda sendo Caretta...

– É, com esse nome eu não chegaria muito longe na carreira, concordo. Eu me lembro – prosseguiu Sir Charles sonhador – de ter brincado com a ideia, na época eu era jovem, de me chamar Ludovic Castiglione... Mas no fim acabei me contentando com uma aliteração britânica: Charles Cartwright.

– Sempre foi Charles?

– Sim, meus padrinhos e madrinhas assim me batizaram. – Ele vacilou e depois disse: – Por que você não diz Charles... e deixa de lado o "Sir"?

– Nada me impede.

– Fez isso ontem. Quando... quando você pensou que eu estava morto.

– Ah, naquela hora. – Egg tentou dar à voz um tom indiferente.

Sir Charles falou de chofre:

– Egg, de um jeito ou de outro esse negócio de assassinato já não parece mais real. Hoje, mais do que nunca, parece fantástico. Eu tinha intenção de desvendar o mistério antes... antes de dar outro passo. Sou supersticioso nisso, sabe... Vinculo o sucesso na resolução de problemas com... outro tipo de sucesso. Poxa, por que faço tantos rodeios? Encenei o amor no palco tantas vezes, mas na vida real o assunto me deixa tímido... Gosta de mim ou do jovem Manders, Egg? Tenho que saber. Ontem cheguei a pensar que era eu...

– Pensou certo...

– Meu anjinho impossível! – exclamou Sir Charles.

– Charles, Charles, não vai me beijar em pleno cemitério da igreja...

– Vou te beijar onde eu bem entender...

II

– Não descobrimos nada – constatou Egg mais tarde, enquanto aceleravam de volta a Londres.

– Tolice. Descobrimos a única coisa que vale a pena descobrir... Que me importa pastores e médicos mortos? Você é única coisa que importa. Sabe, minha querida, tenho trinta anos a mais que você... Tem certeza de que isso não importa?

Egg beliscou o braço dele suavemente.

– Não seja bobo... Fico pensando... Será que os outros descobriram algo?

– Tomara que sim – ponderou Sir Charles generoso.

– Charles... Você sempre pareceu tão interessado.

Mas Sir Charles não interpretava mais o papel do eminente detetive.

– Bem, era meu show à parte. Agora passei a vez para o monsieur Bigodudus. Agora o problema é dele.

– Acha que ele sabe mesmo quem cometeu os crimes? Ele afirmou que sabia.

– Provavelmente não tem a mínima ideia, mas ele tem que corresponder às expectativas de sua reputação profissional.

Egg permaneceu em silêncio. Sir Charles disse:

– Em que está pensando, meu bem?

– Estava pensando na srta. Milray. Pareceu tão esquisito o jeito dela naquele fim de tarde que comentei com você. Ela recém tinha comprado o jornal sobre a exumação e disse que não sabia o que fazer.

– Tolice – falou Sir Charles sorridente. – Aquela mulher sempre sabe o que fazer.

– Não estou brincando, Charles. Ela pareceu preocupada.

– Egg, meu docinho, o que me interessa as preocupações da srta. Milray? O que interessa além de nós dois?

– É melhor prestar atenção no trânsito! – exclamou Egg. – Não quero ficar viúva antes de ser esposa.

Os dois chegaram ao apartamento de Sir Charles a tempo de tomar o chá. A srta. Milray apareceu para recebê-los.

– Telegrama para o senhor, Sir Charles.

– Obrigado, srta. Milray. Também temos novidades – disse ele com um risinho nervoso e infantil. – A srta. Lytton Gore e eu vamos nos casar.

Depois de um breve silêncio, a srta. Milray disse:

– Ah!... Com certeza serão muito felizes.

Havia um traço estranho na voz dela. Egg percebeu-o, mas antes que pudesse formular sua impressão de modo preciso, Charles Cartwright tinha se virado para ela com uma exclamação súbita.

– Meu Deus, Egg, dê uma olhada nisso. É de Satterthwaite.

Estendeu o telegrama a ela. Egg leu e arregalou os olhos.

Capítulo 13

Sra. De Rushbridger

Antes de pegar o trem, Hercule Poirot e o sr. Satterthwaite haviam entabulado uma breve conversa com a srta. Lyndon, secretária do falecido Sir Bartholomew Strange. A srta. Lyndon demonstrara ser bastante solícita, mas não tivera nada de relevante para contar. No livro de pacientes de Sir Bartholomew, só havia registros puramente profissionais sobre a sra. De Rushbridger. Sir Bartholomew nunca comentara nada sobre ela exceto em termos médicos.

Os dois homens chegaram à clínica por volta do meio-dia. A funcionária abriu a porta agitada e com as faces coradas. O sr. Satterthwaite logo mandou chamar a enfermeira-chefe.

– Não sei se ela vai poder atendê-los hoje – alegou a moça hesitante.

O sr. Satterthwaite puxou um cartão e escreveu algumas palavras nele.

– Por gentileza, leve isto a ela.

Foram introduzidos numa pequena sala de espera. Cinco minutos depois, a porta se abriu, e a enfermeira-chefe entrou. A aparência dela destoava do jeito animado e eficaz de costume.

O sr. Satterthwaite se ergueu.

– Espero que a senhora se lembre de mim – começou ele. – Estive aqui em companhia de Sir Charles Cartwright pouco depois da morte de Sir Bartholomew Strange.

– Sim, é verdade, sr. Satterthwaite, claro que eu me lembro; e Sir Charles perguntou sobre a coitada da sra. De Rushbridger, e isso parece uma coincidência e tanto.

– Deixe-me apresentá-la ao monsieur Hercule Poirot.

Poirot fez uma mesura, e a enfermeira-chefe respondeu distraída. Ela prosseguiu:

– Não entendo como é que os senhores receberam um telegrama dela. Tudo parece muito misterioso. Com certeza, não tem ligação alguma com a morte do coitado do doutor. Deve haver um louco à solta... É a única maneira que consigo explicar isso. A polícia vir aqui e tudo o mais. Tem sido realmente terrível.

– A polícia? – indagou o sr. Satterthwaite, surpreso.

– Sim, desde as dez horas estão aqui.

– Talvez pudéssemos falar com a sra. De Rushbridger agora – sugeriu o sr. Satterthwaite. – Já que ela solicitou a nossa vinda...

A enfermeira-chefe o cortou.

– Ai, sr. Satterthwaite, então o senhor não sabe!

– Sabe o quê? – interpelou Poirot bruscamente.

– A coitada da sra. De Rushbridger está morta.

– Morta? – gritou Poirot. – *Mille Tonnerres!* Isso explica tudo. Sim, isso explica tudo. Eu deveria ter percebido antes... – Ele se interrompeu. – Como foi que ela morreu?

– É bastante misterioso. Uma caixa de bombons chegou para ela, bombons de chocolate com licor, pelo correio. Ela comeu um... O gosto devia ser horrível, mas ela foi pega de surpresa, imagino, e o engoliu. Depois, não fica bem cuspir a comida fora.

– *Oui, oui,* e se um líquido corre de repente em nossa garganta, é difícil.

– O fato é que ela engoliu e pediu ajuda. A enfermeira veio correndo, mas ninguém pôde fazer mais nada. Dois minutos depois estava morta. Então o médico solicitou a presença da polícia. Eles vieram e examinaram os bombons. Toda a primeira camada de bombons, a mais de cima, tinha sido envenenada. Os de baixo estavam normais.

– E o veneno empregado?

– Acham que é nicotina.

– Sim – disse Poirot. – Outra vez nicotina. Que golpe! Que golpe audacioso!

– Chegamos tarde demais – disse o sr. Satterthwaite. – Agora nunca vamos saber o que ela queria nos dizer. A menos que ela tenha confidenciado a alguém? – Lançou um olhar indagador à enfermeira-chefe.

Poirot meneou a cabeça.

– Não vai descobrir nenhuma confidência, por mais que procure.

– Não custa perguntar – ponderou o sr. Satterthwaite. – Uma das enfermeiras, quem sabe?

– Vá em frente e pergunte – mencionou Poirot, sem cultivar muita esperança.

O sr. Satterthwaite se virou para a enfermeira-chefe, que logo mandou chamar as duas enfermeiras, a que cuidava da sra. De Rushbridger durante o dia e a do turno da noite. Porém, nenhuma delas acrescentou quaisquer informações às já fornecidas. A sra. De Rushbridger nunca havia mencionado a morte de Sir Bartholomew, e elas sequer sabiam da remessa do telegrama.

Por solicitação de Poirot, os dois homens foram conduzidos ao quarto da morta. Chegando lá, se depararam com o superintendente Crossfield, que havia sido encarregado do caso, e o sr. Satterthwaite apresentou-o a Poirot.

Então os dois se aproximaram da cama e ali ficaram, de pé, velando a falecida. Em torno de quarenta anos, cabelos morenos, rosto pálido. O rosto dela não transparecia paz – ainda revelava as agonias da morte.

O sr. Satterthwaite murmurou devagar:

– Pobre alma...

Olhou de soslaio a Hercule Poirot. O pequenino belga trazia uma expressão esquisita no rosto. Algo naquela expressão fez o sr. Satterthwaite estremecer...

O sr. Satterthwaite disse:

– Alguém sabia que ela estava prestes a contar algo e a matou... Ela foi morta para impedir que falasse...

Poirot assentiu com a cabeça.

– Sim, é isso mesmo.

– Foi assassinada para impedir que nos contasse o que sabia.

– Ou o que ela não sabia... Mas não vamos perder mais tempo... Temos muito a fazer. *Temos que evitar novas mortes.* Temos que tomar as medidas necessárias.

O sr. Satterthwaite perguntou mordido pela curiosidade:

– Isso se encaixa com a sua ideia da identidade do assassino?

– Sim, se encaixa... Mas me dei conta de uma coisa: o assassino é mais perigoso do que eu pensava... Todo cuidado é pouco.

O superintendente Crossfield os seguiu quando eles se retiraram do quarto e ficou sabendo sobre o telegrama que tinham recebido. O telegrama fora enviado da agência de correios de Melfort. Descobriu-se que o texto havia sido levado por um garoto. A agente postal se lembrou do caso, pois a mensagem a havia deixado interessada, já que mencionava a morte de Sir Bartholomew Strange.

Depois de um almoço frugal na companhia do superintendente e da remessa de um telegrama para Sir Charles, a investigação foi recomeçada.

Às seis horas daquela tarde, o garotinho que levou o telegrama foi encontrado. De boa vontade fez seu relato. Recebeu o telegrama da mão de um maltrapilho. O tal homem contou que tinha recebido o telegrama da "dama louca" da "casa no parque". A tal mulher teria jogado o papel pela janela, envolto em duas meias-coroas. O sujeito ficou com medo de se envolver em algum negócio ilícito e, como estava indo para o lado contrário, deu ao garoto uma das moedas de prata e disse que ele podia ficar com o troco.

Uma busca seria empreendida para localizar o homem. Nesse meio-tempo, nada mais havia a fazer, e Poirot e o sr. Satterthwaite voltaram a Londres.

Os dois chegaram à capital perto da meia-noite. Egg tinha voltado para a casa dos parentes, onde a mãe também estava hospedada, mas Sir Charles fez questão de recebê-los para discutirem a situação.

– *Mon ami* – começou Poirot –, vá por mim. Só uma coisa vai resolver esse caso: as pequenas células cinzentas do cérebro. Ficar vasculhando a Inglaterra de cima a baixo, esperar que esta ou aquela pessoa nos revele o que queremos saber... Todos esses métodos são amadores e ridículos. A verdade só pode ser vista de dentro para fora.

Sir Charles interpelou, cético:

– O que quer fazer, então?

– Quero pensar. Peço 24 horas... Só para pensar.

Sir Charles balançou a cabeça com um sorrisinho.

– É pensando que vai descobrir o que essa mulher nos diria se estivesse viva?

– Acredito que sim.

– Não acho provável. Em todo caso, monsieur Poirot, faça as coisas à sua maneira. Tente vislumbrar a solução desse mistério, porque eu não consigo. Desisto e confesso. Além do mais, tenho coisas mais importantes a tratar.

Se ele ansiava ser questionado, não satisfez a sua expectativa. De fato, o sr. Satterthwaite ergueu os olhos com uma expressão alerta, mas Poirot permaneceu absorto em pensamentos.

– Bem, vou indo – disse o ator. – Ah, só uma coisinha. Estou muito preocupado com... a srta. Wills.

– O que é que houve com ela?

– Desapareceu.

Poirot fitou-o perplexo.

– Desapareceu? Para onde?

– Ninguém sabe. Fiquei meditando depois de receber seu telegrama. Como comentei naquela ocasião, algo me dizia que aquela mulher sabia de algo que não tinha nos contado. Achei que podia dar a última cartada para tentar arrancar o segredo dela. Pego meu carro e vou até a casa dela... Chego lá por volta das nove e meia... E peço para falar com ela. Ao que consta, ela saiu de casa hoje pela manhã... Veio a Londres passar o dia... Pelo menos foi isso que ela deixou dito. O pessoal da casa recebeu um telegrama à tardinha dizendo que ela não voltaria por alguns dias e que não era para se preocuparem.

– E estavam preocupados?

– Fiquei com a impressão que sim. Sabe, ela não levou bagagem.

– Estranho – murmurou Poirot.

– É. Parece que... ah, sei lá. Estou meio inquieto.

– Eu a avisei – disse Poirot. – Avisei a todos. Vocês lembram que eu disse a eles: "Falem agora".

– Sim, sim. Acha que ela, também...?

– Tenho minhas ideias – observou Poirot. – Por enquanto prefiro não discuti-las.

– Primeiro, o mordomo, Ellis. Agora, a srta. Wills. Onde está Ellis? É incrível que a polícia não tenha conseguido capturá-lo.

– Não procuraram o corpo dele no lugar certo – retorquiu Poirot.

– Então concorda com Egg. Acha que ele está morto?

– Ellis nunca mais será visto... vivo.

– Meu Deus – explodiu Sir Charles. – É um pesadelo... É tudo tão incompreensível.

– Não, não. Ao contrário: é racional e lógico.

Sir Charles fitou-o surpreso.

– Acha mesmo?

– Com certeza. Sabe, meu intelecto é metódico.

– Não entendo.

Sem esconder a curiosidade, o sr. Satterthwaite também tinha os olhos fixos no pequenino detetive.

– Que espécie de intelecto eu tenho? – quis saber Sir Charles, um tanto doído.

– Intelecto de ator, Sir Charles. Criativo, original, sempre enxergando valores dramáticos. O sr. Satterthwaite aqui tem intelecto do frequentador de teatro: observa as personagens e tem a percepção da atmosfera. Mas eu, bem, eu tenho o intelecto prosaico. Só enxergo os fatos, sem quaisquer ornamentos nem holofotes.

– Então vamos embora e o deixamos pensando?

– Essa é a minha ideia. Por 24 horas.

– Boa sorte, então. E boa noite.

Enquanto saíam juntos, Sir Charles disse ao sr. Satterthwaite:

– Esse sujeito se acha.

Falou isso com bastante frieza.

O sr. Satterthwaite sorriu. O papel principal! Então era isso. Ele comentou:

– O que quis dizer com ter coisas mais importantes a tratar, Sir Charles?

No rosto de Sir Charles brotou a expressão acanhada que o sr. Satterthwaite conhecia tão bem de tanto comparecer aos casamentos na Hanover Square.

– Bem, na verdade, eu... hã... bem, Egg e eu...

– Estou feliz em saber – antecipou o sr. Satterthwaite. – Meus parabéns.

– Claro que sou bem mais velho que ela.

– Ela não acha... E ela é a pessoa indicada para julgar.

– É muita bondade sua, Satterthwaite. Sabe, eu tinha enfiado na cabeça que ela estava apaixonada pelo jovem Manders.

– Fico me perguntando por que você pensava isso – ponderou o sr. Satterthwaite de modo inocente.

– O que importa – disse Sir Charles com firmeza – é que ela não está...

Capítulo 14

Srta. Milray

Poirot não teve exatamente as 24 horas ininterruptas que havia estipulado.

Às onze e vinte da manhã seguinte Egg entrou sem ser anunciada. Para seu espanto, ela descobriu o grande detetive ocupado em construir um castelo com as cartas de um baralho. O rosto dela revelou um escárnio tão incisivo que Poirot foi impelido a se defender.

– Não vá pensar, mademoiselle, que eu voltei à infância depois de maduro. Não. Mas a construção de castelos de cartas é um passatempo estimulante para a cabeça. É um velho hábito meu. Acordo hoje de manhã e qual é a primeira coisa que faço? Saio para comprar um baralho. Infelizmente cometo um engano, não compro cartas de verdade. Mas quebram o galho.

Egg olhou mais de perto o castelo em construção sobre a mesa.

Caiu na risada.

– Minha nossa, eles venderam para você um baralho da coleção Família Feliz.

– Como assim, Família Feliz?

– Sim, é um jogo de cartas infantil. As crianças jogam na escolinha.

– Ora, para fazer castelo elas também servem.

Egg pegara algumas cartas da mesa e as olhava com afeição.

– Mestre Bolo, o filho do padeiro... eu sempre adorei ele. Dona Caneca, a mulher do leiteiro... E aqui está a Dona Careta, a mulher do saltimbanco. Ai, minha nossa, acho que ela sou eu.

– Por que essa figura engraçada é você, mademoiselle?

– Por causa do nome.

Egg riu ao ver o rosto desconcertado de Poirot. Então começou a explicar. Quando terminou, ele disse:

– Ah, então foi isso que Sir Charles quis dizer ontem à noite. Fiquei imaginando... Caretta... Ah, sim, o pessoal também usa essa palavra na gíria, não é? Você é um *careta*... Um quadrado, um antiquado? É natural que você queira mudar de nome. Não gostaria de se tornar Lady Caretta, não é mesmo?

Egg riu e disse:

– Não vai me desejar felicidades?

– Eu lhe desejo toda a felicidade do mundo, mademoiselle. Não a felicidade fugaz da juventude, mas a felicidade duradoura... A felicidade que se constrói sobre um rochedo.

– Vou contar a Charles que o senhor o chamou de rochedo – disse Egg. – Agora vamos ao que interessa: o motivo pelo qual eu vim aqui. Não consigo tirar da cabeça aquele recorte de jornal que Oliver deixou cair da carteira. Sabe, aquele que a srta. Wills pegou no chão e devolveu a ele. Das duas, uma: ou Oliver está contando uma mentira deslavada quando diz que não se lembra de ter guardado o recorte, *ou o recorte nunca esteve lá*. Ele deixou cair um papelzinho qualquer, e aquela mulher fingiu que era o recorte sobre nicotina.

– Por que ela faria isso, mademoiselle?

– Porque ela queria se livrar do recorte de jornal. Por isso o plantou na carteira de Oliver.

– Quer dizer que ela é a assassina?

– Sim.

– Qual foi o motivo?

– Não adianta me perguntar isso. Só posso sugerir que ela é doida. Pessoas inteligentes muitas vezes são bem insanas. Não consigo encontrar outra razão... Para ser sincera, não consigo vislumbrar motivo algum.

– Decididamente, esse é o *impasse*. Não vou pedir que a *senhorita* adivinhe um motivo. É a mim mesmo que faço essa pergunta sem cessar. *Qual foi o motivo por trás da morte do sr. Babbington?* Quando eu conseguir responder isso, o caso vai estar solucionado.

– Não acha que é apenas loucura...? – sugeriu Egg.

– Não, mademoiselle... Não loucura no sentido que você quer dizer. Existe uma *razão*. Preciso descobrir essa razão.

– Bem, até mais ver – disse Egg. – Sinto muito tê-lo incomodado, mas só me ocorreu a ideia. Tenho que me apressar. Charles e eu vamos ao ensaio final de *Cãozinho risonho*... Sabe, a nova peça que a srta. Wills escreveu especialmente para Angela Sutcliffe. Amanhã é a estreia oficial.

– *Mon dieu!* – exclamou Poirot.

– O que houve? Aconteceu alguma coisa?

– Sim, na verdade algo aconteceu. Uma ideia... Uma ideia magnífica. Ah, como eu tenho sido cego... cego...

Egg o fitou. Como se tivesse percebido sua esquisitice, Poirot se recompôs. Deu um tapinha no ombro de Egg.

– Pensa que estou maluco? Nem um pouco. Escutei o que a senhorita disse. Vai assistir a *Cãozinho risonho*, e a srta. Sutcliffe é a atriz principal. Então vá e não dê bola para o que eu disse.

Hesitante, Egg se retirou. Deixado a sós, Poirot se pôs a caminhar na sala de um lado para o outro, resmungando consigo mesmo. Nos olhos verdes, um brilho felino.

"*Mais oui*... isso explica tudo. Motivo curioso... motivo muito curioso... nunca antes me deparei com motivo parecido. No entanto, é sensato e, dadas as circunstâncias, natural. No conjunto, um caso curiosíssimo."

Passou pela mesa onde se erguia o castelo de cartas. Com um rápido movimento da mão, derrubou as cartas da mesa.

– Já não preciso mais da Família Feliz – disse ele. – O problema está resolvido. Só falta encenar o último ato.

Pegou o chapéu, vestiu o sobretudo. Desceu as escadas, e o porteiro do hotel lhe chamou um táxi. Poirot deu o endereço do apartamento de Sir Charles.

Ao chegar lá, pagou o táxi e entrou no saguão do prédio. Nem sinal do porteiro nem do elevador. Poirot subiu pelas escadas. Pouco antes de alcançar o segundo piso, a porta do apartamento de Sir Charles se abriu, e a srta. Milray saiu por ela.

Ela levou um susto ao topar com Poirot.

– O senhor!

Poirot abriu um sorriso.

– Mim! Ou seria eu? *Enfin, moi*!

A srta. Milray disse:

– Receio que o senhor não vá achar Sir Charles em casa. Ele acaba de sair para o Teatro Babylon com a srta. Lytton Gore.

– Não é Sir Charles que eu procuro. É minha bengala. Acho que esqueci aqui no outro dia.

– Ah, sei. Bem, se o senhor tocar a campainha, Temple vai achá-la para o senhor. Sinto muito por não atendê-lo. Vou à estação pegar o trem. Vou ao interior visitar minha mãe... em Kent.

– Entendo. Não vá se atrasar por minha causa, mademoiselle.

Ele saiu do caminho, e a srta. Milray passou apressada escadaria abaixo. Carregava uma pastinha para documentos.

Mas assim que ela se foi Poirot pareceu esquecer o objetivo pelo qual viera. Em vez de subir os últimos degraus até a plataforma, ele deu meia-volta e enveredou escada abaixo. Chegou à porta da frente bem a tempo de ver a srta. Milray entrando num táxi. Outro táxi descia a rua devagar, junto ao meio-fio. Poirot ergueu a mão e o táxi estacionou. Poirot entrou e instruiu o motorista a seguir o táxi da frente.

Seu rosto não demonstrou surpresa quando o primeiro táxi rumou ao norte e enfim chegou à estação Paddington, muito embora Paddington não fosse a estação mais indicada para quem vai a Kent. Poirot dirigiu-se ao guichê da primeira classe e pediu um bilhete de retorno a Loomouth. O trem partiria dali a cinco minutos. Erguendo a gola do sobretudo até as orelhas, pois o dia estava frio, Poirot encolheu-se num canto do vagão da primeira classe.

Chegaram a Loomouth perto das cinco da tarde. Já começava a escurecer. Demorando um pouco para descer do trem, Poirot escutou a srta. Milray sendo cumprimentada pelo cordial porteiro da estaçãozinha.

– Ora, ora, senhorita. Não a esperávamos. Sir Charles está vindo?

A srta. Milray respondeu:

– Vim de última hora. E já volto amanhã de manhã. Só vim buscar umas coisas. Não, não precisa chamar um táxi, obrigada. Vou subir pela trilha do rochedo.

O lusco-fusco se intensificara. A passos enérgicos, a srta. Milray subia os zigue-zagues da íngreme e tortuosa trilha. Uma boa distância atrás vinha Hercule Poirot, pisando manso como um gato. A srta. Milray, ao chegar a Crow's Nest, tirou uma chave da bolsa e entrou pela porta lateral, deixando-a entreaberta. Reapareceu um ou dois minutos depois. Trazia uma chave enferrujada e uma lanterna na mão. Poirot recuou um pouco, atrás de um arbusto que veio a calhar.

A srta. Milray deu a volta por trás da casa e se entranhou por uma trilha acidentada e coberta por um ervaçal. Hercule Poirot a seguiu. A srta. Milray subiu e subiu até de repente alcançar, no topo do despenhadeiro, uma antiga torre de pedra, do tipo que se encontra com frequência naquela parte do litoral. Apesar da aparência modesta e arruinada, a torre possuía uma cortina na janela suja, e a srta. Milray inseriu a chave na imensa porta de madeira.

A chave girou com um ruído queixoso. A porta abriu-se com um rangido nas dobradiças. A srta. Milray entrou, lanterna em punho.

Apertando o passo, Poirot chegou à torre. Por sua vez, entrou sorrateiro e silencioso pela porta. Trêmulo, o facho da lanterna da srta. Milray iluminava retortas de vidro, um bico de Bunsen e vários outros aparelhos de laboratório.

A srta. Milray segurou um pé de cabra e o erguia acima da aparelhagem de vidro quando alguém a segurou pelo pulso. Ela arquejou de susto e se virou.

Os olhos verdes e felinos de Poirot fitavam os dela.

– Não faça isso, mademoiselle – disse ele. – É melhor não destruir provas.

Capítulo 15
Cai o pano

Poirot sentado numa grande poltrona. Arandelas desligadas. Só um abajur cor-de-rosa lançava seu brilho sobre o vulto na poltrona. Parecia haver algo simbólico naquilo. Só Poirot iluminado, e a plateia – Sir Charles, sr. Satterthwaite e Egg Lytton Gore – sentada na escuridão circundante.

Onírica, a voz de Poirot parecia se dirigir ao vácuo em vez de aos ouvintes.

– Reconstituir o crime: este é o objetivo do detetive. Para reconstituir um crime é preciso ajustar um fato sobre o outro, exatamente como equilibramos uma carta sobre a outra ao construir um castelo de cartas. Se os fatos não se encaixam... Se a carta não se equilibra... Bem, daí é preciso começar o castelo outra vez, caso contrário ele vai desmoronar...

"Como falei dias atrás, temos três tipos distintos de intelecto. Primeiro, o intelecto dramático do criador de peças teatrais, que visualiza o efeito realístico capaz de ser produzido por dispositivos mecânicos. O segundo tipo é o que reage com facilidade às manifestações dramáticas: o intelecto jovial e romântico. E o terceiro, meus amigos, é o intelecto prosaico: não enxerga mar azul nem mimosas floridas, mas o fundo artificial do cenário do palco.

"Isso me leva, *mes amis*, ao assassinato de Stephen Babbington em agosto passado. Naquela noite, Sir Charles Cartwright aventou a tese de que Stephen Babbington havia sido assassinado. Não concordei com essa teoria.

Não pude acreditar nisso por achar (a) irracional que um homem como Stephen Babbington fosse assassinado e (b) impossível administrar veneno a uma pessoa específica nas circunstâncias verificadas naquela noite.

"Agora sou obrigado a admitir: Sir Charles estava certo, e eu, errado. Eu estava errado, pois encarava o crime de um prisma inteiramente falso. Só ontem eu de repente percebi o prisma certo de visão... E, diga-se de passagem, sob este novo prisma, o assassinato de Stephen Babbington passava a ser não só *racional* como *possível*.

"Mas, por enquanto, vou pular esse detalhe. Vou mostrar, passo a passo, o caminho que percorri. A morte de Stephen Babbington eu chamo de primeiro ato de nosso drama. A cortina desse ato baixa quando todos nós partimos de Crow's Nest.

"O que eu chamo de segundo ato do drama começa em Monte Carlo, quando o sr. Satterthwaite me mostrou a notícia de jornal sobre a morte de Sir Bartholomew. Logo ficou evidente que eu estava errado e Sir Charles, certo. Tanto Stephen Babbington quanto Sir Bartholomew Strange tinham sido assassinados, e os dois homicídios faziam parte de um único e mesmo crime. Mais tarde, um terceiro homicídio completou a série: o assassinato da sra. De Rushbridger. O que precisamos, portanto, é de uma teoria racional, fundada no bom senso, que estabeleça um vínculo entre as três mortes... Em outras palavras, esses três crimes foram cometidos pela mesma e única pessoa com vistas ao lucro e benefício dessa pessoa em particular.

"Confesso que a minha maior preocupação era o fato de o assassinato de Sir Bartholomew Strange ter ocorrido *depois* do de Stephen Babbington. Analisando os três crimes sem levar em conta tempo e lugar, as probabilidades indicavam o assassinato de Sir Bartholomew Strange como sendo aquele que se poderia chamar de crime central ou principal, com os outros dois crimes tendo caráter secundário, ou seja, derivados da conexão dessas duas pessoas com Sir Bartholomew Strange. Mas, como já frisei antes, temos que encarar os crimes como eles são e não como queremos que eles sejam. Stephen Babbington tinha sido assassinado primeiro e Sir Bartholomew Strange algum tempo depois. Parecia, portanto, que o segundo crime devia necessariamente derivar do primeiro. Em consequência disso, a chave para deslindar o caso inteiro encontrava-se na análise do primeiro crime.

"Neste ponto eu cheguei a considerar seriamente a probabilidade de que um *equívoco* tivesse ocorrido. Seria possível que a primeira vítima devesse ter sido Sir Bartholomew e que o sr. Babbington tivesse sido envenenado por engano? Fui levado, no entanto, a abandonar essa ideia. Qualquer um que conhecesse Sir Bartholomew Strange com o mínimo grau de intimidade sabia que ele não apreciava tomar coquetéis.

"Outra hipótese: Stephen Babbington teria sido envenenado por engano no lugar de outro participante da festa original? Não consegui encontrar qualquer prova disso. Portanto, fui obrigado a concluir que o assassinato de Stephen Babbington tinha sido definitivamente *intencional*. De imediato, me deparei com um obstáculo quase intransponível: a aparente *impossibilidade* de uma coisa dessas ter acontecido.

"Sempre devemos começar uma investigação pelas teorias mais simples e mais óbvias. Considerando que Stephen Babbington tinha bebido um coquetel envenenado, quem teve a oportunidade de envenenar esse coquetel? À primeira vista, me pareceu que as duas únicas pessoas que poderiam ter feito isso, ou seja, as pessoas que manusearam os drinques eram o próprio Sir Charles e a copeira Temple. Mas, embora tanto um como a outra pudessem presumivelmente ter colocado o veneno na taça, *nenhum deles teve qualquer oportunidade de direcionar aquela taça específica às mãos do sr. Babbington.* Temple poderia ter feito isso entregando com destreza aos convidados um a um dos drinques da bandeja, de modo a sobrar o drinque envenenado para o sr. Babbington, coisa nada fácil, mas possível. Sir Charles poderia ter feito isso deliberadamente pegando a taça fatídica e entregando-a na mão da vítima. Mas nada disso aconteceu. Parecia que o *acaso* e nada mais que o *acaso* tinha endereçado aquela taça específica a Stephen Babbington.

"Sir Charles Cartwright e Temple fizeram o manuseio dos coquetéis. Algum deles estava em Melfort Abbey? Nenhum deles estava. Quem teve a melhor oportunidade de pôr o veneno na taça de vinho do Porto de Sir Bartholomew? Ellis, o mordomo foragido, e a ajudante dele, a copeira. Mas aqui a possibilidade de que um dos convidados tivesse feito isso não pode ser descartada. Algum dos convidados pode ter se esgueirado sorrateiro na sala de visitas e posto nicotina no vinho do Porto. Arriscado, mas possível.

"Quando reencontrei vocês em Crow's Nest, já estava pronta a lista de pessoas presentes em Crow's Nest e em Melfort Abbey. Agora posso dizer que eu descartei de imediato os quatro nomes que encabeçavam a lista: capitão e sra. Dacres, a srta. Sutcliffe e a srta. Wills.

"Era *impossível* para qualquer uma dessas quatro pessoas saber *de antemão* que encontraria Stephen Babbington no jantar. O uso da nicotina como veneno revelou um plano meticulosamente estudado, não um plano que pudesse ser posto em prática de improviso. Sobravam três nomes na lista: Lady Mary Lytton Gore, srta. Lytton Gore e o sr. Oliver Manders. Apesar de improváveis, esses três eram *possíveis.* Pertenciam ao local e é de se imaginar que pudessem ter motivos para a eliminação de Stephen Babbington e que pudessem ter escolhido a noite da festa para colocar seus planos em ação.

"Por outro lado, não encontrei prova alguma de que algum deles tenha realmente feito uma coisa dessas.

"O sr. Satterthwaite, creio eu, raciocinou praticamente na mesma linha que eu e concentrou as suspeitas em Oliver Manders. Se eu dissesse que o jovem Manders era de longe o maior suspeito eu não estaria mentindo. Ele mostrou todos os sinais de tensão nervosa durante o jantar em Crow's Nest... Tem uma visão meio distorcida da vida em razão de problemas particulares... Tem um intenso complexo de inferioridade, uma causa frequente de crimes... Está numa idade desajustada e já tinha de fato brigado ou, vamos dizer, demonstrado animosidade contra o sr. Babbington. Isso sem falar nas curiosas circunstâncias de sua chegada a Melfort Abbey. Mais tarde, veio a nosso conhecimento seu relato um tanto incrível sobre a carta de Sir Bartholomew Strange. Some-se a isso o testemunho da srta. Wills referente a ele carregar um recorte de jornal sobre envenenamento por nicotina.

"Oliver Manders era, então, claramente a pessoa que devia encabeçar a lista de sete suspeitos.

"Mas eis que, meus amigos, tive uma sensação estranha. Parecia suficientemente claro e lógico: a pessoa autora dos crimes *devia ser alguém presente nas duas ocasiões*; em outras palavras, *alguém daquela lista de sete pessoas... Mas algo me dizia: essa obviedade era uma obviedade forjada.* Qualquer pessoa sensata e lógica *seria levada* a concluir isso. Tive a sensação de estar olhando, de fato, não para uma realidade, mas para um cenário habilmente pintado. Um criminoso realmente engenhoso teria percebido: *qualquer pessoa cujo nome estivesse naquela lista seria necessariamente suspeita.* Portanto, ele ou ela daria um jeito de não aparecer na lista.

"Ou seja, o assassino de Stephen Babbington e Sir Bartholomew Strange *estava* presente nas duas ocasiões... mas *aparentemente* não.

"Quem compareceu à primeira festa e não à segunda? Sir Charles Cartwright, o sr. Satterthwaite, a srta. Milray e a sra. Babbington.

"Poderia alguém desses quatro ter estado presente na segunda ocasião com outra identidade que não a sua própria? Sir Charles e o sr. Satterthwaite estavam no Sul da França, a srta. Milray em Londres e a sra. Babbington em Loomouth. Dos quatro, então, a srta. Milray e a sra. Babbington pareciam as mais prováveis. Mas será que a srta. Milray poderia ter comparecido à festa em Melfort Abbey sem ser reconhecida por nenhum convidado? A srta. Milray tem feições muito características, difíceis de disfarçar e difíceis de esquecer. Concluí ser impossível que a srta. Milray tivesse estado em Melfort Abbey e passado despercebida. O mesmo se aplicava à sra. Babbington.

"Até que medida poderiam o sr. Satterthwaite ou Sir Charles terem estado em Melfort Abbey sem serem reconhecidos? O sr. Satterthwaite, apenas uma remota possibilidade. Mas, ao analisarmos Sir Charles Cartwright, nos deparamos com uma situação bem diferente. Sir Charles é um ator acostumado a encenar papéis. Mas que papel ele poderia ter encenado?

"Foi quando passei a estudar o mordomo Ellis.

"Sujeito para lá de misterioso, o tal Ellis. Aparece do nada uma quinzena antes do crime e depois some num passe de mágica. Por que a fuga de Ellis foi tão bem-sucedida? *Porque Ellis não existia de verdade.* De novo, Ellis era uma coisa feita de cartolina, tinta guache e destreza cenográfica... Ellis não era *real.*

"Mas seria *possível*? Afinal de contas, o pessoal de Melfort Abbey conhecia Sir Charles Cartwright, e Sir

Bartholomew Strange era amigo íntimo dele. A questão dos empregados eu superei com facilidade. O disfarce do mordomo não representava risco algum. Se os empregados o reconhecessem? Ora, não haveria mal algum nisso: a coisa toda poderia ser explicada como uma simples brincadeira. Se, por outro lado, uma quinzena se passasse sem que se levantasse qualquer suspeita, bem, daí a situação seria de total segurança. E lembro do relato que me deram dos comentários dos empregados sobre o mordomo. Ele era 'um cavalheiro em pessoa', havia trabalhado 'na casa de gente tradicional' e sabia de vários escândalos interessantes. Até aí tudo bem. Mas a copeira Alice fez uma declaração muito significativa. Ela disse: 'Ele fazia o seu trabalho de modo diferente de qualquer outro mordomo que eu conheci'. Quando esse comentário me foi relatado, serviu de confirmação para minha teoria.

"Mas com Sir Bartholomew Strange era diferente. É difícil de imaginar que o amigo dele fosse capaz de enganá-lo. Ele devia saber do disfarce. Temos alguma evidência disso? Sim. Desde o começo das investigações, o sagaz sr. Satterthwaite estranhou um detalhe: o chiste de Sir Bartholomew – totalmente atípico de sua maneira de se dirigir aos empregados. 'Você é um mordomo de primeira categoria, não é mesmo, Ellis?' *Comentário perfeitamente compreensível se o mordomo fosse Sir Charles Cartwright e Sir Bartholomew soubesse da brincadeira.*

"Pois, sem dúvida, era assim que Sir Bartholomew encarava a questão. O fato de Sir Charles se disfarçar como Ellis era uma brincadeira, talvez até uma aposta, cujo ápice seria enganar e surpreender os convidados... Isso explica tanto o comentário de Sir Bartholomew sobre uma surpresa quanto o seu bom humor. Observem, também, que ainda havia tempo para voltar atrás. Se algum convidado identificasse Charles Cartwright durante o jantar naquela noite, até então nada irremediável teria acontecido. A coisa toda poderia ser explicada como uma simples brincadeira. Mas ninguém percebeu o mordomo de meia-idade, com sua corcunda, seus olhos escurecidos com gotas de beladona, suas suíças, sua falsa marca de nascença no pulso. Sutil detalhe identificador... que fracassou por completo em razão da fraca capacidade de observação da maioria dos humanos! A marca de nascença tinha o objetivo de se tornar um detalhe importante na descrição de Ellis... Mas durante todo o tempo ninguém a notou! A única pessoa que percebeu foi a srta. Wills, com seu olhar penetrante, de quem vamos falar daqui a pouco.

"O que acontece em seguida? Morre Sir Bartholomew. Desta vez, a morte não é atribuída a causas naturais. A polícia vem. Interroga Ellis e os demais. Mais tarde naquela noite, 'Ellis' foge pela passagem secreta, reassume a verdadeira identidade e, dois dias depois, passeia nos jardins de Monte Carlo pronto para se escandalizar e se surpreender com a notícia da morte do amigo.

"Claro, tudo isso não passava de teoria. Eu não tinha prova real, mas a toda hora surgiam indícios que confirmavam a teoria. Meu castelo de cartas se erguia firme e bem estruturado. As mensagens de teor chantagista descobertas no quarto de Ellis? Mas se foi o próprio Sir Charles quem as descobriu!

"E o que dizer da suposta carta de Sir Bartholomew Strange solicitando ao jovem Manders que forjasse o acidente? Ora, pode haver coisa mais fácil para Sir Charles do que escrever a carta em nome de Sir Bartholomew? Se Manders não tivesse destruído a carta, Sir Charles no papel de Ellis poderia facilmente fazê-lo ao atender o jovem recém-chegado. Da mesma forma, o recorte de jornal é inserido com facilidade na carteira de Oliver Manders.

"E agora chegamos à terceira vítima: a sra. De Rushbridger. Em que ocasião ouvimos falar a primeira vez da sra. De Rushbridger? Logo depois daquele gracejo muito esquisito sobre Ellis ser o mordomo perfeito... Aquele enunciado extremamente atípico de Sir Bartholomew Strange. A qualquer custo, a atenção precisa ser desviada da intimidade de Sir Bartholomew com seu mordomo. Durante a investigação, Sir Charles logo pergunta sobre a mensagem que o mordomo trouxe. O assunto tinha a ver com essa mulher... a tal paciente do doutor. Sem pestanejar, Sir Charles usa toda a sua lábia para direcionar a atenção para essa mulher desconhecida e afastá-la do mordomo. Vai à clínica e interroga a enfermeira-chefe. Faz de tudo para utilizar a sra. De Rushbridger como elemento de distração.

"Agora temos que averiguar o papel desempenhado pela srta. Wills no drama. A srta. Wills é dona de uma personalidade curiosa. É uma dessas pessoas completamente incapazes de causar uma impressão indelével no ambiente em que se encontra. Não é bonita, nem espirituosa, tampouco interessante, nem mesmo especialmente simpática. Ela não tem nada de especial. Mas é extremamente observadora e extremamente perspicaz. Ela se vinga do mundo com sua escrita. Tem a imensa arte de ser capaz de reproduzir uma personalidade no papel. Não sei se algo estranho no mordomo chamou a atenção da srta. Wills. Mas sei é que, se havia alguém à mesa que poderia tê-lo notado, esse alguém era ela. Na manhã seguinte após o crime, sua insaciável curiosidade a levou a bisbilhotar, nas palavras da camareira. Ela entrou no quarto de Dacres, aventurou-se pela porta de baeta verde que dava aos aposentos dos empregados, instigada, penso eu, pelo instinto de mangusto, o instinto de investigar até descobrir.

"Ela era a única pessoa que deixava Sir Charles meio inquieto. É por isso que ele estava ansioso para ser o responsável por interrogá-la. Sentiu-se bastante tranquilizado por sua entrevista e muito recompensado por ela reconhecer a marca de nascença. Mas logo depois veio a catástrofe. Não creio que até aquele instante a srta. Wills tivesse relacionado Ellis, o mordomo, com Sir Charles Cartwright. Acho que ela só tinha ficado intrigada com certa semelhança de Ellis com alguém. Mas ela tem o dom de ser observadora. Quando os pratos são servidos, ela automaticamente nota não o rosto, mas as mãos que seguram os pratos.

"Não chega a vislumbrar que *Ellis era Sir Charles.* Mas durante a posterior conversa com Sir Charles, de repente ela vislumbra que *Sir Charles era Ellis*! E então ela pede a ele que finja servi-la um prato de verduras. Mas o interesse dela não era saber se a marca de nascença estava no pulso direito ou no esquerdo. Queria um pretexto para analisar as *mãos* dele... Mãos posicionadas da mesma forma que as de Ellis, o mordomo.

"E, assim, ela descortina a verdade. Mas ela é uma mulher singular. Aprecia guardar o conhecimento para si. Além do mais, nem de longe tinha certeza de que Sir Charles havia assassinado o amigo dele. Sim, ele havia se disfarçado de mordomo, mas isso não o tornava necessariamente um assassino. Muitos homens inocentes guardam silêncio porque do contrário acabariam numa situação constrangedora.

"Assim, a srta. Wills guarda sua descoberta para si... E degusta esse prazer. Mas Sir Charles se preocupa. Não gosta daquela expressão maligna de satisfação que enxerga no rosto dela ao sair da sala. Ela sabia de algo. O quê? Ele corria perigo? Não podia ter certeza. Mas sentiu que era algo vinculado a Ellis, o mordomo. Primeiro, o sr. Satterthwaite... e agora, a srta. Wills. A atenção *precisa* ser desviada do ponto fulcral. Definitivamente, a atenção *precisa* ser destinada a outro lugar. E ele elabora um plano... Simples, audacioso e, na imaginação dele, definitivamente desconcertante.

"Imagino que tenha acontecido assim: no dia de minha festinha de xerez, Sir Charles levanta bem cedo, vai até Yorkshire e, disfarçado em roupas maltrapilhas, entrega o telegrama para o garoto enviar. Então volta à capital a tempo de encenar o papel para o qual eu o havia escalado no meu teatrinho. Mas antes faz mais uma coisinha. *Remete uma caixa de bombons para uma mulher que ele não conhece e sobre a qual nada sabe...*

"Já sabem o que aconteceu naquela noite. Observando a inquietude de Sir Charles, fortaleci a minha certeza de que a srta. Wills alimentava certas suspeitas. Quando Sir Charles representou a 'cena da morte', fiquei cuidando a reação da srta. Wills. Notei a expressão de pasmo no rosto dela. Soube então que *a srta. Wills sem dúvida suspeitava de que Sir Charles era o assassino.* Quando ele pareceu morrer envenenado como os outros dois, ela pensou que suas deduções deviam estar erradas.

"Mas se a srta. Wills suspeitava de Sir Charles, então a srta. Wills corria sério perigo. Um homem que mata duas vezes vai matar de novo. Dou um aviso solene. Mais tarde naquela noite, eu entro em contato com a srta. Wills por telefone e, por conselho meu, no outro dia cedinho ela sai de casa. Desde então ela está hospedada aqui neste hotel. Que eu tinha motivos para me preocupar ficou provado pelo fato de que Sir Charles foi a Tooting na noite seguinte, depois de retornar de Gilling. Tarde demais. O pássaro tinha voado.

"Nesse meio-tempo, do ponto de vista de Sir Charles, o plano dava certo. A sra. De Rushbridger tinha algo a nos dizer. A sra. De Rushbridger foi morta antes que pudesse falar. Que dramático! Que coisa mais típica dos romances policiais, das peças teatrais, dos filmes! De novo, a cartolina, as lantejoulas e o tecido pintado.

"Mas eu, Hercule Poirot, não fui ludibriado. O sr. Satterthwaite me disse que ela foi morta com o objetivo de evitar que falasse. Concordei. Ele prosseguiu e disse que ela foi morta antes que pudesse nos contar o que sabia. E eu disse: '*Ou o que ela* NÃO *sabia*'. Acho que ele ficou perplexo. Mas ele devia ter percebido a verdade. A sra. De Rushbridger foi morta pois, na verdade, não podia ter nos contado *nada*. Não havia vínculo algum entre ela e o crime. Só havia um modo para que ela se tornasse um elemento de distração bem-sucedido: só podia fazer isso se estivesse *morta*. E então a sra. De Rushbridger, uma estranha inofensiva, foi assassinada...

"Mas até mesmo nesse suposto triunfo Sir Charles comete um colossal... um infantil... equívoco! O telegrama é endereçado a mim, Hercule Poirot, no Hotel Ritz. Mas a sra. De Rushbridger não sabia da minha ligação com o caso! Ninguém na clínica sabia. Equívoco incrivelmente infantil.

"*Eh bien*, a esta altura eu já havia alcançado certo patamar. Eu sabia a identidade do assassino. Mas não sabia o motivo do crime original.

"Meditei.

"E outra vez, mais claro do que nunca, percebi que a morte de Sir Bartholomew era o propósito do crime original. Que razão poderia ter Sir Charles Cartwright para matar seu amigo? Eu conseguia imaginar um motivo? Acho que sim."

Ouviu-se um fundo suspiro. Sir Charles Cartwright ergueu-se devagar e andou até a lareira. Ficou ali, a mão no quadril, baixando o olhar com menosprezo na direção de Poirot. A atitude dele (o sr. Satterthwaite poderia testemunhá-lo) era a de Lorde Eaglemount ao olhar com desdém o ignóbil advogado que com sucesso o incrimina de estelionato. Irradiava nobreza e nojo. Personificava o aristocrata menosprezando o vil canalha.

– Que imaginação fértil, monsieur Poirot – elogiou. – Desnecessário dizer que não há uma só palavra verdadeira em sua história. Como é que o senhor teve a maldita petulância de apresentar de maneira tão atrativa esse ridículo besteirol de mentiras, não tenho a mínima ideia. Mas vá em frente, me deixou interessado. Que motivo me levou a assassinar um homem que conheço desde a infância?

Hercule Poirot, o pequenino burguês, levantou os olhos ao aristocrata. Falou com rapidez, mas tenacidade.

– Sir Charles, de onde eu venho existe um provérbio: "*Cherchez la femme*". Foi *aí* que encontrei meu motivo. Eu tinha observado o senhor junto com a mademoiselle Lytton Gore. Era óbvio que o senhor a amava... a amava com aquela terrível e arrebatadora paixão que devora homens de meia-idade, em geral provocada por uma moça jovem e inocente.

"O senhor a amava. Ela, eu pude notar, cultivava pelo senhor certa adoração heroica. Uma palavra só e ela cairia em seus braços. Mas o senhor não falou. Por quê?

"Fingiu a seu amigo, o sr. Satterthwaite, encarnar o papel do apaixonado estúpido que não reconhece a paixão correspondida da amada. Fingiu pensar que a srta. Lytton Gore estava apaixonada por Oliver Manders. Mas eu digo, Sir Charles: o senhor é vivido e viajado. É grande sua experiência quando o assunto é mulher. *O senhor não podia ter se confundido.* Sabia perfeitamente de quem a srta. Lytton Gore gostava. Por que, então, não a pedia em casamento? O senhor desejava fazê-lo.

"A única explicação: existia algum obstáculo. Que obstáculo podia ser? Só podia ser o fato de que o senhor já tinha uma esposa. Mas ninguém nunca falou no senhor como um homem casado. Sempre foi considerado solteirão. O casamento, então, tinha acontecido quando o senhor era muito jovem... Antes de ficar conhecido como ator em ascensão.

"O que teria acontecido com sua mulher? Se ela ainda estava viva, por que ninguém sabia dela? Se os dois estivessem vivendo separados, existia o remédio do divórcio. Se sua esposa fosse católica, ou se por outro motivo desaprovasse o divórcio, ainda assim seria conhecida como a esposa que vivia separada do senhor.

"Mas em duas tragédias a lei não dá trégua. A mulher com quem o senhor se casou podia estar cumprindo prisão perpétua em alguma penitenciária ou trancafiada num hospício. *Em nenhum desses dois casos o senhor podia conseguir um divórcio*, e se isso tivesse acontecido em sua juventude talvez ninguém soubesse.

"Se ninguém soubesse, o senhor poderia se casar com a srta. Lytton Gore sem contar a verdade a ela. *Mas na hipótese de que alguém soubesse...* Um amigo de longa data? Sir Bartholomew Strange, médico honrado e ilibado. Ele podia sentir pena do senhor, podia tolerar uma situação de concubinato ou de vida irregular, mas não ficaria calado ao ver o senhor entrar num casamento bígamo com uma jovem de boa família.

"Antes de o senhor pedir a srta. Lytton Gore em casamento, Sir Bartholomew Strange tinha que sair do caminho..."

Sir Charles riu.

– E o nosso velho e querido Babbington? Também sabia de tudo?

– Foi o que imaginei a princípio. Mas logo descobri que não havia prova que sustentasse essa teoria. Além disso, o imenso obstáculo permanecia. *Mesmo se o senhor tivesse colocado nicotina na taça de coquetel, o senhor não poderia ter certeza de que a taça seria destinada a uma pessoa específica.*

"Esse era o meu problema. E, de repente, uma palavra casual da srta. Lytton Gore me acendeu a luz no fim do túnel.

"O veneno não era destinado especialmente a Stephen Babbington. Era destinado a *qualquer uma* daquelas pessoas, com três exceções: a srta. Lytton Gore, a quem o senhor teve o cuidado de entregar uma taça inofensiva, o senhor, e Sir Bartholomew Strange, que, o senhor sabia, não bebia coquetéis."

O sr. Satterthwaite exclamou:

– Mas isso não faz sentido! Qual o propósito disso? Não existe nenhum.

Poirot olhou na direção dele e respondeu com voz triunfal:

– Ah, sim, existe. Um propósito inusitado, muito inusitado. É a primeira vez que me deparo com um motivo desses. O assassinato de Stephen Babbington foi nada mais nada menos que um *ensaio final.*

– *O quê?*

– Sim, Sir Charles, na condição de ator, obedecia a esse instinto. Ensaiou o crime antes de cometê-lo. Nenhuma suspeita poderia ser levantada contra ele. A morte de nenhuma daquelas pessoas poderia beneficiá-lo de algum modo e, além do mais, como já ficou claro a todos, *ele não podia ser acusado de ter envenenado uma pessoa específica.* E, meus amigos, o ensaio final transcorreu muito bem. O sr. Babbington morre, e a suspeita de crime sequer é levantada. Cabe ao próprio Sir Charles expor tal suspeita, e ele se sente altamente recompensado ao perceber a nossa recusa em levá-lo a sério. A troca da taça, também, foi um sucesso. De fato, ele fica certo de que, quando chegasse o dia da performance real, seria um "sucesso garantido".

"Como vocês sabem, os acontecimentos tomam rumo um pouco diferente. Na segunda ocasião, o médico que atende a ocorrência de imediato suspeita de envenenamento. Nessas circunstâncias, passava a ser do interesse de Sir Charles realçar a morte do sr. Babbington. A morte de Sir Bartholomew poderia ser presumida como decorrente da primeira morte. A atenção precisa ser direcionada para o motivo do assassinato de Babbington, e não para qualquer motivo que possa existir para a eliminação de Sir Bartholomew.

"Mas teve uma coisa que Sir Charles fracassou em perceber: a vigilância competente da srta. Milray. A srta. Milray sabia que o patrão estava envolvido com experimentos químicos na torre do penhasco. A srta. Milray fez pagamentos referentes à compra de uma solução para ser pulverizada como inseticida nas roseiras e notou que boa parte do produto havia desaparecido sem explicação. Quando leu que o sr. Babbington tinha morrido envenenado por nicotina, seu cérebro perspicaz logo chegou à conclusão de que Sir Charles havia extraído o alcaloide puro a partir da solução para as roseiras.

"E a srta. Milray ficou sem saber o que fazer, pois ela, desde criança, conhecia o sr. Babbington, e amava, com aquele amor profundo e dedicado típico da mulher feia, o fascinante patrão.

"No fim, ela decide destruir o minilaboratório de Sir Charles. O próprio Sir Charles, inteiramente seguro de seu sucesso, não achou a medida necessária. Ela tomou o trem para a Cornualha, e eu a segui."

De novo Sir Charles riu. Mais do que nunca, ele parecia um requintado cavalheiro enojado pela presença de um rato.

– Um velho equipamento de laboratório é tudo o que o senhor tem como prova? – falou com desdenho.

– Não – rebateu Poirot. – O seu passaporte mostra as datas em que o senhor retornou e saiu da Inglaterra. E no Hospício do Condado de Harverton existe uma interna chamada Gladys Mary Caretta, a esposa de Charles Caretta.

Egg até então permanecera em silêncio – um vulto paralisado. Mas naquele instante ela se mexeu. Emitiu um gritinho – quase um gemido.

Sir Charles se virou com ar majestoso.

– Egg, você não acredita numa palavra desta história ridícula, acredita?

Gargalhou e estendeu os braços na direção dela.

Devagar, Egg deu um passo à frente como que hipnotizada. Os olhos suplicantes, atormentados, fitaram os olhos do amado. E então, pouco antes de alcançá-lo, ela vacilou, baixou o olhar e ficou mirando de um lado para o outro, como quem procura restabelecer a confiança.

Então com um grito ajoelhou-se na frente de Poirot.

– Isso é verdade? Isso é verdade?

Ele repousou as duas mãos nos ombros dela. Um toque seguro e bondoso.

– É verdade, mademoiselle.

Nada mais se ouvia além dos soluços de Egg.

De repente, a aparência de Sir Charles mudou. Tinha a cara de um velho, a cara de um sátiro lascivo.

– Vá para o inferno – disse ele.

E nunca em toda a sua carreira de ator pronunciou palavras com uma maldade tão absoluta e convincente. Em seguida virou-se e saiu da sala.

O sr. Satterthwaite levantou da cadeira num pulo, mas Poirot balançou a cabeça, a mão ainda afagando a moça soluçante.

– Ele vai fugir – avisou o sr. Satterthwaite.

Poirot sacudiu a cabeça.

– Não. Só vai escolher o jeito de sair do palco. Vagaroso, ante os olhos do mundo, ou rápido, pelos bastidores.

A porta se abriu suave e uma pessoa entrou: Oliver Manders. Nem sinal da costumeira expressão de sarcasmo. Em seu lugar, palidez e tristeza.

Poirot debruçou-se sobre a moça.

– Olhe, mademoiselle – falou em tom amável. – Chegou um amigo para levá-la para casa.

Egg pôs-se de pé. Lançou um olhar indeciso a Oliver e depois deu um passo cambaleante na direção dele.

– Oliver... Me leve para mamãe. Ah, me leve para mamãe.

Ele passou o braço em torno dela e a conduziu rumo à porta.

– Sim, querida, eu levo. Venha.

As pernas de Egg tremiam e ela mal conseguia andar. Com Oliver amparando-a de um lado e o sr. Satterthwaite do outro, teve os passos guiados. Chegando à porta, ela se recompôs e jogou a cabeça para trás.

– Estou bem.

Poirot fez um gesto, e Oliver Manders retornou à sala.

– Seja atencioso com ela – pediu Poirot.

– Pode deixar, senhor. Ela é tudo o que eu mais amo neste mundo... O senhor sabe disso. O amor que sinto por ela me tornou amargo e cínico. Mas agora vou ser diferente. Estou pronto para o que der e vier. E algum dia, talvez...

– Acho que sim – falou Poirot. – Acho que ela começava a gostar de você quando ele apareceu e a deixou deslumbrada. Venerar um ídolo é um perigo real e atroz para os jovens. Um dia Egg vai se apaixonar por um amigo e construir sua felicidade sobre um rochedo.

Com um olhar meigo, acompanhou o jovem enquanto ele saía da sala.

Naquele instante, o sr. Satterthwaite voltou.

– Monsieur Poirot – disse ele. – O senhor foi primoroso... realmente primoroso.

Poirot assumiu um ar modesto.

– Não foi nada... nada. Uma tragédia em três atos... E agora caiu o pano.

– Vai me perdoar – disse o sr. Satterthwaite.

– Sim, existe algum ponto sobre o qual o senhor deseja uma explicação?

– Tem uma coisa que eu gostaria de saber.

– Pergunte, então.

– Por que às vezes o senhor fala um inglês perfeito e às vezes não?

Poirot riu.

– Ah, vou explicar. É inegável que sou capaz de falar o inglês correto e idiomático. Mas, meu amigo, falar o inglês macarrônico é um recurso colossal. Desperta o desprezo nas pessoas. Eles dizem: um estrangeiro! Nem ao menos consegue falar inglês direito. Não é minha política amedrontar as pessoas... Em vez disso, sou um prato cheio para o seu escárnio bem-educado. E também me gabo! Ingleses costumam dizer: "Um sujeito que pensa tanto de si não pode valer tanto assim". Esse é o ponto de vista britânico. Longe de ser verdadeiro. E, assim, eu desarmo a guarda dos oponentes. Além do mais – acrescentou ele – já se tornou um hábito.

– Minha nossa! – exclamou o sr. Satterthwaite. – É a própria astúcia da raposa.

Ele ficou calado por alguns instantes, meditando sobre o caso.

– Receio não ter sido muito brilhante nisso tudo – reconheceu, aborrecido.

– Muito pelo contrário. O senhor frisou aquele ponto relevante: o comentário de Sir Bartholomew sobre o mordomo... E percebeu a aguçada capacidade de observação da srta. Wills. De fato, o senhor poderia ter solucionado o caso inteiro não fosse por sua reação ao efeito dramático, própria de quem frequenta o teatro.

O sr. Satterthwaite mostrou-se contente.

De súbito, uma ideia lhe ocorreu. O queixo caiu.

– Meu Deus – gritou ele –, só agora me dei conta de uma coisa. Aquele canalha e seu maldito coquetel envenenado! Qualquer um podia tê-lo bebido. Inclusive *eu*.

– Esqueceu outra possibilidade ainda mais terrível – mencionou Poirot.

– Qual?

– Poderia ter sido EU – concluiu Hercule Poirot.

lepmeditores

www.lpm.com.br

o site que conta tudo

IMPRESSÃO:

PALLOTTI
GRÁFICA

Santa Maria - RS | Fone: (55) 3220.4500
www.graficapallotti.com.br